老房子

短篇
小説集

李安娜——著

故鄉是一枝青翠的柳笛
笛聲隨着炊煙縷縷
迴盪在日落煙霞的暮色裡
一首悠揚的思鄉曲
揉和著鄉音的親昵
吟唱於回家吃飯的不老旋律
故鄉是款款的濃情蜜意
夾雜着淳樸的泥土氣息
無法割捨的骨肉相連唇齒相依
蝕骨的傷痛隱於心底
淡淡的哀愁斬不斷揮不去
你終於擁有一份靜謐
笑看紅塵紛擾探討生命的真諦
那些背影曾經多麼熟悉
轉身卻已無從尋覓
來去匆匆如浮雲飄散天際
惟有生命永無止息

序

秋笛

在文藝園地裡塗塗寫寫四十多年，總覺得自己的文章沒什麼突出，因此從不認為自己是個作家；自己的文章結集出書時，也從來沒寫序；沒想到，老伴走了之後，我接下他的編輯工作，竟然有朋友會要我為她的新書寫序；而這位朋友在文學上的造詣和成就是令我自嘆不如，佩服萬分的。她就是筆名笨鳥的文友安娜。當她要我為她的新作寫序，我真的不知如何是好；因為雖在文壇上寫了這麼多年，但自知功力實在是不配為人寫序的。其實安娜的書是無需別人寫序的。我這是班門弄斧吧！我只能說幾句心中的感受罷了。

第一次拜讀到她寄給先夫雲鶴的作品，我就很欣賞她的文筆及內容，深信她必定走過很多地方，有豐富的人生經驗，而且經常用銳利的眼光來觀察身邊的人、事、物，因而把她所觀察的流露在字裡行間，讓她每一篇作品的內容能吸引人，能打動人心。

笨鳥文友的文集分七個系列，包括：《鄉間紀事》、《都市閒情》、《異國情緣》、《悲歡離合》、《歲月留痕》、《夕陽絮語》及《旅人小札》，大多在先夫和本人主編的版面上發表。安娜喜歡旅行，時以圖文與讀者分享旅途中的感受。而《遙遠的莫家店》和《鷺江孤雁》兩個中篇內容豐富，原本計劃在文藝副刊連載，現在直接出書，便不必拘泥於報紙的篇幅，讓讀者可以一次過追看完故事。

《櫻花盛開》文中的異國鴛鴦，不是因為雙方家長的反對被拆散，而是在災難中，為了報效國家而放棄。

《老房子》細訴媚娘，一個十六歲的女孩如何在艱辛的環境中堅強地奮鬥生活下去。生活中，我們都有一棟老房子，老房子裡面隱藏了多少辛酸苦樂，然而不管是苦是甜，回頭看看，畢竟還是一段值得珍惜的往事。

《兩親家》道出由於鄉下和城市人生活方式的不同，引起了生活中一些無需有的矛盾。

生活中，尤其是學生時代，我們總會忽略了身邊一些朋友，幾位同學，書中《那些年我們錯過的男生》就道出了學生時代一些可能被淡忘的往事。

書中有些閩南歌謠如：

「月亮月光光，起厝買田園，愛坐飛龍船，愛睏新眠床。」

「天黑嘿，欲落雨，阿公仔拿鋤頭，要掘芋頭……」

閱讀本書時，看到這些閩南歌謠，不禁也勾起了我對童年及中學時代的懷念。

書中也有許多感人的畫面。

在《秀蘭》文中，描寫父女相見的場面：

「父親是照片中的那個父親，女兒是照片中的那個女兒，三十年的骨肉分離，三十年的不停思念，秀蘭跪在父親腳邊，伏在老人膝上，除了落淚，沒有什麼語言能夠代替。」

這是個多麼感人的畫面！

書中尚有許多讓人心動的情節，我就不再多說，讓讀者慢慢去發掘、去感受吧！

二〇一四年六月十四日

目次

鄉間紀事

悲歡離合

歸月

深遠無垠的藍天，時而像廣袤的棉花田，滿園棉桃盛開如一朵朵絢爛的白牡丹；時而如湛藍色的大海，海上遊弋著一隻隻白色帆船；時而像無邊無際的大草原，奔騰著一群群溫順的綿羊。飛機從高高的空中下降，透過薄薄透明的雲帶俯視蒼茫大地，接近母親親切的胸膛。翻滾的雲海下起伏著峰岩跌宕的黛色山巒，小島彷彿撩開面紗的美麗女郎，隱隱露臉於碧海的環抱中。啊，故鄉的土地！腳下是我日夜思念的家鄉。

一

飛機徐徐降落在濱城機場，曉月的心情尚未能平復。近鄉情怯，每次歸來總是如此忐忑，藍芽耳筒傳遞著毛阿敏的《渴望》，眼淚竟流了下來。她給自己說過好多次，這一輩子淚還流的少嗎？這把年紀值得再傷感嗎？可那淚珠兒就是不聽話，那些積澱在心裡幾十年的苦水幾乎結成冰，現在卻在溶化，一古腦兒就是想往外流。每一次踏足鄉梓，都是那麼神傷……

弟弟曉星與弟媳婦倩已在外面等候。曉星比曉月小五歲，下崗幾年，生活折騰得頭髮已見灰白。姐弟沒啥話說，同爹娘生的，都是不善言辭的脾性。曉星今生的話恐怕全寄託在他的琴弦裡。倩是南下幹部的女兒，大大咧咧的性格，熱情開朗，擅長交際，依舊漂亮如昔。

「姐姐，自從媽知道你要回來陪她，整個人都精神起來，昨天已經可以下床了。」

「是嗎？醫生的意見呢？折斷的骨頭可以痊癒嗎？」

母親半個月前跌斷股骨，作了接駁手術。娘已經八十五了，大家擔心她從此不能走路。想起母親受了一輩子苦，晚年還要受罪，曉月決計回來陪老人家生活。雖然內心仍有不足為外人道的困惑，但已屬次要，表面依然保持平和。

「大夫建議做物理治療，出院後每天都要送她去療養院。送紅包的地方又多了！」

曉月知道規矩。自從母親進醫院，上自領導下至端尿盆的清潔工人，大大小小的紅包不知凡幾。自己年幼時的理想是當無影燈下的白衣戰士，哪曾想到現在的醫院裡盡是白衣虎狼。肉在砧板上，又能如何？只希望花錢消災，別讓老人家受苦。

「不光是紅包，人情也搭上呀！我爸雖退休，他的關係也還能用上呢！」

「謝謝你爸了，倩。媽讓你們照顧這麼多年，我很不安啊！」

曉月說的是實話，母親那犟脾氣，誰能與她共處一室？倩雖稍嫌平庸，但若非她和稀泥，媽就是孤家寡人了。

一路與倩敘舊，的士①不覺已開到小巷口。小巷子車開不進去，只好取下行李走路。這一帶屬於舊城區，中山路劃為步行街，說要保留鷺島的原貌，許多家庭都搬走了。新區有的是配備現代化設備的高樓大廈，作為步行街的中山路旺了生意人，卻苦了附近的老房客。曉月的家是一幢三層樓高洋房，當年

① 計程車。

此地數一數二的人家，雖然門庭略顯破舊，但只要稍花點錢裝飾一番，仍不失為大宅門。瞧左鄰右舍都重建成新廈，不少地產商來游說，可是誰有心情來處理呢？想起這幢房子引起的煩惱和爭端，想起在這裡度過的快樂童年，曉月又禁不住流淚了。

以前的小巷清幽恬靜，非本地人絕對不知道，這條不起眼的陋巷內裡有多大乾坤。仇家少爺籍貫福清，祖上良田百畝，到他父親那一代不單靠田租收入，仇記藥材舖分店穿州過省。仇少爺四十年代大學畢業不肯繼承祖業，端的文人嫌銅錢臭，好在生意上有姐夫幫手。而他不回去的主要原因，是不想見那「父母之命、媒妁之言」的髮妻，儘管她已為仇家生下又一代男丁。少爺在南京教書時愛上一個女生，當年金陵女子大學的校花。女生想擺脫這位苦苦糾纏的講師，畢業後回濱城應聘，在英華中學教理科。想不到跟著到任的新校長竟是仇家少爺。他們不顧一切地相愛，仇家祖父終於屈服，讓兒子在濱城蓋了洋房置了家。

仇盧完全照西人的起居習慣營建。外牆是白色花崗岩襯紅磚，打開小鐵柵，庭院內鋪的是磨平細碎青石。上兩級呈半圓形狀的大理石臺階，寬闊的走廊頂上是二樓的陽臺。每層樓的正中央有一個大客廳；兩邊各是兩間廂房，可隨意隔開或打通；大廳後面是飯廳、廚房、下房和衛生間。二樓左邊為偌大的主人套房，右邊前書房後琴室，後面一排生活間。三樓同二樓一樣，兒提時孩子和保姆住三樓，現在曉星夫妻住打通的一邊，另一邊是侄兒和曉月的睡房。曉星的獨子留學澳州已在坎培拉就業。二樓的主人套間仍是母親獨居，女傭睡後面工人房。書房留著老爸的腳印，琴室喚起多少昔日的記憶。

曉月出生於一九四九年底。當年戰火迅速向南方蔓延，曉月媽娘家的人全往香港跑了。舅舅臨走前頻頻叮囑妹子不能再拖，以免臨盆不方便搭飛機。可固執的仇少爺堅持不走，他的一生精力傾注於學校和家庭，學校是他的第二生命，身為校長怎能扔下師生外逃呢？仇廬剛落成，他要與摯愛在這裡樂天倫，他的愛情結晶將在這裡誕生。更為關鍵的是他認同先進的思想和理念，腐敗的舊政府需要更替，新生的政治力量未必不能治國。他常說：

「腳下是我的土地，我的家園，為什麼要走？」

曉月走進幼時的琴房，撫摸鏽了弦走了音的鋼琴；步入老爸的書房，彷彿聞到雪茄的香味。她在這裡出生，和共和國一起成長，而後與她訣別，命運無情地將之流放。生活似乎只是轉眼間的事，兜了個大圈子，再回到這座房子，竟已將近四十年！生於斯長於斯的她，心情如何平靜？往事如畫，一幅幅出現在眼前……

二

回憶五十年代那一場轟轟烈烈的肅反運動，當年弟弟曉星才出生，曉月剛開始懂事，生活讓她早熟。曉月有張鵝蛋形的臉，彎彎的眉毛下是閃亮的桃形眼，小巧的鼻子，紅紅的向上微翹的嘴唇，牙齒如花崗岩小碎石打磨出來，雪亮又整齊。父親愛孩子，每天回來必先往嬰兒房逗逗弟弟，然後看看曉月的功課，聽聽她彈琴。「曉月，給爸爸唱首歌！」爸爸鼓勵她。

曉月鼓起小嘴唱起來：

我們的田野
美麗的田野
碧綠的河水

流過一片片稻田
無邊的蘆葦中
藏著成群的野鴨
……

老爸也跟著合唱起來。

可現在父母都要參加政治學習，很晚才回家，曉月等著等著就瞌睡了。大人的臉上似乎布滿烏雲，吃飯時再沒有人出聲。有次曉月掉了隻不鏽鋼湯匙在地上，寂靜的飯廳響起一串響亮的聲音。爸爸白了她一眼，嚇得孩子大哭起來。

「曉月乖，別哭，寶貝別哭。」

爸爸懷著歉意用他的大手給女兒抹去淚水，抱起她哄了許久，再捧著她的小臉親吻。曉月舔著爸爸鹹鹹的淚水，睜圓她的杏眼，爸爸看來好傷心……

最壞的日子終於來臨。父親是依靠祖父的田租上大學的，因而成為「漏網地主」，僥倖沒有血債及曾為社會做過公益，不必坐牢，但被解除公職，押解回閩北老家被監視勞動。母親娘家係「民族資本家」，平時話少，對任何人也沒有威脅，況且六十個教職員工中已抓了校長、副校長和教務長三人，百分之五的名額剛滿。從那天起，這個家就走了樣，下人們被遣散了，僅留下看弟弟的保姆；芭蕾舞課停了，鋼琴由母親自己授課；樓下全層和三樓一邊廂房分別租給兩戶人家。可憐的父親再不可以踏足濱城，永遠離開他苦心經營的學校和家庭，等待他的是不可知的命運。

曉月畢竟是天真無邪的小姑娘，容易接受現實。看這條小巷第一戶人家吧，蔡麗娟的父親以前是大商家，解放後因擁護新政權被尊崇為民主人士，榮任副市長。花園洋房還住著，店鋪、廠房全歸公，幾個嘻嘻哈哈的小姑娘已沒了笑容。家庭遭受巨變的人不算少，公私合營將資本家變成窮人，草根階層雖當家做主人，卻也未見富裕，班上好多同學穿補釘衣服、打赤腳。還好母親有工作，若聽父親的話在家相夫教子，這日子就別過了。

曉月愛幻想，總是將桃形眼睜大成圓杏形，不知在想些什麼。她愛跳舞，自編自舞；她愛畫畫，胡亂塗鴉；鋼琴彈不好，因為母親沒精力也沒心思理她。她想念父親，常常走進書房隨意翻看老爸的珍藏，可書本那麼厚，什麼時候才讀得明白呢？課餘時間太多，無所事事令她想找人一起玩兒。可不——她想起樓下那個叫阿旺的男孩！

這家租客只有母子兩人，剛從鄉下出來，租下整層樓。男孩的父親在南洋，他要兒子到城市受教育。男孩報讀主光小學，恰恰就讀自己這班。這個班淘氣的窮孩子特多，尤其是榮金那小子，成天欺負弱小，新來插班的鄉下孩子怎會不受他作弄。阿旺第一天去上課，正巧曉月送給榮金一盒蠶。

「喂，怕不怕蠶寶寶？」曉月拿著一個紙盒子引他說話。

「就這幾隻？我們鄉下養的才叫多！」

阿旺長的愣頭愣腦，神氣的翹鼻子，頭髮散亂，平頭方臉薄嘴唇，閃動的小眼睛驕矜的很。此時的阿旺不再是學校裡被人看輕的鄉下仔，他不再羞怯，滔滔不絕地說起養蠶的經驗來。他說鄉下人養蠶為圖利，屋前屋後種著一排排的桑樹。

「城裡人就知道蠶寶寶吃桑葉，知道小孩子也吃……」

「人吃桑葉？」曉月睜大雙眼，很是懷疑。

「吃桑葚，明白嗎？桑葚像楊梅一樣甜。」阿旺繼續賣弄起來。

原來春天裡養蠶人家廳裡廳外一簸箕一簸箕的蠶，連走路的地方都沒有；採了繭為做絲，女孩子都要學繅絲。

「蠶蛹也可以炒來吃，很香呢。」

小子講起自己熟悉的東西神氣極了，不再是學校裡遭人取笑的模樣。此刻曉月聽得桃眼變了杏眼！此後不僅不敢小視他，還敬重起他來。但在班裡仍裝著彼此不理睬的樣子，為的不叫人起鬨，男女生本就分的很清楚。

曉月有了阿旺做朋友，又快樂起來了。她叫阿旺坐定，當她的模特兒，畫了畫送給他；阿旺替她塗上顏色，再交還給她。消滅四害的任務完不成，她怕髒，阿旺替她包下了，鄉下孩子才不怕蒼蠅老鼠。阿姨蒸白饅饅，曉月一定留兩個給阿旺；阿旺媽做鼠殼粿，曉月必定吃的最多。生活靜靜似流水，悠悠的童年就在這座房子度過。

三

天還未亮，大榕樹上的鳥雀已吵吵鬧鬧，曉月伸了伸腰，靸著拖鞋走到陽臺上。小巷附近的宅子近幾年已陸續拆遷重建，蔡市長的後人將舊屋賣出去，麗娜、麗娟她們不知搬去哪裡呢？幾番人事，留下的就這棵大榕樹見證小巷的興衰。仇家房子地勢高，登上天臺望得見海濱公園一帶，早班渡輪還沒開出。小時老爸最愛在天臺上吸煙，其實他沒有煙癮，媽說爸只是喜歡叼著煙斗的姿勢而已。

今天要見醫生，把媽接回來，老人不慣醫院的伙食，保母一個人照顧也辛苦。想到這裡，趕快到後廳盥洗。對著鏡子曉月自艾自憐起來：曉月，妳老了，總是忘記今夕是何年！看，頭髮白了稀了，要染淺灰色。身子骨算硬朗，好在沒發福，不像一般婦人臃腫。臉蛋消瘦了，胖一點就好了，身體要恢復過來。女人都愛俏，老女人也應給人端莊的感覺，不可倚老賣老。這一輩子除了搽一點口紅，曉月從不作任何保養，尤其看到人家紋眉，總覺得假得可怕。

倩特地去「黃則和」買豆漿、油條，這是自己一向愛吃的早點。用了早餐，倩叫了輛的士一起去醫院。骨科醫院前身是野戰醫院，附近原是市政府所在地，周邊有不少小別墅。現在政府機關改為賓館，附近建了許多高樓大廈、俱樂部和酒店。

這兒的醫院與香港大不一樣，香港住院者由醫院負責照顧，公立醫院幾乎免費，受賄須面對廉政公署的指控。國內的情況大相徑庭，求醫者多，管理卻雜亂無章。病房內更糟糕，床位已經爆滿，每個病人都有家人隨身伺候，又擠又吵，難怪百姓怨聲載道。倩通過人事關係周詳打點，做手術的是最好的醫生，當然紅包要安排最大的。治療師確認母親可以出院，留醫根本無法休息。所有手續由曉星辦理妥了，媽讓輪椅送出來，車子在外面等候。叫聲「媽」，曉月已哽咽，忍住幫她上了車。這麼多年來，母女已相對無言。

巷口照例要下車，母親的輪椅也只能推至門口，上樓眾人花了九牛二虎之力才擺平。眼前的事實讓曉月下定決心，為了這個家，為了母親和弟弟，要妥協，要談判。曉月與倩耳語一陣，讓家人先進去，她想獨個兒走走，看看舊時的地方。

從小巷的另一頭出去是大同路。人們說，解放前大同路和昇平路最熱鬧，雖比不得上海灘的十里洋場，但與南京路相去不遠。三反、五反、公私合營後，這些街道慢慢冷清起來，夜間燈光暗淡，白天更顯得窮相。思明北路一帶正重建，塵土飛揚。思明南路自後路頭開始，一直拆到新街禮拜堂。幼時就讀新街幼稚園就在禮拜堂範圍內，後易名為第四幼兒園。曉月是幼稚園的寵兒，校長方詩英瘦瘦的身材，戴著金絲眼鏡，和藹可親；老師是鼓浪嶼「再會」餅乾店胖老闆娘的千金，老師常帶曉月去她家玩。曉月曾在新年晚會獨唱，引的掌聲雷動，給學校爭了光。每年聖誕節她都給打扮成小天使，穿著如蟬翼般的薄紗，向來教會唱聖詩的人們撒花瓣。

踱著慢步不覺走到江夏堂，江夏堂是中國歷史上最後一位武狀元黃培松於一九一〇年奉旨建造的宗祠，乃黃氏宗親過臺灣、下南洋的出發地，被譽為「最具藝術價值的老建築」，現在因被列為市級文物保護單位而大門緊鎖。小時放了學常常跟住附近的同學來玩，記得裡面大堂內香火繚繞，騰雲駕霧。以前這附近有個講古場，一排排長櫈子坐滿老頭子，廉價煙草嗆人口鼻。他們隨便吐一口濃痰，再用腳踩散，地上的泥土馬上吸收了。前面臺上有位老先生，戴副老花眼鏡跌到鼻尖上。他總是捲著一本黃舊的線裝直版書，搖頭晃腦口沫橫飛，講的不外七俠五義，少林武功之類。後面有個人拉著條繩子，扯動一塊大帆布，攪動空氣，呼呼出一些風來。桌上擱副驚堂板，老者講到興起，拍下驚堂板，那些老頭從夢中驚醒，紛紛掏腰包，丟下三、五分錢……

走過江夏堂是舊日的菜市場，賣「黃金香豬肉鬆」和「鼓浪嶼餡餅」的店鋪林立，做的遊客生意。賣衣服的攤檔也多，全是些廉價的女人衣物，象九龍的女人街。隔一條街的中山路多的是聯鎖店，賣的流行服裝，不曉得菜市場的衣物賣給誰呢？局口那家出名的沙茶辣麵店沒了，改成賣牛仔褲。上山下鄉的年代，每次回來一定要到這裡吃兩碗。可惜！那老人可能過身了吧？還有思明南路的新南軒小食街，不知還在嗎？那裡的炒粿條、油蔥粿想起來叫人流口水。

胡亂地遊蕩胡亂地想，不覺折回思明西路。想到舊時的「許醫生診所」，回憶起許家五朵金花。當年老大阿式、老二阿景嫁了，老三阿欣、老四阿稚上山下鄉，老五阿明留城補員。不曉得她們都好嗎？對面那條街在清拆重建，當年蔡麗娟住過一〇二號門牌，文革時蔡市長被揪下臺，一家人給趕出花園洋房，老爸送去住牛棚，麗娟和她媽就住這一個小房間，門口當街人來人往，勉強用塊布遮羞。

踱到自家門口，煩心的問題又來了，希望會有解決的方案吧。

四

「我們相見在陽光下，我們相知在月光下，我們相愛在星光下……」這是父母那時代的歌，母親曾彈着鋼琴，父親輕輕唱和。

曉月的同父異母長兄名叫曉陽，他們的名字正是星星、月亮、太陽。曉陽大曉月五歲，早在父親出事前考上大學，他原不該怨恨，父親常因其優秀引以為傲。但曉陽有個神經質的母親，本來跟著曉陽在城市生活，卻偏要回福清老家。她的「陳世美」回鄉了，終於等到這一天，能不天天在身邊數落他、鄙夷他而後快嗎？

曉月的祖父在土改那年過世。祖上的家業敗在他手裡，怎麼看得開？老人家不吃不喝幾日就去了。假如他不是去的早，看到兒子回鄉被監督勞動，也會氣絕而亡。田地產業全部充了公，大房子也分給了窮人，只剩下祖屋的廳堂和兩個房間。曉陽的娘回來占了房子，她要的是丈夫的求饒，她常說：「一夜夫妻百日恩，你不要我，我要你！」

仇少爺脾氣卻犟的很：「早就跟妳說清楚，我對不起妳，妳要再嫁，答允妳任何條件。現在妳給我難看算是報復吧。」

這男人也不多言語，在院子角落用土坯磊了間小屋，蓋上幾張瓦片，貼上油毡，算是有個落腳處；再將些舊床板拆下來，刨刨鋸鋸，湊合著有張床和桌椅。對著床置個小爐灶，煙薰火燎黑黝黝的那個鋁鍋，燒水、做飯、煮菜都靠它。畢竟是個書生，抬抬擔擔的沒氣力，好在鄉里並不逼迫，有些老人還念他祖上的功德。他就尋思：人來叫才下田，不與人爭工分，找些別的活幹。

有天到鎮上買了幾本書，學習起養蜜蜂、種木耳的本事，後來連獸醫的書也看，免費替鄉親解決不少疑難，鄉親都敬重起他來。這樣子倒也過了幾年。不幸的是後來連年飢荒，沒油沒肉的鬧出水腫病，指頭一掐肉，凹進去彈不回。鄉間這類病人太多，誰也不以為意，孤苦伶仃的半夜裡死去了。曉陽媽見日照中天男人還沒起床，撞開門呼天搶地，已返魂乏術。

喪事是曉陽趕回來辦理的。不久曉陽媽也死了，死前交代兒子，自己一定要與丈夫合葬。待曉月媽知道了一切，也無可奈何，從此身體日差，言語日少。文革被學生掛「地主小妾」的牌子，戴「資本家千金小姐」的高帽，遊街示眾輪翻鬥爭，眼看不能支撐下去。後來倩的父親幫忙辦了病休，讓兒子曉星補員。

曉星遇上文革讀不成書，作為「可教育子女」，在圓通港填海工程義務拉了三年板車，還在少年文化宮義務教了幾年小提琴。他教導的學生不少考取上海音樂學院，而他本人補員只能進集體制的工廠當工人，每月十八元工資，三年後滿師二十四元。捱到改革開放，工廠折了下崗，每月工資只一千零，生活全靠教琴收入。

曉陽曾經來這裡住過一段日子，還故意擺起主人的架子，令曉星對之戰戰兢兢地。母親健在，房契是爸媽的名，但媽已經不計較，曉陽稱她「小媽」也應了。照當今的律法，打起官司誰都可輸可贏。

曉陽和曉星終歸是親兄弟，血濃於水。人到了這一把年紀，爭得來帶不去，共產黨和國民黨尚且再度合作。曉月覺得曉陽是執著並非貪婪。她在香港已給曉陽寫過信，尊稱他大哥，提出和解的方案。假如曉陽接受，這座房子將出售，他們會搬去有電梯的新區。想到或許很快就要離開這幢老房子，她又心痛了，不覺走到樓下，細看每一處地方，這一層樓空置好久了，自從阿旺媽搬出……

五

樓下原為祖父將來頤養天年而布局，擺放的是紅木舊式家具。但爺爺只在仇盧落成時住過幾天，兵荒馬亂，他放不下家鄉的生意。後來這裡便成了阿旺母子的安樂窩。阿旺媽是典型的閩南僑屬，家鄉貧窮，男人結婚幾天就出洋謀生，女人則留在鄉間侍奉公婆。幸運的她有了身孕生下兒子，人生總算有了寄託。丈夫在呂宋另有家室不足為奇，只要他依舊看顧髮妻和兒子。

「阿旺，天快下雨了，記得帶傘呀！」陰天總聽見阿旺媽這麼叮囑。

「知道啦！」阿旺一邊答應一邊跑出去，根本沒帶傘。

「阿旺，起風了，穿多件衣服啊！」天涼時阿旺媽不忘提醒。

「你少理我一次可以嗎！」阿旺負氣地回應。

「阿旺，飯菜在鍋內，自己吃囉！」阿旺媽一邊打牌一邊豎起耳朵，覺察到寶貝兒子的腳步聲。

……

阿旺每天放學都在外面玩夠了才回家，母親給他留著好飯好菜，手一抓狼吞虎嚥起來。一隻雞他只吃腿和翅膀，加上他最愛吃的雞腎；每條魚就吃魚肚下半截；菜要炒得青脆；乾飯要不爛；稀飯須不糊。母親總當他三歲孩子，無微不至地服侍。有一回曉月下來找他看畫，正值阿旺吃飯，見他面前一張大碟子，約四寸長的沙錐魚，每條都留下兩寸長的魚頭連魚肚，曉月桃形的眼睛變成了杏形。

有一晚已上燈好久阿旺尚未回家，急壞了他娘，只差叫人打鑼去找。見阿旺媽似熱鍋上的螞蟻，住在三樓的洪老師安慰她，平日豁達的阿旺媽竟哭起來。孩子是她唯一的精神支柱啊！在慈母百般呵護下，阿旺難免以自我為中心，缺兄少弟也令他不懂謙讓。一般男孩子都會整理水電，或者修修補補，他什麼也不需費心不必做，家境富裕使他產生惰性，向來不懂得替別人設想。

曉月小學畢業後考上第一中學，讀「三・二制」的尖子班，可提早一年畢業。讀到初三，個兒高了，有了美好的曲線，臉蛋白裡透紅，容光煥發，仇家有女初長成。她能歌善舞，是宣傳隊的中堅。她喜愛美術，替學生會寫壁報出校刊。這就引來高中生的許多目光，大方的她變得害羞起來。

「曉月，國慶節快到了，準備個舞蹈吧！」學生會宣傳委員交代她。

於是她放下功課籌備起來了。少女想起勞動節那天觀賞過朝鮮舞蹈《和平鴿》，多麼優美！多麼令人向往！她真希望自己是隻鴿子，可以飛上天空，尋覓她的理想，不覺輕聲哼起來：和平鴿啊和平鴿，你給我們帶來了好生活，侵略的強盜被打倒，苦難的歲月不復還……

不，假如所有學校都抄襲這個舞蹈，豈不千篇一律？曉月自小學習芭蕾舞基本功，急急找來白鷺歌舞團的劇照揣摩，與許家阿式、阿景姐妹商量，決定將朝鮮式《和平鴿》改編為中國式《小白鷺》。幾個女孩飾演群鷺，穿上白色連衣裙和白鞋子，頭髮扎上白絲帶，翩翩起舞。曉月自然是最漂亮的「白鷺王」。國慶節那天，她那婀娜多姿的身材，一班女孩的優美舞步，配上悠揚的音樂，贏得全校師生經久不息的掌聲。

曉月儘量不與男生交往，同班的男生都說她驕傲。名校是很有規矩的，明訓不準談戀愛，一舉一動都有老師和學生組織暗裡監察。可曉月還是常常收到男生的信，有個高年班的高材生經常寫詩寄給她，直到他考上名大學仍未放棄。

有隻百靈鳥
美麗而小巧
牠那優美的歌喉
常在我耳邊繚繞
多麼動人的小鳥
神情裡帶著驕傲
多麼迷人的小鳥
歌聲折射出美好
……

曉月從未回信，卻留著那些漂亮的文字欣賞。有人戀慕自己，想起來有種甜絲絲的感覺，但是她堅定自己的目標，決不動搖。

大躍進後期某些小學也辦起中學，多數同學都被錄取在區辦中學。阿旺的底子差，考不上名校，男孩自尊心強，對曉月就有些疏離，不再像小時那麼多話。他也拔了個兒，長成一米七十八，每天迷戀打球，將一肚子氣出在球場上，成了出名的「波牛」，時常打得臉青鼻腫才回家，他娘心疼死了。

早晨兩人幾乎同樣的時間上學。阿旺老是裝著看不見，明明可以出門了，卻借口埋頭擺弄自行車，磨磨蹭蹭等曉月下樓，曉月總會先開口打招呼。

有時他心情好就會嘻嘻哈哈：

「高材生早！」

曉月有點尷尬，但她無所謂，她的心思全在功課上。阿旺就暗中較勁：看誰考上最好的大學！

六

可是始於一九六六年五月的文化大革命改變了一切，一代人的命運從此葬送在賊子亂臣手中。首先因母親的教師身分被遊鬥和抄家，這是繼父親事件後的最大打擊。接著破舊立新、鬥當權派、大串聯、武鬥……從「黑幫子女」過渡到「可教育改造子女」，曉月都咬緊牙關「靠邊站」，若無其事地過逍遙派日子。這也造就了阿旺的機會，他終於可以大膽地表示關心，可以再陪她一起消磨時光。

那位上了大學的校友殷勤地來信，邀請曉月北上串聯，並表示願意作向導。曉月稍微動了心，想不妨一試。南下大學生兵團駐在濱城大學，她應約赴會，可一路上心跳手抖，自己也不曉得為什麼。女孩心裡直嘀咕：平時太嚴肅了，不曾搭理過男孩子，該如何應對呢？

傍晚的大學校園燈光幽暗，坐在樹下的石櫈上，冷風嗖嗖，打心裡顫慄起來。陰暗的光線下，曉月不好意思認真看對方，只聽他侃侃而談，談文革造反，談清華井崗山，當聽明白對方是個造反派小頭目，少女恨不得快走。他終於說完了，曉月好像聽老師講了一堂課，道聲：「對不起，有車來，我該走了。」一說罷徑直向公車小跑去。她發現自己的牙齒在打顫，黑暗中見他向車子揮手。她再不敢回信，再也不想理睬什麼人。

表面上無所事事的逍遙派其實憂心如焚，可預見的光明前途已變成懸崖絕路。同學聚會、欣賞音樂、傳閱名作、遊山玩水，不過是絕望的頹廢。誰知等待自己的是什麼命運？寶貴的青春年華消磨在無情的歲月中。

女孩子的出路回到過去：嫁個有工作的人，解決生活吧！嫁去香港，聽說資本主義社會好得多！嫁個軍人改變成份，家人可以安排工作！……其時就有不少人來作媒，這種人一進門，曉月就故意拖著阿旺的手，或覆在他的背上，親熱得連小子也受寵若驚，如此舉動必然嚇跑那些熱心人。而暗地裡，曉月多少次無語問蒼天，多少個夜晚淚濕枕頭，白天還得扮成沒事人一樣，嘻皮笑臉混日子。

終於來了——上山下鄉，真是個鬼門關！所有母親都欲哭無淚，阿旺媽也一樣憂心忡忡。這個住了十年城市的鄉下女人，做夢也想不到兒子要上山當農民，急得頭髮都白了。她不能不周詳打算一番，覺得還是回老家好，雖然老家窮，但起碼有些人事關係，孩子最終還是要想辦法回城的。她說出自己的計畫，邀請房東共商大事，邀請她的女兒同行。曉月想到母親多病，弟弟未成年，千萬不能有借口讓他們給下放，就咬咬牙答應了。

一九六九年初兩人乘長途汽車到郊縣。從濱城往縣城只有一條公路，需要一整天的路程。破爛的公車在盤山公路上氣喘如牛，山越來越近，眼看著它上去了，卻不夠勁，陡然滑落下來。勉強再貼著山根七歪八杻地爬行，冷風由車窗裂縫嗖嗖入骨。車子三回兩轉地打旋，突然順著山脈那邊的深谷盤旋而下，好像溜滑了下去，猛一轉彎，全車人就一起向這邊擠，再一拐，又一起向那邊倒。路面只有四米來寬，輪胎貼著路邊，下面是深不見底的山谷。曉月膽戰心驚，花容失色，趕緊閉上眼睛，心提到喉嚨口。聽見有人哇啦哇啦吐將起來，一車污穢酸臭異常。終於再睜開眼睛，車子已經穩當地行駛在平路了。到站爬出座位，全身的骨頭好似散了架，再搭拖拉機回村。拖拉機一路晃盪晃盪發出巨響，五臟六腑差點翻出來……

老家是貧困的地區，青石山上流水涓涓，房子沿山腳而築，一畦畦梯田掛上山坡，一件蓑衣蓋一塊田，牛轉不過身惟有人當牛耕犁。有些田種不了水稻改種水草，織草蓆、打草鞋是農民的主要副業。他們向一戶村民借宿一晚，床後的尿桶臭不可聞，床上鋪稻草，跳蚤咬的無法入眠。第二天天剛亮，兩人步行二十多里路去公社辦戶口，又到知青辦交介紹信，人人盯著他們看，交頭接耳。阿旺家的老屋給堂親住了多年，要回一部分，收拾乾淨可以住進去。自此過起沒電、沒自來水、沒煤、沒衛生間的山區生活。

可憐的曉月自出娘胎未到過這等窮地方，如何過這樣的日子！一年四季口糧不夠吃，雜以蕃薯豆麥為副食。自家種的芥菜醃成酸菜，再拖出去曬乾，一扎扎放進瓮裡，是長年下粥唯一的菜。三五月青黃不接，家家蕃薯、芋頭、豆葉子、菜糊糊。十天趁一次墟市，來回走幾十里又窄又懸的山路，不是靠崖就是臨溝，望下去一陣陣頭暈，買的東西要靠肩膀挑回來。住的倒是山清水秀，門前是妖嬈的山茶，屋後有扶疏的綠竹，拾級而下是溪流，左鄰右舍有古井。清晨公雞報曉，下田螞蝗癡纏，晚間蚊子轟頂，長夜跳蚤相伴。煮一鍋粥煙薰火燎淚汪汪，挑一擔水縮起脖子巍顫顫。

重的活兒阿旺擔當起來，往日的公子哥兒要如牛馬一般耕作，兩人同樣的淒楚。女孩的苦化成眼淚，男兒有淚不輕彈。曉月的淚多少能溶化阿旺迷糊的心，阿旺給她安慰卻給不了她快樂。患難與共或能見真情，多麼艱難地渡過那三年……

七

巡視過樓下的每一個角落，撫摸阿旺母子用過的家具，曉月止不住淚流漣漣。為什麼？為什麼？這個問題問自己多少年了！三十多年前的事仍會令她失控，慌忙匆匆返回三樓。每次痛苦襲來自法自拔，曉月就把自己鎖在浴室內，水龍頭開到最大，讓嘩啦啦的水聲掩飾她的哭聲，任由水和著淚不停地流。

三樓右廂房曾租給洪慧老師，她是曉月小學的班主任，一位虔誠的基督徒。睡在老師住過的房間，想起這位慈和的長輩，心裡更加難過。他們回老家的計畫老師是不看好的，她替曉月擔心卻拿不出主意。老師只曉得禱告，祈求主眷顧孩子們。生在那樣的時代有什麼辦法？

洪慧生於香港一個牧師家庭，除了大弟弟留洋讀書，解放初全家隨父親回國。老師高高瘦瘦的個子，刀懸的鼻樑上有顆大黑痣，家人住在鼓浪嶼，為了工作方便，租了仇家的房子。老師本抱著獨身的立場，據說有人看她的面相，勸她不要結婚。她對孩子很有愛心，是公認的好老師。老師疼惜曉月，看到曉月爸遭到不幸，想收曉月做契女，以此斷絕嫁人的念頭。

然而肅反運動中，除了牧師父親受到層層審查，其未婚的大女兒洪慧也被懷疑是特務，更誣陷她有丈夫在國外，否則為何不肯結婚？百口莫辯之下，「組織」給老師介紹一個建築工人，人挺老實成份好，他們就結為夫婦。有孩子時老師已是超齡產婦，難產之下保住媽媽，也保住孩子，養大了方知是個弱智兒。丈夫因長期吸石綿而患矽肺，幾年後死了。洪慧老師由單身知識份子變為單親特殊兒童的媽媽。

農閒時節年輕人回城來，各住各的家。阿旺總忙著去找關係，辦理申請出國的手續。他父親帶回來的手錶、自行車、收音機、縫紉機、照相機、羊毛、衣物，還有大量的僑匯代用券，派上了用場。男孩幾乎瘋狂了，他聲言不願再受苦，一定要尋找出路，否則就去跳海。兩人一時好的很，一時鬧分歧，但曉月會忍讓屈服，總是眼紅紅的。

有晚阿旺喝了酒癲起來，大吵大嚷，一手打向玻璃櫃門，被碎玻璃割的鮮血直流，他娘差點昏倒。

曉月也嚇得哭起來。洪慧聞聲下樓來開解，帶曉月去她的房間。

「來，月兒，跟老師一齊祈禱。」

她扔給曉月一個蒲團，兩人跪下。聽著洪老師的禱告，曉月方稍感平靜，但一夜無眠。

阿旺的努力終於有了回報，一九七三年五月鄉間有人通知阿旺，馬上回鄉到公安部門領取出境通行證，他可以經香港出國了！阿旺激動得大喊大叫，當眾抱著曉月猛烈地吻起來。母親們都笑得雙眼瞇成一條縫。曉月媽給她大哥寫了信，告訴舅舅準備到羅湖接阿旺過境。

他倆先得回鄉。曉月媽想起他們尚未登記結婚，催促要同時辦好。一登上公車，阿旺急不及待將曉月攬入懷中，兩人十指緊扣，耳鬢廝磨，忘了一路上顛簸的辛苦。同車的鄉下人以為是對偷情的小青年，頻頻斜眼偷覷，他倆竟不加理睬，擁吻起來。曉月從未如此放鬆過，甜甜地睡在阿旺懷中。

他們先到縣城公安局領取單程通行證。阿旺淘氣地拿著那張薄薄的紙兒吻了幾下，才鄭重放入內衣口袋。曉月填了一份出國申請書，立馬貼上個人相片隨手遞上。那年頭人們並無身分證明，工作人員要他倆去照張雙人相片，他們就上照相館拍了張親熱的「夫妻照」呈交。辦完所有手續，手拖手走出公安局。

兩人叫了輛載客自行車去公社。單車呼呼下坡，與迎面的汽車擦身而過，險相頻生。曉月照例閉上眼睛，有阿旺坐在後面抱著她，一點也不用怕。上坡的路不但要下來走，阿旺還得幫手推車。好不容易到了公社，辦事人員說，你們不是已經結婚了嗎？要證明回去濱城吧！兩人覺得多言無益，便走了。

回到濱城，派出所的戶籍人員說，你們的戶口不在這裡，怎樣登記？皮球一般拋來拋去，叫人為之氣結。政策隨時在變，家人覺得既然已在縣裡作了申請，不應節外生枝，需要的話阿旺可以回來補辦，反正一紙婚書也不能保證什麼，最怕朝令夕改，還是叫他快走，過了羅湖關要緊！

纏綿悱惻，終須分手，曉月還要繼續前面的路，孑然一身返鄉是殘酷的事。曉月的膚色不再白裡透紅，暴曬令臉龐有了黑斑；她的頭髮不再如黑色瀑布般垂落，剪成短短的「男人頭」；兩手長了厚繭，粗糙得能刮起細布上的纖維；脖子下的頸椎骨因挑重擔受傷而增生，不好穿漂亮的圓領衣服；下的水田多，腳跟裂開一道道口子，穿絲襪馬上就破洞。經歷過三年艱苦的生活，曉月已非嬌生慣養的千金小姐，她真正長大，思想成熟了。不過她才花信年華，不怕再等三年，這是她的命運。

八

從香港寄一封信半個月才到鄉下，阿旺在信裡無非發洩他的煩躁，他似乎忘記曉月的孤苦伶仃。他本可以去打工，但言語不通被港人罵「阿燦」，高傲的自尊心不想受傷，一心一意只等父親的命令。阿旺是富貴的命，出生在山區，生長在城市，接著出了國門，且將越走越遠。父親的生意做得很大，「番婆」生的兒子年紀尚幼，老父急待他去幫忙。父親花大錢買了護照，終於讓阿旺順利抵達菲國。

新的環境阿旺需要重新學習和適應。父親安排他學英文，教他改頭換面、驅逐土氣，帶他學應酬做生意，他委實很忙。小鯉魚跳出龍門，國內的動盪令他猶豫而不想回望，他已不打算回國。男孩終於進入當地的上流社會，成為華人社區新的年輕才俊。

彼此來往的信件越來越少，曉月從期望到失落，漸漸冷靜和泰然，她為自己的態度而吃驚。其實送走阿旺的那一天起，她已預感到怎樣的結局。他們皆了解對方，彼此之間似乎未曾燃過熊熊愛火，是命運開了個大玩笑。

最後那封密密麻麻長達三頁紙的來信，阿旺表明會向現實低頭，與父親的生意夥伴聯姻，過另一種生活。他並不想負心，他要的是自由。他引用裴多菲的詩句：「生命誠可貴，愛情價更高，若為自由故，二者皆可拋。」

他沒有錯，錯的是社會，他們生錯了時代。阿旺承諾補償，利用父親在鄉間的影響力辦理曉月的出國，且不必返鄉下，只需在濱城等待通知。

曉月關上房門，乏力地倒下床。任憑淚流滿面，沒有歇斯底里，亦無肝腸寸斷。她只是累了，做人好累。不吃不喝昏睡了兩天兩夜，兩位母親和洪老師都手足無措。阿旺媽自知對不起仇家，願以女兒相待，極力協助疏通人事關係。曉月頂著阿旺妻的名份，過著糊裡糊塗的日子。兩年之後獲準出國，舅舅來羅湖接她過境。曉月沒有欣喜，只覺欲哭無淚。

*　*　*

一大早被清脆的電話鈴聲吵醒，話筒那端傳來曉陽的聲音，他說馬上飛來見妹妹，中午就到。曉月叫了聲哥，發出的竟是哭的聲音。曉陽叫她阿妹！她也叫了大哥！早年她多麼期望有父兄的支撐，她終於等到了！等了半個世紀！疲累的姑娘迫不及待地趕去機場，去接她的大哥。

機場上空藍藍的天白白的雲，有架飛機從高高的空中降落，正接近母親親切的胸膛，這裡是故鄉的土地。

曉月輕輕哼起自己的旋律：「我們相遇在陽光下，我們相知在月光下，我們相愛在星光下……」

二〇〇九年九月十五日

杜鵑

杜鵑的花語代表愛的喜悅，據說喜歡此花的人純真無邪。杜鵑的箴言是當見到滿山杜鵑盛開，就是愛神降臨的時候。

——杜鵑花語

鯉城舊城區西街自鐘樓起，打橫的是一條條小巷，巷名都是有典故的，如裴巷、舊館驛、甲第巷、文魁巷、五夫人巷等等，這些橫巷裡面又生直巷，交叉如棋盤，向北延伸那面直到環城馬路。有一條叫平水廟的內巷清幽恬靜，住著幾十戶人家。六十年代這城市還沒甚高樓大廈，小戶人家省吃儉用向菜農買塊一百來平方的土地，一半僱人一半用自家的勞力，挖幾米深地基壘土牆，馬馬虎虎蓋幾間平房。新蓋的房子就跟著舊房子的門牌，將號碼延伸下去。外面的世界熱火朝天，這些安樂窩算得上是避風港。

有家不起眼的門戶向西，門上卻貼著「紫氣東來」。院子裡的三角梅爬出牆頭，妖嬈得很，搶眼勝紅杏。大門上掛著木頭信箱，左邊垂著條細繩，扯一下繩，門內的鈴響了，有人在屋內就會問：「啥人啊？」腳步聲跟著就到了。打開大門首先見到水井；石子鋪成的小路右邊花槽種著一排茉莉，緊貼鄰人生滿苔蘚的土牆下有道排水溝；左邊是伸出的大房朝南的窗，透過窗玻璃看見一面牆上掛著十字架；對著大門有座竹籬笆圍的雞棚，籬笆上利用葡萄籐遮蔭，一隻公雞帶著一群母雞在乘涼，角落有個雞窩；

雞棚後面是沒有化糞池的洗手間。拐個彎仍是碎石鋪的埕，上兩級花崗岩石階是紅磚地板的玄關；大廳左右各有一間精緻的閨房；廳後是開放式廚房接著後門；廚房左側還有個小房間，是靜修室，放置幾個蒲團。總之是改了樣的「四房朝廳」格局。

這裡是杜鵑的家，她剛升讀高中，母親鶯在一家工廠當會計。因為舅舅在外國，時有外匯寄來，日子過得尚算小康。那年頭戴隻天梭錶，乘坐鳳凰自行車，也算得上富貴人家。人都說杜鵑長得美：眉清目秀，肌膚凝脂，五官端正，身材勻稱，一頭瀑布般的長髮在粉頸後梳起兩條大辮子，穿上船來時髦亮麗的衣裳，風馳電閃的車子一過，引得多少人抬眼望。只是這女孩眼角高，見人愛理不理，一味獨來獨往。

初三解下紅領巾時，杜鵑也想爭取入團當個積極分子，自認並非哪一方面不如人，別叫人小覷自己。可是爭取了足足一年，大部分團員都批評她「小資」：不懂艱苦奮鬥，穿著太花哨，缺乏政治表現。於是她重拾舊衣服，棄車走路上學。眼看有了進步，組織一調查，又嫌她海外關係複雜。女孩強烈地感覺到被人歸類在外，索性我行我素，打扮得更漂亮，文化宮的周末露天舞會每場必到。眾目睽睽之下擁著男人起舞，虧她有這膽量。考上培原高中後，學生會主席鯤明顯地喜歡她，以幫助提高政治覺悟為由，時常找她談心交流思想，愛慕之情溢於言表。杜鵑心裡甜絲絲地受落，對這位一表人才的學生幹部煞是好感。

* * *

生活平淡如水，卻被一場文革攪的天翻地覆。母親工廠的工人紅衛兵奪了領導權，廠長和黨委書記分別給當走資派揪了出來。接著各派又爭奪經濟大權，會計和出納相繼成為鬥爭對象。他們將杜鶯抓起來遊鬥，給她戴上十幾斤重的鐵帽子，掛著「蔣匪特務」的牌子，要她跪在毛主席相前請罪。街道居委會也行動起來，大字報貼滿家門，鄰人揭發鶯的丈夫在臺灣，說她是潛藏的特務分子，經常收到外國寄來的「經費」。最震撼的是有張匿名大字報罵鶯是「破鞋」，養私生女。街媽們在軍屬珍珠的帶領下，衝進屋來翻箱倒櫃，拿走了好多「罪證」，包括：聖經、照片、手錶、存摺和首飾。街媽們大字不識幾個，將一匣子英文信當成裡通外國的證據，將收音機做為與敵方聯絡的「收發機」。珍珠這個醜女人眼紅好久了，她在心裡咬牙切齒：杜鶯，虧你長得這麼漂亮，吸引了整條街男人的目光，還不是要栽在我手裡！

一向心高氣傲的杜鵑無法接受現實。鄰居和同學都用異樣的目光看她，紅衛兵和造反派都排斥她。姑娘顯然已被劃為「黑幫子女」，大字報裡罵她是穿奇裝異服的「封資修苗子」，有人還畫了誇張的畫諷刺她和男人跳舞，罵她是狐狸精。女孩幾乎崩潰了。原來全世界都看不起我！母親也一直欺騙我！不是說老爸病死了，怎麼跑到臺灣去了？最為揪心的是那張匿名大字報：我究竟是誰的女兒？少女關上房門號啕大哭，哭累了不知不覺迷迷糊糊，夢境中見一群戴紅袖章的人指著自己罵「野女孩」，驚出一身冷汗，醒來方知天色已暗，飢腸轆轆，這才想起一整天粒米未進。

走出房門，看清楚家中一切角落都讓人抄遍了，抽屜全部打開，有鎖的均已砸壞，廚房裡的油鹽醬醋瓶東倒西歪，雞窩內的蛋也打爛了。她想做飯，發現缸底朝天米洒了一地，煤球也被鏟碎。這些惡棍什麼都不放過。杜鵑決計從明天起不再上學，留在家中收拾房子，然後再打聽母親的消息。她並非關心母親的安危，只是急切地想聽鶯的解釋。

紅衛兵們分成好多派，每一派都強調自己是革命造反派，都在保衛毛主席的革命路線。廠裡的造反派嫌關著的那些黑幫成為包袱，乾脆叫他們下車間勞動改造，不再坐辦公室，但規定每天要對著主席的照片作「早請示晚匯報」。鶯終於可以回家了。她赤裸著腳，衣衫襤褸，頭髮被剪成「陰陽頭」，面孔青一塊紫一塊，本來就清瘦的樣貌更顯得孱弱。鶯的自行車給人砸爛了，且每天罰跪令雙膝紅腫，已無力騎車，只能一拐一拐地蹣跚而行。多日沒有換洗，遠遠就聞到發自其身上的一股臭味，擦身而過者不禁要捂著口鼻。她身上的項鏈、錢包、鑰匙都被沒收了，沒錢乘三輪車，又恐路人對之投以厭惡的目光，哆嗦摸到家門口已是夜深人靜。扯了門鈴，傳來杜鵑的腳步聲。大門吱呀一聲打開，微弱的路燈下站著一個乞丐。杜鵑尚未反應過來，來者叫了聲「鵑兒」，就昏倒在地上……

本來女兒好恨她，總在設想見面的第一時間如何質問她，辱罵她，此時反而慌張起來，半抱半拖起母親進屋，找來藥油搽額頭掐人中，口裡不停叫著「阿母！阿母！」，眼淚滾落一臉，才見母親悠悠醒來，母女相擁而泣。杜鵑打開煤爐加上木炭，燒了一大鍋熱水，打上兩大桶井水，讓母親在院子裡沖洗，自己去準備吃的。伸手進雞窩抓出一隻母雞，未曾殺過生的女孩竟然從容地將母雞殺了，並用熱水拔毛洗淨開膛破肚，下到鍋裡熬起湯來。

鶯換洗之後頓覺身心舒暢，軟軟地躺在玄關的籐椅上。喝了女兒捧上的一碗雞湯，徐徐穿堂風吹來，甚是涼爽。她頗感欣慰：這裡是我的家，有我的孩子，我的避風港！月淡星稀，家中充滿寧靜平和，儘管外面翻天覆地，她一邊想著一邊踅回房休息。杜鵑收拾好廚房也回自己的房間，倒頭睡到大天亮，忘了自己的滿腹牢騷，忘了所有恩恩怨怨。鶯雖疲憊不堪，卻輾轉反側，恍惚間撥開一片迷漫的煙霧，走進時光隧道，墜入層層疊疊的往事糾葛中。

*　　*　　*

一九二五年鶯出生在香港一個牧師家庭，從小讀教會學校的洋書。日本占領香港期間停了學，和平後她重返校園繼續學業，二十三歲方預科畢業。報考了幾家英國大學，收到錄取通知，準備與男朋友魯一齊遠渡重洋。那天她收拾好行裝，準備了一頓豐富的晚餐，心情快樂得想跳舞。鶯知道自己一離家，身兼母職的父親將更辛苦，母親日偽期間病死，弟弟剛剛中學畢業升讀預科。晚餐時父親神色凝重，三個人默默用完晚膳，父親終於啟齒，說教會調派他去大陸工作，並將保送弟弟赴澳洲升學作為補償。女兒如聞晴天霹靂，衝進房間將自已反鎖了一天一夜。雖然最終還是願意陪父親回國，但她憎恨傳統中國人重男輕女的思想。她是基督徒，卻不肯原諒教會選擇培養男孩。鶯拒絕教會給她的安排，自己找到育嬰院的工作。父女初時住的房子是教會的物業，同一屋簷下，女兒不與老爸說話。鶯恨男人，她想，世界上的男人都不可靠，試問我最愛的三個男人：父親、兄弟和魯，他們何曾愛護過我？想起青梅竹馬的魯，更是心如刀割。

魯是教會執事的公子，小鶯兩歲，同住一個小區。他們高中時讀同一家學校，同時受浸。每天清晨，他倆幾乎同時下樓等校車；每日中午，兩人在同一個飯堂用膳；每個黃昏，他們乘同一部校車回家。功課有疑難共同研究，做完功課一起打網球，星期天相約上教堂，鶯是司琴，魯是唱詩班的男高音。多年出雙入對有影皆雙，是公認的戀人。魯走的前一晚，他們相約在銅鑼灣一家小餐館晚膳，幽暗的燈光照見鶯紅腫的雙眼，彼此默默無語，叫來的菜一絲未動。兩人手拖手走到維園，坐在草地上禁不住擁吻，但他們是虔誠的基督徒，難分難捨也要等到走紅地壇的那天。鶯，我讀完書就回來娶你，魯說。我要去中國，你會去找我嗎？鶯捧起他的臉問。一定會，魯撫摸著她的手答。女郎把魯的頭擁入懷中，無言地哭了。

第二天鶯沒去啟德機場，女孩怕不能自持。回國兩年後中華人民共和國成立了，海外通訊越來越不容易，他倆慣用英文書寫，但鶯不懂得如何敘述和表達國內的三反、五反、肅反等運動，魯不能夠也不想理解，他忙於功課無暇了解紅色中國。漸漸地兩人之間少了共同關心的話題，魯的來信越來越少。五十年代逢聖誕節還寄來賀卡，中國成為紅色海洋後，則完全斷了信函。說不定已經娶了洋妹子兒女成群，鶯想。但她仍珍藏著魯的一切信件，視如珍寶。白天埋頭工作，晚上查經作禱告，鶯將自己交給主，對男人拋過來的眼神視若無睹，孤兒總讓她連想到男女情愛所作的孽。

這年冬至育嬰院召開全體職工大會，宣布解散。解放軍代表說：新中國解放了，人民當家作主人，兒童是國家未來的主人翁，新中國再也不會有新生孤兒。這裡明天開始交接，請大家先回家，等待政府重新安排工作。於是人們交頭接耳，議論紛紛，陸續散去。鶯收拾了些雜物，習慣地檢查門戶關電燈，突然姑娘發現門外有個包袱，以為是同事遺下的，攬進門來暖暖的，心知異樣打開來看，是個熟睡的娃娃，約有兩個月大。紅紅的臉蛋小嘴巴，高高的鼻子雙眼皮，膚色白裡透紅，穿戴著漂亮的衣帽。鶯抱著嬰兒溫軟的身子，突然熱淚盈眶。主啊，難道是祢賜給我的聖誕禮物？她怕人瞧見，忽忽抱著孩子離開孤兒院。

回到家中父親房間還亮著燈，聽見嬰兒的哭聲老爸急忙走出房門。若是別人家的長輩，見待字閨中的女兒抱個孩子回來，必然極力反對。但他是個信主的虔誠教徒，主從他身邊帶走一個兒子，送來一個嬰兒，不正是神的安排嗎？而孩子的加入，也令家人的關係從此改善。祖父將這個女嬰命名為杜鵑。牧師有深厚的漢學修養，他向女兒解說：杜鵑媽媽不懂得自己築巢、孵蛋，而會趁葦鶯媽媽離巢時，偷偷地移走葦鶯的蛋，再把自己的蛋產進巢中。剛孵化的杜鵑鶵鳥羽毛還沒長出來、眼睛也還沒睜開，就會本能地用背部將其他「正牌」的葦鶯蛋或寶寶，一個個頂出巢外，只留下自己待在巢中，張大嘴巴獨享葦鶯養娘所餵的食物。但無論如何，鶯養娘總會含莘茹苦地把這寄生的冒牌家伙撫養大。鶯聽得睜大雙眼，她雖未生養過兒女，但在育嬰堂帶過那麼多幼兒，一點不覺困難。恰好新工作在等待中，買來米糊和煉乳，鶯就輕輕鬆鬆地應付了。

* * *

杜鵑一早醒來便先開爐子等煤火旺上來。打開雞窩，撿幾隻蛋，給母親沖冰糖蛋花湯。煮一鍋稠的粥，用笊籬撈起稠的米飯隔開米湯，裝進保暖壺。抓幾條菜脯垛碎煎蛋，挾起放在飯壺上格。這是母親的午餐。母親暫時騎不了自行車，小城沒有公車，中午該留廠休息。以前這些事從不需要女兒費心，總是母親做好了才喊她起床。從那天起杜鵑決心改變自己，學做家事，她明白自己應該長大了。鶯早晨起來梳洗，用遮瑕膏搽搽臉上的瘀紫，將絲巾包起陰陽頭，穿上工作服，喝了蛋花湯，扒兩口粥，拎起飯壺和紅語錄，滿意地上班去了。

母親走後杜鵑就上街去買菜，這是她以前最討厭的家事之一。菜市場人頭湧湧，人的汗味，雞鴨屎的味，魚腥味，臭氣攻鼻。最糟糕的是要講價錢看斤兩，小販子挺會欺善怕惡。而這買菜講究的是經驗，冰冷的肉是賣不完冰鎮過的；買魚更考眼光，必須看魚眼判斷新不新鮮。第二件討厭的事是做煤球，將碎煤加泥加水攪和，再用壓縮杆壓成一塊塊圓餅，置於太陽下曬，怕天要下雨，一大早就得做好，晚上收起來。每次見母親做煤磚都笑她是「包大人」，看來自己也不例外，黑臉可以洗乾淨，指甲縫裡的黑泥才難搞。她還要餵雞、澆花、洗衣、拖地板……

累了好些天，被人搗亂的家終於整頓好，看到自己的勞動成果，杜鵑頗開心。可一閒下來又感到悶的慌，她需要出去逛逛，呼吸新鮮空氣。杜鵑打開衣柜，幾套香港時裝給街媽抄出來剪破了，所剩無幾。這時節不能穿的花花綠綠，時興的草綠色軍裝看起來威武，杜鵑卻在心底裡鄙夷，馬戲團的猴子才穿！全中國都穿灰色，好像辦喪事，只有西哈努克親王夫人別具一格，猶如荒郊野外的一朵鮮花。於是她靈機一動，跑到母親房間，將鶯的工作服拿出來，揮起剪刀重新裁剪，踩起縫紉機，飛快地將寬大的工裝改成有腰身的時裝。穿上身照照鏡，挺不錯！其實什麼衣服穿在杜鵑的身上都好看。辮子太長捨不得剪，將它盤到頭頂去。如此刻意地打扮一番，杜鵑由學生變成一個成熟少女，令人眼前一亮。

踏著自行車穿過幾條橫巷，發覺太陽已經西斜，杜鵑不知該去哪兒。就往北門方向吧，到環城馬路兜兜風。初秋的北門有些涼，灰色的天空下是人們索然的面容。逆著下班的自行車群，杜鵑將車子駛向一條岔路，停靠在一棵大樹下。坐在樹下的石頭上茫然得想哭，淚已經湧上來，卻聽到一聲剎車，有輛吉普車停在約十米遠處，令她緊張起來。杜鵑馬上沒有了哭的感覺，心想還是快走為妙，但兩腳卻拔不動，整個人好像凝住。夕陽照下，一個熟悉的身影下車來。啊，是他！鯤沒穿紅衛兵的軍裝，仍然是男生的模樣，朝著她而來。

鵑鵑，你好嗎？鯤伸出雙手。杜鵑抖動著嘴唇說不出話。好想念妳！鯤撫摸著她的手，一邊喃喃地說，一邊扶著她的肩膀一同坐下。小子述說他做紅總頭目的身不由己；說他父親也被轟下臺了，對前途感到如何困惑；說他常在夢中見到她，無法遏止對其思念……杜鵑囁嚅著，任由男孩握著她的手。這時遠山的夕日迅速落下，大地隨即漆黑一片，男孩突然抱住女孩，杜鵑感到臉熱心跳不能支持，有些兒迷糊，路燈卻猛然齊齊亮起來，把兩人都嚇了一跳。接著車內喇叭驟然響起，杜鵑從迷濛中驚醒，輕輕推開鯤。啊，原來他帶了保鑣！杜鵑恍然大悟，他是跟蹤而來。鯤再次擁抱了杜鵑，塞給她一張揉成團的小紙，無奈地上車絕塵而去。

鯤出身革命家庭，其父是地委副書記。文革一開始，幹部出身的子女以「父親英雄兒好漢，老子反動兒混蛋」為口號，打倒「反動學術權威」，將一個個老師揪上臺鬥爭，並到處破四舊、立四新。意氣風發的紅衛兵們萬萬想不到，接著運動的矛頭直指「黨內當權派」，紅色後代的父母也是鬥爭對象。於是他們拼命保父母及其聯盟，而原先被排斥的非紅五類也應運上臺，組織起來革「走資派」的命。不同派別不同後臺的爭霸戰始於此。杜鵑屬於「黑五類子女」本不關心哪一派，但小子的出現令她心亂如麻。瞧他身邊多少紅色美女卻垂青於我！小鯤的深情令之深深感動。

她推著車子乏力地走，讓清風慢慢冷卻滾燙的臉。走到路燈下，攤開手中小字條，幾個字印入眼簾：「有事找我」後面是數字。女孩明白是電話號碼，旋即縱身飛車駛過幾條小巷回家。打開大門，朝南伸出的窗戶仍然不見燈光，杜鵑想念起外公。文化革命一開始，教堂就被紅衛兵組織勒令關閉，教會的執事、牧師及主要幹事皆被集中軟禁，老人家一直沒音訊。杜鵑不禁頓足捶胸，剛才為何沒問他呢？竟然為兒女私情忘卻親愛的外公。杜鵑，你還是人嗎？

＊　＊　＊

女孩苦思了一夜，決心豁出去。等母親出了門，她隨即騎上車子飛往新門街郵電局。杜鵑向櫃臺要了份表格，除了號碼什麼也沒填。「打去哪裡啊？」那女人看了頭也不抬。「本地。」杜鵑答。「本地不必填表，」那人在心裡笑她傻，「就在外面打。」「我要房間，你可按長途收費，杜鵑堅持。」女人這才抬起頭，看清楚是個標緻的姑娘，就指了指二號房。杜鵑進入那格子間，取下聽筒，忐忑不安地等待，線路那端似乎嘈雜的很，好久才傳來一個女聲：「喂，紅總司令部。」「找張小鯤。」杜鵑說。「他在開會，你是他家人嗎？」對方問。「是，家裡有急事。」姑娘因說謊而臉紅。「請稍等。」對方放下電話的聲音，而後是離開的腳步聲。停了好一陣子，杜鵑屏息以待，終於聽到走近的腳步。「誰？」對方拿起聽筒，是熟悉的男音。「我、我、我……」杜鵑緊張得透不過氣。「鵑鵑？你沒事吧？」驚奇的口吻。「我、我想你幫忙找、找外公。」杜鵑口吃起來。「喔！我明白，我在開會，你回去等我的消息。」他說。「好，謝謝。」杜鵑終於放鬆下來。「再見！」對方「咔」一聲放下聽筒。好似打贏了一場仗，女孩有些兒飄飄然，急馳而回。

日覆一日做不完的家務，除了改衣服，杜鵑就繡花，藉此制止自己胡思亂想。以前外公在家總會陪他作禱告，外公不在上帝離得那麼遙遠，祂聽得見嗎？神太忙了，為何不來幫我們呢？想著想著，淚水滴落在繡了一半的杜鵑花上，那鮮紅的花辮變得有些暗淡。據說春季裡杜鵑花開放時，滿山鮮艷如紅霞繞林，人譽之「花中西施」。五彩繽紛的杜鵑花喚起人們對生活熱烈美好的追求。

小時喜歡纏住外公講故事，傳說古時有個蜀國的皇帝，名叫杜宇，他是一個非常負責而且勤勉的君王，很愛他的百姓。農人經常樂而忘憂耽誤農時，杜宇心急如焚。每到春播時節，杜宇四處奔走，催促人們趕快播種，把握春光。可是，如此年覆一年，反而使人們養成壞習慣，杜宇不來催他們就不播種。杜宇終於積勞成疾而死。死後他的靈魂化為杜鵑鳥，每到春天就四處飛翔，發出聲聲啼叫：快快布谷！快快布谷！直叫得嘴里流出鮮血。鮮紅的血滴灑落漫山遍野，化成一朵朵美麗的鮮花。那些鮮血化成的花叫作杜鵑花……哎喲！走神讓針扎了手，殷紅的血滴落在花辮上，杜鵑花更加鮮紅了……

傳來門鈴響。門外站著一個穿軍裝的少年。「你是杜鵑？」他問。「找我有事？」杜鵑反問。少年遞上一張字條，杜鵑看到寫著：跟他來。署名是個潦草的鯤字。杜鵑鎖上門隨少年走到巷口，看到一部似曾見過的吉普車，就坐上去。車子慢慢出了南門兜，急馳往郊外，約莫開了半個鐘頭，一路上人影稀疏，由於近來頻頻發生武鬥，少了進城的農民。車子左拐、上坡、再拐、下坡，最後在一個看似崗亭前面停下。趁他們下車對照證件當兒，杜鵑偷偷四望，發現周圍並無村民，也無集體宿舍，只見幾排簡陋的草棚屋。

少女跟少年走過哨崗，進入一個小房間，泥沙的地板正中擺放著一張破桌子，桌子兩邊各放一張木櫈，別無他物。少年示意她坐下就出去了。女孩坐在凳子上伸長脖子望向門外，聽到腳步聲由遠而近，一個步履蹣跚的老人朝她走來。杜鵑忍不住撲了上去，掛在他頸上哭起來。孫女纏著外公坐下，自己跪下來，將頭擱在牧師的膝蓋上，任憑淚水滴落老人一身。老人讓孩子哭夠了才扳起她的面孔，用粗糙的手抹去她的眼淚，撫弄她的長髮。「傻孩子，公公好好的哭什麼！叫你媽別擔心！」杜鵑看到外公浮腫的面龐上憂鬱的眼神，哭得更傷心了。老人拿起杜鵑的手，閉上眼默默禱告……錶針滴答滴答拼命地走，雜沓的腳步聲也由遠而近，來者扶著牧師出去，少年挽著泣不成聲的杜鵑上車。

見外公的事杜鵑不敢對母親說。鶯是個疑心很重的人，假若她問起鯤來怎樣解釋？鶯對男人頗有偏見。杜鵑靈機一動編了個謊話，說有同學負責管理學習班，見過杜牧師，說他身體還好，以後可能安排家屬見面。鶯將信將疑，杜鵑不敢看母親的臉。她知道一定可以再見外公，上菜市場特地買了老人愛吃的鹹帶魚和花生米。姑娘將鹹魚煎得香香的，花生米炒得脆脆的，灑上鹽，都用玻璃瓶裝起來。她拆了自己的天藍色毛衣，替外公織了件背心，為下一次見面作好準備。果然那少年每個月都來帶她。杜鵑很感激鯤，開始思念他，甚至有了一點相思的苦澀。

有一天開門見到的不是那個少年，鯤出乎意料地出現。剛關上門，他就瘋狂地抱著杜鵑吻起來。杜鵑沒有抗拒，她渴望被愛，期待這一刻已經很久，少女像隻溫柔的小貓，躺在主人寬厚的臂膀裡，那感覺多麼美妙。他們像喝醉了酒不能自己，忘了革命忘了顧慮癡纏起來。打後小子再來過幾次。杜鵑開始迷戀他，期待每一次相會，如癡如醉地享受愛情。可是後來小鯤突然沒了影蹤沒了信息，據悉有消息顯示對立派會對他不利，因而受保護沒能隨便離開總部。女孩好像害了相思病，三魂不見七魄。

直到一九六八年底，毛澤東決定給這場紅衛兵運動剎車。一千四百多萬老三屆在城裡無事可做，成為亟待解決的社會問題。紅衛兵組織全部解散，上山下鄉勢在必行。積極參與過運動的張小鯤認為自己被欺騙利用，澈底放棄了曾經堅信不疑的革命理想。鯤父雖然身在五七幹校，但人際網絡尚存，他安排子女先去建設兵團再謀出路。小子來帶女朋友去幹校，他要老爸相信兒子的眼光，希望父親允許他們一起加入兵團。

鯤是騎了輛新單車來的，就停在大門口。男孩把杜鵑扶上後車座，幫她繫上一塊頭巾，說外面的風好大，然後跳上車，倏地一下，打著鈴把女友帶走。女孩偎在男孩身後，頭上那塊絲巾被風吹得高高揚起。站在老革命面前的是一個十八九歲黃花閨女，烏黑的一頭長髮扎著條灰藍色絲巾，穿著一件白色套頭毛衣，胸口綉著一朵紅杜鵑，襯出玲瓏的身段，下面是工作服改製的藍色長裙，腳上穿了雙丁字黑皮鞋，白短統襪乾乾淨淨的。

＊　＊　＊

首長打量著她，發覺女孩高挑的身材，白皙的皮膚，眉宇間蘊著一脈清秀，靦腆地半低著頭，簡直無可挑剔。不過這位老謀深算的首長實在不簡單，老頭在心裡打自己的算盤。他們有自己的老戰友聯盟，兒女親家正是維繫這種關係的重要環節。鯤的母親更嫌棄杜鵑的家庭成份，他們怎會讓獨子冒這個政治風險。鯤母巧言勸兒子先走，答應隨後安排杜鵑的出路。鯤相信父母的能力，一九六九年春節暫別女友參加建設兵團，他倆相信隨後很快會在一起。

杜鵑是獨生子女不必下鄉落戶，但家庭成份不好，留在城市沒有工作沒有前途。鯤的父母倒是沒有食言，替她在城裡安頓工作。因為國營廠沒招工名額，只能到商業部門當店員，進了一家醬油舖。鯤不明白父母的心計，認為建設兵團也苦，留城未必不好，先將就一下，自己爭取假期回來既看父母，又可與愛人相聚。杜鶯感激鯤幫了老牧師，又安排女兒的工作，接納了他們的情侶關係。

初時並非杜鵑嫌惡店員工作，只是那醬油味兒老揮之不去，衣服、頭髮、指甲裡滿是那氣味。街市那麼齷齪的環境，少女如鶴立雞群，人稱之「醬油西施」，男人的貪婪目光令她難以忍受。女孩情願去建設兵團受苦。她對鯤的愛越陷越深，夜裡想念他到無法入眠，而他一年只能回來一趟。一九七二年底鯤回來過年，男孩告訴杜鵑在兵團裡沒有前途，他將入伍，但軍隊有鐵的紀律，以後可能不容易回來。杜鵑有了壞的預感，擔心鯤越走越遠。他們纏綿了一整個假期，分別前那晚杜鵑哭了一夜。鯤入伍後即考上東北軍事大學，軍人是不能隨便離職的，再沒回南方，三年畢業後留校當教官，軍事學院校長是他的未來岳父，鯤父的老戰友。

男友走後杜鵑發覺自己有了身孕，不知如何是好。難道去找鯤的父母求助？他們願意接受一個賣醬油的媳婦嗎？當然不可能！瞧鯤母那勢利眼，一早故意作這樣的安排。妊娠反應日趨強烈，閨蜜帶她到浮橋一家僻靜的私人診所。許多婦人坐在一張長凳上，等醫生給她們進行墮胎手術。杜鵑渾身顫抖，臉色蒼白，無助地四顧。陪同來的女友說：「別怕，一會兒就好了，醫生的醫術很高明。」她搖了搖頭說：「我好怕，真的怕極了。」手術室內傳來清脆的刀剪碰撞聲，有個女人淒厲地尖叫著哭罵著。杜鵑突然跳起來衝出門外。姑娘在江邊徊徘，不知該走向哪兒。她想起外公，老人家轉到幹校學習班，放假會回來與家人見面，期望他趕快回家。她想到上帝，好久沒做禱告，她必須向主懺悔。踩著沉重的車子回到巷口，路燈已亮。母親準備好飯菜等著她。聞到飯菜的味兒，女兒哇啦啦吐起來，嚇得鶩大驚失色。

外公每月被允許回家一次，老人家年近八旬，年輕時的體能鍛鍊幫他渡過這場浩劫，教會正在給他辦理退休手續。連續幾個假期父女密密商議，老人給在澳洲的兒子寫了許多長信，鶩多次給弟弟打長途，全家人誠心作禱告。杜鵑的身子越來越沉，兩邊臉頰陷了進去，整個人失魂落魄地。外公叫她辭去店員的工作，留在家中讓母親照顧，並教她好好學習英文。牧師還是那句話：把自己交給主。

一九七五年初冬，杜鵑收到帕西某校的錄取通知，辦妥一切出境手續，將經香港赴澳洲升學。那天華僑大廈往香港的班車即將開出，溫暖的陽光下站著一位年輕的姑娘，紅絲帶扎的馬尾，工裝上衣、球鞋、牛仔褲，神彩飛揚漂亮如昔的杜鵑多了一份自信和剛強。老牧師已經退休，在家照看他的重孫。母親送行依依不捨。杜鵑再次擁抱母親，親吻她的面頰，母女的淚融化在一起。外公說過，杜鵑媽媽不懂得自己築巢和孵蛋，會趁葦鶯媽媽離巢時，偷偷地移走葦鶯的蛋，再把自己的蛋產進巢中。養大杜鵑的是寬宏大量的鶯養娘，杜鵑卻要高飛了，這是我的宿命。但我不會忘記妳，我的娘親！

二〇〇九年九月二十九日

重逢

入境大堂到處人頭湧湧，娟娟氣喘兮兮地擠到閘口，眼睛搜索牆上的大熒光屏，電腦顯示港龍K205早已抵達，閘口是A。心急如火一路上偏遇堵車，估計過關等行李需時，幸虧趕得上。看見旁邊有人舉著牌子，上面大大字寫著某某人的名字，女人不禁失笑：三十多年沒見他了，不至於要舉牌子吧。這時她腦裡的影像是個身高一米七十八，英俊偉岸的男人。放眼望去，遠道而來的旅客推著行李，個個疲憊不堪，但一聽到親友的呼喚，見到熟悉的面孔，馬上神彩飛揚，擁抱，親吻，喜極而泣，一幕幕感人的場面。

年輕的男子一個個走過了，娟娟失望之後方醒悟他已不年輕，又將目光放在成熟的男士身上，但幾乎所有的人都被接走了。這時有位神情落寞的男士，慢慢把行李車停放在一邊，將視線看過來。啊，女人不由心中一震，那猶豫的眼神！來者一頭灰白髮，高高的瘦削的身軀微駝……他瞧見我了，她終於鬆了口氣，向前迎上去。可是這位有風度的男士竟然讓路，擦肩而過，向其身後望。他沒認出我！娟娟頓時氣餒，難道我真的那麼老了？

她轉身狠狠叫了聲：「吳明！」

男人愕然回轉頭。「啊，娟娟！」他木訥起來。

「你認不出我了！」女人絲毫不掩飾她的不滿。

「不，我總是錯過，一再錯過。」

聽他這麼說，娟娟心軟起來，原以為他會將自己擁入懷中，彼此會激動不已，不料是這樣漠然，不甘地幫他推著行李，兩人沒說一句話。大堂的一側有人大聲叫著：「吳教授，我們在這裡啊！」他的同行者皆已出閘久候。娟娟說：「別讓人等了，給我電話。」說罷塞給他一張八達通，噙著淚頭也不回地走出去。

上了巴士，上層只有疏疏落落幾個乘客。娟娟最愛搭機場巴士，透過窗玻璃可眺望青衣大橋的美景。然而淚水模糊她的視線，眼前盡是三十年前的那些人和事，那永留心中的舊夢。

娟娟高挑的個兒，是校隊女籃，喜歡穿高領衛衣、白褲、白帆船鞋，背著用白線鉤出的通花襯裡書包，在齊耳短髮兩邊別個紅夾子，好動活潑如校園中的一隻蝴蝶。七十年代中娟娟升讀高中，雖說文革期間沒讀多少書，天天政治學習，「批林批孔」，「深挖洞廣積糧」，但一班同學相處多年，感情不淺。同學們常常聚會，私下議論局勢，擔心國家和自己的前途。其中最合拍的是一齊長大的吳明。

吳明與娟娟同讀一中同班，同住縣委家屬宿舍大院。吳明的父母是老革命，文革前當縣委書記，娟媽只是普通的辦公室職員。吳明是家中老么，哥哥姐姐都在外地工作，文革期間父母被關進學習班，男孩一個人過日子。以前吳明父母當時得令，娟媽分屬下級，雖住在隔壁並沒往來。現在娟媽看著孩子可憐，除了上學就是打球，吃飯上食堂，衣服骯髒，家居凌亂，就幫他洗洗補補，有什麼吃的也預他一份。小子雖為幹部子弟，並無驕氣，脾性隨和中有一絲懦弱。

那一年縣裡公演朝鮮電影《賣花姑娘》，大家拿著小櫈子排隊去廣場看戲，娟媽胃痛躺在床上，交代吳明好好看住娟娟，因為幾十里外的鄉民都來看，怕人多女兒給踩了。《賣花姑娘》演的是日本統治下的朝鮮，有個叫花妮的姑娘，每天都要歷盡艱辛採花拿去街頭售賣。因為其父早亡，哥哥被關進監獄，媽媽又得了重病，還有個失明的妹妹。為給母親買藥，花妮不得不忍受屈辱，靠賣花賺錢養家。

買花來喲　買花來喲
朵朵紅花多鮮艷
花兒多香　花兒多鮮
美麗的花兒紅艷艷
賣了花兒買藥來喲
治好生病的好媽媽

……

從山坡上採來了美麗的金達萊
買花來喲　買花來喲
快快來買這束花
讓這鮮花和那春光
灑滿痛苦的胸懷

……

聽到花妮幽怨的歌聲如泣如訴，娟娟感動得淚流滿面，不覺抓緊吳明的手，吳明摟著她的肩膀，不斷用袖子拭去少女的淚水。電影散場時，他倆一手拿小櫈子，一手拖著對方，退場的人潮洶湧，吳明用寬大的身子護住娟，多次被人家的櫈子撞到，嚇得娟娟大呼小叫，幾經艱難才退出廣場。一直到家門口，兩人才發現彼此仍手拖手，姑娘漲得滿面通紅，急忙縮回手假裝找鑰匙，男孩也尷尬起來，忽忽進自己家門。

經過這一晚，兩個年輕人看到對方都臉紅，吳明更是訕訕地。還是娟娟大方，主動告訴他，電影院又放映什麼外國片子。吳明一下子開了竅，一有新片上映就買頭場，選後面最好的位置。那年頭影院只播放老舊的革命片子，外國片倒有越南、朝鮮、阿爾巴尼亞和羅馬尼亞片。年輕人最鐘意的自然是有熱鏡頭的片子。正是看了一回有擁吻鏡頭的羅馬尼亞電影，娟娟臉紅心跳，吳明摟著她，吻她熾熱的額頭，女孩並沒有抗拒。

一九七五年政府批準娟娟和母親出國會親，朋友們都來餞別，同學們還開了歡送會，大家盡說些恭賀錦綉前程之類的話。母親很興奮，只有娟娟心事重重不吭聲。晚間吳明請娟娟看了一場阿爾巴尼亞電影，除了記得劇終前兩個男女主角的親熱鏡頭，內容全然記不住。兩人從入場到散場未說過一句話。散場後手拖手穿過寂靜的大街，娟娟跟著吳明向城邊溪流的方向走，月光照在溪邊的卵石上，夏日的熱氣已漸散盡。姑娘將滾燙的臉埋進吳明的胸口，吳明托起她流著淚的臉，吻她的額頭、眼睛、臉頰、嘴唇，娟娟也深深地回吻。而後兩人十指緊扣，慢慢地踱返大院。回到家門口，再次擁吻……

這個夜晚，一九七五年仲夏夜，同一個時空，隔著一道牆的少男少女輾轉反側，他們的心一齊飛進伊甸園。那條油嘴滑舌的蛇對娟娟說：「姑娘，你瞧樹上的果子又紅又甜，嚐一顆吧！」娟娟正渴的緊，摘了一顆放進嘴裡，那果香直沁入心田，渾身酥麻軟癱。「吳明，你也嚐一嚐吧！」娟娟輕聲貼耳細語。小伙子遲疑著摘了一顆，剛要入口，卻聽到有誰叫他，果子掉到地上……

走過羅湖橋，娟娟結束了她無拘無束的少年時代，進入另一個天地。姑娘從不知道生活是如此艱難，在這裡必須自強不息，從零開始。母親用退職金換了幾千元港幣，這是全部家當。在親戚家的廳裡睡了幾晚，親戚住的很擠，母女必須馬上找房子。看了幾家出租單位，最便宜的是沒電梯的唐樓，三十多平方米的兩房一廳單位月租二千二百，母女租不起全層，只能向二房東分租一個房間，月租九百，連按金、預繳下期、中介費，合共三千一百五十元。除了不足九平方米的房間，尚可分用廚房和廁所，但所有私人用品，除了炒菜的鍋和爐子，包括電飯鍋、冰箱、熱水壺都要放在自己房內。買了一張雙層床、一個小衣櫃、一張桌子、一隻靠背椅、兩套被褥，電視機放在床尾。還有石油氣爐、鍋子、碗、筷等等雜物，總算安頓下來。帶來的錢幾乎花光了，明天就得找工作。

母女天未亮就醒。打開窗車聲吵，灰塵多，關上門窗要開空調，電費自付。包租婆一家五口，夫妻兒女睡雙層床，爺爺睡廳，他們也是新移民，父母上班孩子上學，生活清苦。七個人共用一個洗手間，人人要自律，勿讓人久等。住這裡近工廠區，除了免去乘車費用，還可省下時間加班。許多工廠請女工，母女同進一家小電子廠，母親做包裝工，女兒要望鏡，有津貼。娟媽做八個鐘，下班得買菜做飯。娟娟每晚須加班兩三個鐘，原想上夜校已不可能。母親一個月只掙七、八百元，女兒不遲到不請假，加班、勤工連津貼可得一千五。生活問題解決了，但人如一副機器不停地運轉，躺上床也不嫌車吵了，馬上呼呼睡死去，如花似玉的妙齡少女彷彿一具行屍走肉。唯有當二房東打開信箱，拿來吳明的信，才令她感到自己還有思想。遙遠的相思，淚水滴落信箋，濕透枕頭。娟娟曾含蓄地提出想和吳明結婚，對方考慮父母的問題懸而未決，猶豫不定，後來考上一家工學院，當了工農兵學員。

母親坐慣辦公室，在管工的監督下勞累不已，又是背痛又是胃疼。她原是來見那婚後往南洋謀生的男人，想把女兒交給她父親就回去。可是這男人磨磨蹭蹭地，說是生意失敗，那邊一大家子並不好過，至今未肯來港。娟娟是在香港出生被母親帶回鄉的，對生父沒一點印象，他來不來倒無所謂，只是擔心自己當不了這個家，她才二十歲。眼看母親越來越瘦，女兒想帶她去看醫生，看一次一百來塊未見好，看專科要幾百元，姑娘犯愁了。轉眼來港一年多，往下的日子怎過呢？有天中午女工都出去吃飯，娟為省錢帶了飯來，用完午膳百無聊奈，輕輕唱起歌來：

買花來喲　買花來喲

朵朵紅花多鮮艷

花兒多香　花兒多鮮

美麗的花兒紅艷艷

賣了花兒買藥來喲

治好生病的好媽媽

感懷身世，女郎邊唱邊落淚，竟抽泣起來。豈知隔牆有耳，老闆正想打個盹兒，聽見隔壁車間的歌聲，罵一聲：「這些『師奶』趕著吃飯，收音機也不關！」於是踱了進來。這個中年漢子是學徒出身的粗人，原是最最瞧不起新移民的家伙，此時發現有個女工淚汪汪地唱歌，頓時起了憐香惜玉之心。他叫來貼心的老伙計，把姑娘安排到寫字樓當文員，從藍領提升到白領，工資以月薪計。

兩年後娟母經人介紹，傾囊買了鑽石山一處寮屋。香港的寮屋是某些地頭蛇占用公地，用鐵皮、木板、油毡搭成難民房，賣給新移民圖利。一次過花了近兩萬元血汗錢，無非希望省下租金，一勞永逸。冬天冷風穿過板縫，夏天烈日照下仿似烤箱，食水要到村口挑，電線亂成一團像蜘蛛網，比牛棚豬圈強不了多少。一個冬夜裡，娟娟因趕貨加班夜歸，小巴只許停在村口，原來戒嚴不准進村。村東頭失了火，濃煙迷漫整條村子，相繼傳出石油氣爆炸聲。娟娟想到母親在家，不顧一切往裡衝，卻被消防員阻嚇，便呼天搶地坐在路邊哭起來。幸虧所有村民都被救出來，娟媽給煙薰得一臉炭黑，家當全毀了。難民被安置在臨時社區中心，社會福利署派發了一應用品，勉強可以安身。但那些赤膊露臂渾身汗臭的男人就睡在身邊，娟娟如何忍受？流了一夜淚。

第二日娟告了兩天假處理家事。按房屋署的政策，母女居港未滿七年，只能住臨時安置區，比寮屋好不了許多，娟澈底洩氣了。原來下班就趕回家的她，一反常態跟同事們去瘋玩，喝啤酒、打麻將、唱卡拉，「王老五」老闆更不時當「柴可夫斯基」負責接送。

每次唱K，娟三杯啤酒下肚，不理有沒有音樂就吼起來：

買花來喲　買花來喲

朵朵紅花多鮮艷

花兒多香　花兒多鮮

美麗的花兒紅艷艷

同事們不明白這是首什麼歌，娟告訴他們，這是她的「飲歌」。她終於答應嫁給老闆，為母親安排了新的房子，自己的整份工資給母親作生活費。

*　*　*

手機鈴聲將沉入往事的娟驚醒。

「娟娟，我已經入住酒店了，明後天開完會，周末下午可以自由活動。」傳來吳明的聲音。

「好，周末請你吃飯，等我電話。」

春日的周末暖洋洋，娟娟約吳明在金鐘廊等。她穿著短袖線衫、球鞋、牛仔褲，故意姍姍來遲，想讓他急一急。豈知從中文大學到金鐘要經九龍塘轉車，吳明錯了站坐到中環再回頭，因遲到急出了一頭汗。娟娟一眼瞥見他在白襯衫外面罩了件藍色粗毛背心，瞧那花式顯然是精心手織的「溫暖牌」產品。吳明抱歉地自嘲：「我又錯過，總是錯過。」娟娟拖著他的手朝山頂方向走去。到了纜車站，見一些年輕人給遊客照相，女人招手示意要照，男人卻想躲閃，娟娟不理睬硬是依偎著他照了一張。拿著到手的照片一揚，娟娟數落起來：「怕老婆吃醋啊？」吳明顯得有些尷尬。娟娟帶他遊覽了山頂，然後到一家西餐館坐下。看了菜牌，吳明說：「我不懂吃西餐。」娟娟叫了一份薰三文魚沙拉配忌廉湯，一份七成熟的牛排配羅宋湯，一客焗法國田螺。沙拉忌廉湯先到，女人叫侍應放在男人面前，吳明喝了口湯皺了下眉頭。

「怎麼樣？你老婆沒做過給你吃？」娟娟故意逗他，「你這鄉下佬，就懂吃肉。」說完把牛排推給他。因為不會使用叉和夾子，那法國田螺也搞得吳明好狼狽，醬汁濺到毛背心上。

「你存心作弄我，」男人說，「報復我當年沒出來，我知道你怨我。」

「別自視太高，你出來也要跌進火坑，還好沒拖你落水。」女人說，「我不入地獄誰入地獄？」

突然一片靜寂。

「你老婆很愛你？」沉默片刻後，娟娟開口單刀直入。

吳明不置可否，打開錢包，取出一張與妻女的全家福。

「你的護身符。」女人嘲笑他。

「你的他呢？」吳明岔開追擊。

「很好，只差文化水平沒你高。」娟娟反擊。「兩個孩子去英國讀書，我們將廠搬去深圳。」

「他對你好，我就放心了。」男人釋然。

「不好又怎樣？日子總要過的。」女人不肯讓他太坦然。

「你還是怨我。」吳明喃喃地。

「你相信來世嗎？」娟娟突然拉著他的手，淚如雨下。「如果有來世，你一定要記起，記起你欠了我。」

步出餐廳是沉重的靜默的腳步，地上兩個糾纏著的影子。坐上纜車，娟娟靠在吳明的肩上嗚咽。

下車後，女人送男人到地鐵站口。

「保重，不送機了！」娟娟揮揮手轉身。

銀色的月光灑落她一身。

二〇〇九年十月八日

老房子

慧慧一下機就趕著招的士，她只挽著個小小的旅行袋，不必等行李，也沒通知家人來接她。小馬哥與阿扁執政時期的政策不同，臺灣的出入境規定有所變動，苦了她要重新製訂時間表兩邊跑。幸虧現在有直航班機，臺北飛濱城兩個鐘頭就到，以前要到香港轉機才真的辛苦。今年因為婆婆病重來回跑了幾趟。慧已逾不惑之年，大眼睛高鼻樑，皮膚細膩身材高挑，一個風韻猶在的半老徐娘，被臺灣人叫做「大陸新娘」，回濱城人又笑稱她「呆胞（臺胞）」。

的士停在近後路頭的上十字路口，思明南路一帶重建，這裡的居民陸續搬遷，只剩下陋巷內零零落落的幾戶人家。碎石小路自巷口依牆蜿蜒，狹窄處路人只能擦身而過。拐彎來到一家大雜院，木做的大門斑剝脫落，邊角霉爛，圍牆上嵌著一排碎玻璃片。推開門望見年久失修的院落，三面均是幾間破平房，屋頂上稀稀落落的兔尾草迎風搖擺。院子鋪著不規則的石塊，東頭有口水井，西面晾衣竿上掛著女人的衣褲。外面的街燈已亮，這裡卻是一片昏黃，東邊和北面皆悄無聲響，鄰居都搬走了。慧慧走向西隅，那是屬於她家的兩個小房間，外加搭在院子的廚房。房間又暗又臭，微弱的燈光照著兩張破舊的單人床，一張蓆上睡著個癱瘓的老婦，靜寂中聽見她從喉嚨底發出細微的痰響。看護她的一個老者正替她餵水換尿布。老太婆堅持在這老房子等日子，似乎時日不多了。

慧慧的婆婆在這個老房子住了半個世紀。

一九四八年冬，鷺島華燈初上。「黑貓」舞廳的爵士樂響起，一班花枝招展的姑娘魚貫進場，高跟鞋咚咚咚地踩上樓，匆匆入化妝間上粉添妝，媽媽進來趕鴨子般地催促下場。西裝革履的男士挑個女人摟摟抱抱，跟著音樂踏來轉去，耳鬢廝磨，貪婪地呼吸著脂粉的芳香。樂隊唱着《紅燈綠酒夜》：「圍爐消寒天，談情說愛樂無邊，清歌飄渺膩舞翩翩，快樂快樂比神仙……」

媚娘姍姍來遲，媽媽沒敢罵，只疼惜地小聲貼上耳朵，說老客人都等急了。自從媚娘的人氣急升，經理巡場都特別客氣，今天來帳房借糧一直陪笑。媚娘生長在鷺島周邊的一個漁村，自小跟著父母下海，種蟶子、種海帶、開蠔仔，任海風吹海浪打，卻是天生的美人胚子，調養幾個月又白白淨淨的。兩年前濱城光復，和平啦！勝利啦！有飯照吃，有舞照跳，人們又沉淪於紙醉金迷，哪怕北方炮聲隆隆。不幸的是媚娘的父親駕船出海時遇上國軍拉伕，連人帶船失了蹤影。母親受不了刺激，一病不起撒手人寰拋下媚娘姐弟。媚娘只十六歲，隻身來到鷺島進紗廠當學徒工，一天應付幾十臺機器疲於奔命，自己的生活勉強解決了，但未成年的弟弟如何？只好咬咬牙改做舞娘的生涯。捱了這兩年，弟弟已經十五歲，今天向公司預支一筆錢，替他添置衣服被褥，備了送師傅、師娘的禮，帶他去拜師學藝。安頓完畢總算鬆了口氣。

歷練這兩年，媚娘已經脫胎換骨，成了拔尖的人物，只是家累重，沒有可炫耀的首飾佩戴，一身素淨的絲綢旗袍，三寸高的鹿皮鞋，襯出舞娘的秀外慧中。趁著轉換音樂回到座位的空檔，打開皮包掏出盒「五五五」，剛取出一支夾上紅唇，有人噠一聲打了火旋即送上。媚娘狠狠地抽了幾口才瞟他一眼，是這陣子頻頻近身的那個年輕人祥和。祥和本是個無業遊民，後來兼職當巡場，人沒什麼文化素養，粗口爛舌的，倒是有些忠肝義膽，他哥是警察廳的高官。媚娘不善與人勾心鬥角，只圖掙錢養家的實惠；不企望大紅大紫，懶應酬巴結江湖人物。但單槍匹馬難以立足，因此默許祥和獻殷勤。

祥和認識三山五岳的人物，捧場的客人日多，媚娘每晚轉十張八張檯子，漸漸風光起來。瞧她昨晚身著湖水綢袍，一頭烏黑的燙髮別著隻鑲細鑽的蝴蝶，襯著手上的一卡鑽戒；今夜一襲黑絲絨長衫，吊著對珍珠耳環，頸上是串珍珠項鍊。比起身邊那些穿紅掛綠的妞兒，牡丹綠葉立馬分得一清二楚。媚娘不知不覺成了「黑貓」的臺柱，拜倒石榴裙下的不知幾許，有些還肯一擲千金，為求一親芳澤。

早前太古洋行買辦邱十二有意討她作小，叫人來探口風，只要媚娘點頭，小島三丘田那小別墅即過在她名下。媚娘心裡罵道：這老風流做得阮阿公了，七房太太日日爭風吃醋，新聞都上了《江聲日報》，哪天死翹翹那一大群兒女不爭破頭？沒的趟這混水！倒是有個呂宋華僑常來捧場，這人四十開外，出手大方，且知情識趣，媚娘生日那天隆重地送來一枚鑲碎鑽天鵝胸針，羡慕死一班姐妹。那晚男客人仗著喝多兩杯，聲言要娶媚娘去南洋，媚娘看來頗為動心。只是祥和在一旁虎視眈眈，言談舉止不甚客氣，氣氛一度緊張起來。媚娘怕把個好客人得罪了，施盡似水柔情，把那男人摟進懷裡，面頰緊貼他耳朵，輕輕地跳完一輪輪的舞，柔柔地喝下一杯杯的酒，方壓下一場風波。

可惜媚娘只是紅了一陣，她懷了孩子，妊娠反應令她連膽汁也吐出來。祥和不知如何是好，戰火正迅速向南方蔓延，人心惶惶，想要打掉孩子又舉棋不定。媚娘百般不捨，哭哭鬧鬧了好些日子，肚子漸漸顯了，只好上門找大哥幫忙。大哥果然替他們拿了主意。後路頭近菜市場有家大雜院，媚娘租下兩個房間，從此她的根就扎在此處不曾移位。

一九四九年男孩子方誠出生，祥和的母親搬來同住，老人倒沒有嫌棄媳婦，還為生了男孫而高興萬分。媚娘不甘心做家庭主婦，她需要照顧鄉下的家人，大伯替她頂了家小店鋪，賣的糖餅煙茶，做起老闆娘。時局迅速動盪，大哥一家要隨政府遷去臺灣，本來他要帶走老娘，老人說，讓兄弟先跟你過去吧，安置妥當再來接我們。大哥是非常孝順的，兩兄弟就打前站去了，豈料從此一水隔天涯，半個世紀生死兩茫茫。臨行那晚家人吃頓團圓飯，飯桌上媚娘斟酒敬大哥和丈夫，房間裡放著唱片，是吳鶯音的〈萍水相逢〉：「我們相逢在風流裡，好像浮萍相聚無幾，記住這僅是暫別離，相逢還在風流裡。」

到處紅旗飄飄彩綢舞動，人們扭秧歌踩高蹺慶祝濱城解放。媚娘沒有文化不懂政治，只曉得她要負起養育兒子侍奉婆母的責任。若查起成份，她娘家窮得叮噹響，沒啥可清算的。她依舊賣糖賣煙做小生意養家餬口。後來公私合營，她有工資收入，未受大影響，還抱了個女娃來養。反正婆母樂意帶小孩，又吃不了多少糧，幾年後便可以當丫環。孤單寂寞的年月給媚娘造成心理障礙，原本秀氣的女人變得粗言穢語，那可憐的女娃子，小小年紀洗碗、刷鍋、倒尿、掃地，兼且成了她的出氣筒，好在祖母和哥哥非常疼惜，百般呵護。鄰居見媚娘一個女人不容易，倒也對她挺包容。

在同一個時間。臺灣人民終於擺脫了日本長達五十年的殖民統治。碼頭上人山人海，火車站群情激昂，大街上萬眾歡騰，祖國的軍隊終於來了！然而人們迎來的是節節敗退軍紀煥散的殘兵敗將，是衣衫襤褸飢餓骯髒的老弱傷病，這些死裡逃生的軍民或打雨傘，或挑鍋灶，或柱拐杖，步履艱難。他們曾經意氣風發，為理想的激勵而奔赴戰場。自古以來成王敗寇，時代的鐵輪輾過他們的身軀，這群烽火僥存的失敗者只能從頭來過。祥和跟隨所有飄零者在孤島上岸，疲憊不堪的軀體需要休息生養，他們終將在此落地生根。

三反、五反、肅反、反右、大躍進，媚娘一家都挺過來了。說成份吧，城裡人哪個不複雜？全是舊社會過來人，又不圖的當官發財！依照共產黨的政策，舊社會的舞女是受壓迫的，媚娘的娘家又是貧農，算起來還是依靠對象呢，媚娘一犟起來，別人也不敢欺負她。可飢荒的歲月方誠正長身體，胃裡總是燃著一股飢餓的妖火，有一回餓極了偷吃店鋪的一塊糕，人家一點算露了餡，被母親狠狠毒打了一頓，多少路人圍著看熱鬧，媚娘主動要求扣去幾塊錢工資才了事。孩子深覺受到奇恥大辱，發誓以後餓死也不會覬覦非份的東西。可憐的是老祖母捱不過這一關，平時總把粥飯留給孫子，自己盡挑瓜菜吃，缺乏營養導致全身浮腫。彌留幾天，她的靈魂似乎飛到對岸去了。方誠想，祖母找到了大伯和父親，因而她並非含恨而終。還好老人走的早，若活到文革，她會怎樣難過？

文革這個劫難媚娘無法招架，丈夫和大伯在臺灣，就算沒有特務之嫌，「國民黨逃匪臭婆娘」這大帽子能不戴？街媽能不拿她當靶子嗎？人家把她五花大綁地遊街，女人倒是臉皮厚，反正工資照發不挨餓。可是那血氣方剛的憨兒子心裡不服氣，方誠已經十七歲，長成堂堂漢子。從沒享過老子一天福還受連累，被抄家時只因爭辯了幾句，被為首的紅衛兵一拳打中鼻子血流滿面，其他人輪流狠踢他的下腹，令之終於不支倒地。那些人還不肯罷手，想拖母子倆去示眾，大雜院東邊的老人瞧不過眼，大喝一聲：「人命關天啊！」烏合之眾才放手散去。奄奄一息的方誠昏睡在床上，他感到全身火辣辣地痛，迷糊間見到兩個武士，戴著猙獰的牛馬面具，拉著一把鋸子，將他從頭頂往下鋸，他的身體被撕裂成兩半，血如泉涌，男孩大叫一聲昏死過去……

方誠以為自己已死，想不到死去的只是左邊的軀體，右邊那一半身體仍有知覺。依稀間他覺得被牛頭馬面押送到荒蕪的海邊，那裡有隻橡皮艇，他們將小子扔到艇上，找到兩隻槳划起來。海浪滔滔，浪花打進小艇，少年渾身濕透，暑熱的炎夏只穿著汗衫，卻冷得牙齒直打顫。渡過海峽，兩個武士撐起他的身體飛到一個陌生的森林，方誠看到林間有條小火車路軌，一棵巨大的老樹巍然挺立，這樹恐怕有幾千歲了吧？比得上杏林糖廠那大煙囪啊！接近地面樹幹直徑約五米，十幾個人手拉手才能圍抱，樹心被雷電擊過而中空。大樹下圍著一圈矮矮的木柵欄，一群來此遠足的少年圍繞著大樹又唱又跳：

高山青澗水藍

阿里山的姑娘美如水呀

阿里山的少年壯如山

啊——

阿里山的姑娘美如水呀

阿里山的少年壯如山

高山長青

澗水長藍

姑娘和那少年永不分呀

碧水長圍著青山轉

這一陣子老是唱語錄歌，難得聽到這麼優美的旋律。看見他們那麼快樂，方誠忍不住想加入，仔細瞧那個唱得最起勁的少年，覺得非常面熟，他可能有十五歲了吧？那鼻子眼睛多麼熟悉，好像在哪裡見過。對了，兩年前自己初中畢業的照片正是這模樣！方誠想對他說些什麼，卻發不出聲音，這時傳來一陣小號聲，少男少女們匆匆集合遠去了。他心裡一陣遺憾……

「哥！哥！」「方誠！方誠！」耳邊有人不停地呼叫，他不能死！他曾經偷偷地對著大海呼喚對岸的親人，在心裡答應過父親，兒子會代替他照顧家人。方誠悠悠地回過魂，在妹子和慧慧的呼喚下活過來。

慧慧與妹子同齡，那年小學還未畢業，兩人是對青梅竹馬的戀人。後來知青要上山下鄉，假如沒有領養妹子，獨子可以留城，為此媚娘很怨恨妹子，對養女更加刻薄。方誠是個男子漢，決意要走，讓妹妹留城頂替母親補員。妹子進一家醬油店當店員，一家人靠幾十塊工資過日子。平安也罷，只是紅衛兵打傷了方誠的肝臟，山區的醫生醫治不了，出證明讓他回城醫治。小子果然是個爭氣的好男兒，回城後幫街道辦起一家塑膠廠，很替公家賺了錢，家境也慢慢富裕起來。男大當婚，他終於可以娶相戀多年的慧慧。

同一個時間。方信是山地姑娘替祥和生的兒子。兒子剛懂事，老爸就一再對他提及大陸的家，要他記住老家有個祖母，有大媽和哥哥方誠。方信只讀了三年國中就輟學，男孩決心早點出來掙錢，同學們陪他到阿里山作了一次畢業前的郊遊。大陸的文革動亂為亞洲周邊地區製造了經濟起飛的機會，臺灣在小蔣的領導下飛躍。方信當了三年學徒，滿師後就開起小作坊，之後越幹越起色，成了個像樣的小老闆。再往後工資高漲，工廠不易做，當機立斷賣了廠置業，改做門市生意。方信的身邊不乏女友，卻未有結婚的打算，他也說不出理由，女友怒而分手，散了一個又一個。

方誠和慧慧在老房子結了婚。媚娘與妹子住一間房，新郎新娘住一間。老房子沒有廁所，仍用的尿盆馬桶，隔著一層薄牆，媚娘時時過來兒子媳婦的房間蹲尿盆。慧慧天生隨和並不太介意，倒是女兒看不過，出聲責備養母。妹子也負責養家，媚娘對其已有所顧忌。後來慧慧生下一個女兒，工廠獎勵給他們一套房子，才有個像樣的住所。惜好景不長，才四十歲上，方誠的肝病惡化為癌症，還魂乏術。他臨走時一手拉著妻一手拉著妹子，叫妻不要記掛自己，一定要尋找第二春，不能像他媽孤獨一生，還一再叮嚀，將來兩岸相通時一定要找到父親，告訴他三代人的期盼……姑嫂心如刀割，慧慧成了第三代寡婦。

哥哥的早逝令妹子肝腸寸斷，雖然沒有血緣關係，但哥哥待他勝過同胞兄妹。改革開放一開始，妹子將位於鬧市中心的醬油舖頂了下來，遣散一班員工，改賣餻餅零食，生意興旺得不得了，聘用七八個店員。妹子也結了婚生了兒子，但仍與嫂子合力負起家庭重擔，風風光光地嫁了姪女。姑嫂兩人都買下新樓房，只是媚娘堅持要住舊宅，不肯搬去同住。妹子最掛心的是哥的交託，幾次為嫂子物色對象，但慧慧都不中意。

九十年代末兩岸有了交往，老兵陸續回鄉。有一天，思明南路菜市場後面的大雜院來了兩個客人，他們是一老一少兩個男人，說著海滄一帶口音的標準閩南語。老男人已逾七旬，身後的男子四十來歲，一個模子的兩代人。老者徑直朝西隅的房間走去，昏暗的房裡放著沙啞的錄音帶，是吳鶯音的《萍水相逢》。

老婦人坐在一張搖椅上，癡癡地望著窗外。來人的腳步聲並沒能驚動她，她似乎癡呆沒有反應。「過來，給大媽磕頭！」老者指揮。中年男子果然對著老婦下跪，朗朗叫了聲：「兒子給大媽請安！」連連磕了三個響頭。

老婦媚娘的沒有表情的老臉終於滴下了兩行濁淚……

此後老父還來了兩趟，之後在臺北病逝，他大哥早些年已病歿。老父走後兒子常來常往，這個兒子就是方信。方信對家人說：我是代大哥來照顧你們的。他給四個女人講自己的過去，人到中年未有配偶，並非沒有女人想嫁他，而是他總感到心中有些說不出的牽掛，現在才明白是大哥在冥冥之中指引他回來，來照顧這個家。方信終於和慧慧共諧連理，慧慧從此兩岸飛，成了臺灣人的「大陸新娘」。

慧慧回來送走了婆母。媚娘在這老房子等到他的丈夫和另一個兒子歸來，也在這裡終老。這殘破的老房子過幾天就拆卸了，它已經完成了歷史史命，只留下古老的故事。

二〇〇九年十二月五日

尋親記

母親已經老態龍鍾了。風蠋殘年的老人總在回憶她的人生，惦記她心中的某某，念叨欠下誰誰的人情，急於了結未了的什麼心願。有一天她對你說，她有個同父異母的姐姐，人是一早死了的，記掛的是她的女兒，你從未謀面的表姐。

「你能代我去找一找她嗎？」母親小心翼翼地探問，生怕你不喜歡理她「無聊」的要求。

你突然覺得很慚愧，因為一向忽略了老人的精神生活，認為滿足其豐衣足食已夠。於是你通過老朋友找到這位表姐，決定啟程出發。第一個原因是去看她，第二是想念那闊別了三十載的老家。

凝望機艙小窗外，雲海翻滾下的飛機開始降落。雲層下隱隱約約墨黑的海岸線，婉婉延延碧綠的鷺江。看見腳下的故鄉，淚珠默然沿腮滾滾滴落。入境處沒有接機的人，你計畫靜靜地來悄悄地走，事先誰也沒打招呼。今年的春節特冷，你習慣了毛衣牛仔褲，勉強接受母親的建議帶了件上衣，一下飛機就著涼了。

打的前往江城，下榻網上預訂的酒店。你的中學時代在這裡度過，但這裡似乎沒多少至親好友，是你的人緣差還是你的心腸硬？別離此地三十年，人生有多少個三十年？你的心扉已經可以打開，哪怕還黏著些須血痂。這裡是祖先的土地，你可以扮成過客，但你的心將更難受。那天你讀了本書，作者說：「有詩說飽經磨難的人更加堅強。我想寫這詩的人一定沒有經歷過磨難，或是經歷了磨難後又擺一副唱高調的面孔。而實際上經過磨難的人與沒有經歷過磨難的人相比要軟弱得多，怯懦得多甚至神經過敏得多，如果那個磨難確實叫磨難的話。」你相信作者肯定是受過磨難的人，才能說出這像樣的人話。時間能醫治人的創傷，但癒合了的傷口仍會痛。

江城是個歷史悠久人文薈萃的文化古城，清源山、洛陽橋、東西塔、承天寺，總是縈迴在你的夢中。然而此刻的你已經找不到舊日的小城，你迷了路，對東西南北完全沒有概念。新區馬路四通八達，車水馬龍，到處是酒店和辦公大樓，讓你目不暇給。舊城區還保留老樣子，但人頭簇擁，喧囂嘈雜，自行車、摩托車、汽車、行人混在一起，令人眼花撩亂。你怯懦了，想叫計程車走城外公路，直奔城外老家。那條路總是不會錯的，畢竟走過幾代人了。然而計程車司機諸多計較，服務態度極差，把你氣壞。你只好撥電話給老朋友惠，她迅即坐著女婿的私家車出現在酒店大堂。當然免不了一頓臭罵。

你索性不辨方向任人引路，年輕人剛從上海回來過年，難為他一臉疲憊還來當司機。自然先去他們家，惠說昨天已經知會表姐下午在她家會面。一路上的農田多荒廢，少部分種蔬菜，多數蓋起樓房，有些只是圈起地砌上磚牆。惠是退休教師，兩個兒子去了西澳洲，女兒女婿在上海做生意，日子悠遊得很。她的房子是座小別墅，屋瓦上許多枯草的斷莖迎風抖擻，天臺上擺著幾盆含苞待放的水仙。寬敞的庭院鋪著青石板，十分潔淨。廳堂寬大敞亮，家具古色古香。當年算得數一數二的小洋樓，今天因周圍都蓋起漂亮的新房子，不免顯得有些遜色。

你記起與惠多年的同窗生活。惠高你一屆，身材高挑勻稱，脾氣很好待人友善，只是功課較遜。你是當紅的優秀生，你們住同一宿舍，每個週末連袂回郊區的家，外婆的家必須路經惠的娘家。幾年的風雨同路令你倆成了莫逆。這時候你的腦際閃出一幅幅圖畫來。

第一幅畫：那是一個初中的暑假，湛藍的天空中掛著一輪金黃的圓月，夏天的大石埕上熱氣蒸騰，惠從井中打上一桶涼水，潑了一地。你倆坐在一塊廢石磨上，一面用蒲扇搧風撲打蚊子，一面看星星聊不完的天。你想起姥姥的故事，抬頭眺望廣袤的銀河，那裡確實盤踞著一條咄咄逼人的大蟒蛇，姜太公的鈎子只差那麼一寸就釣上了，傳說釣上牠世間就沒有蛇了。七夕快到了，狀如扁擔的牛郎星和梭子型的織女星金光閃爍，兩個星座越靠越近，相會的日子就要來臨，那天人間的喜鵲都要飛上去搭橋。惠的母親讓你與惠同宿，她去別人家睡。她是惠父親的童養媳，一個高高大大的黑美人，替永不回頭的丈夫守著一對兒女。

第二幅畫：一個下雨的週末，你們兩人給打濕了身，陰冷的春雨令你直打哆嗦，你無法再往前行，就留在惠家過夜。

惠建議：「咱儲錢買雨鞋吧？」

你問：「哪來的錢？」

「我替你算過了，你每天付飯堂的菜錢，早晨三分中飯五分晚餐四分，合共一毛二，」惠從書包裡抽出未打濕的一張紙，算起算術來。「若省下兩個月我們可以各買一雙膠鞋。」

你很懷疑：「不吃菜？」

惠說：「包在我身上。」

星期天惠和弟弟下池塘摸田螺，她娘下了好多鹽，為你準備了一瓶下飯的菜，兩個月後你們終於如願買了新雨鞋。惠還帶來一罐「三合麵」，晚自修下課請你宵夜，你雖然很餓卻嚥不下，那是甘蔗渣攪碎和了糖精製成的。

第三幅畫：惠考不上大學，因為她父親在臺灣，哪怕成績全優也輪不上她念大學。你因升讀畢業班功課很緊張，一直沒與惠聯絡，聽說她去了山區教書。後來一場劫亂推翻了一切，你突然心血來潮想去看惠的家人。你踩著單車重上多年前走過的鄉間小路，照舊將車子停在村口，然後悄悄地上坡拐進那間古老的大屋。

惠她娘坐在陰暗的房裡發愣，怎會想到有客人？她看到你時的神情是那樣激動，淚水縱橫泣不成聲。這個從不嫌日子艱苦的農婦，徒然地對生活產生恐懼，茫然失措。你輕輕按下她的肩膀沒有作聲，不曉得該說些什麼安慰的話，僅只陪她坐了好久。惠的弟弟進來，看到你也吃了一驚，你用食指豎在嘴上，大家都不說話，一切盡在不言中。弟弟個頭尚未長高，小學畢業後沒得升學，因為父親是「蔣匪幫」空軍。小子年齡小幹不了重活，只能撿豬糞掙工分。你留意到惠她娘那塵封的破鏡框，後面筷著張小小的發黃的證件照片，竟然是惠老爸的黃埔軍校畢業照。弟弟大驚失色，馬上收藏起「罪證」，這是你永遠無法忘懷的一幕。

第四幅畫：你於一九九〇年前往臺灣高雄會惠的老爸，事前你寫了好多信給老人家，希望憑三寸不爛之舌說服他回鄉一趟。惠父到臺灣娶了名媛，四名子女均到美國修讀博士，他不曾對臺灣家人提及鄉間的老婆孩子，謊對太太稱惠是其姪女，也寄過錢回鄉。老先生年輕時開飛機，彼時已七十有五老當益壯，開私家車來酒店看你，接你去參觀他高六層有電梯的住宅。你見到客廳最當眼的位置掛著四張博士照，突然就傷感無言起來。

惠來香港探親他父親倒是來了。夜裡惠對他說：「這幾天我要與你共睡一張床，我要找回失去的父愛。」你替他們垂淚。你給他美國的兒子寫信挑明了關係，他沒回信。惠她娘中風幾次沒死，或許她堅持要等丈夫回鄉，但男人的心比鐵還硬。她終於走了，男人始終沒有回來。

那一幅幅圖畫讓你想癡了，忽聞到香茗的芬芳。惠的婆婆下樓來迎客，你曾在惠結婚時見過她，當年她是村婦女主任，卻肯接受惠這個「蔣幫子女」實屬難得。惠在山區讓學生批鬥得半死，只好捲起舖蓋回老家，幸得愛情滋潤和夫家庇護，在村內小學任教。惠的丈夫也是你的學長。

他們已經準備了豐盛的飯菜。剛要開飯，發現外面有人進來了，你轉頭去看，不由的非常吃驚，慌忙站起身迎著走去。一個瘦小乾癟的老婦怯生生地從庭外走近來，滿臉的皺紋如刀刻，焦黑的面龐只見一對閃亮的小眼，兩手青筋暴露又粗又笨而且龜裂，像是松樹皮，一副不知該將手放何處的模樣。她站住了，臉上現出欣喜和淒涼的神情，動著嘴唇沒有出聲。

惠的婆婆打招呼道：「秀姨快進來一道吃飯。」

「你是小妹吧。」她走到你跟前。

「你是表姐阿秀？」你明知故問。

這個世界原是很小的。表姐與惠的娘同村長大，因而他們稱她阿姨。大家默默吃飯，表姐表明她的如假包換身分。她的娘即你的姨母大你母親十多歲，嫁到惠娘那條村，起初家境很好，姨丈在南洋賺大錢，買田買果園，姨母生了表姐和她弟。無奈八年抗戰南洋音訊不通，家產漸漸吃光。有年村裡發瘟疫死者無數，姨母和小兒均死去，留下孤女艱難生活，後來嫁到這條村來。表姐夫是村裡土改積極分子。她還提到你枉死的父親，說小姨丈很疼她，答應待長大了帶她進城。表姐提到一係列人名均與母親交待的吻合。

用過飯你決定去表姐處看看。她有四個兒子四個女兒，就像母豬生了一窩豬仔，只養大他們沒栽培一個上學識字。大兒子賣豬肉，肉檔就擺在村口。你們走上前，表姐向他要了一塊三層肉，那個年近六十滿臉鬍鬚的屠夫切下肉，用秤鈎穿起，將秤錘繩子移到平衡點，瞧瞧秤星說「半斤」，沒看母親一眼。表姐給了一張五元紙幣，他找回兩元，不曾叫一聲娘。次子修理車子，在另一邊村口有家舖子，牌子寫著「修理摩托車單車」字眼。你們幾人默默走過，裡面的男人偶爾抬起頭，見是三個女人不會有生意，又埋頭幹他的活去。三子懂得做生意也會花錢，曾經賭輸身家幾乎被人斬去手指，表姐替他填了幾萬賭債才了事，後來在一次偷電捕魚時觸電身亡。么兒不知幹什麼行當，反正四個兒子都有一棟大房子。表姐老倆口住舊屋，天井的溝渠塞了，鋪上幾條木頭，老人要踩著木頭過。老頭已癱瘓，就靠表姐照顧。

「不進去了」你說，「看看牛欄吧。」

表姐的牛欄又濕又臭，養著幾頭奶牛，地下一層層厚厚的牛糞肥料，蚊子蚜蟲嗡嗡亂飛。她每天清晨三四點鐘要起床擠奶，有人來收購。牛欄裡還養著一大群雞、鵝、鴨。表姐七十多歲了，對付這些牲畜殊不簡單。你覺得她很苦，但她挺滿意，說每天都有收入，還說以前更窮都沒餓死。她的女兒有的住城裡，有的有物業收租，但所有子女從未給過父母一文錢。

告辭了表姐，你對她說明天要飛，媽媽想念她但年紀太大不能來。她拎了一大籃雞蛋，你說搭飛機不能帶，留下賣吧。你忍住淚上了車。你替母親過戶三萬元人民幣，叫惠存入表姐的戶口。

鄉間離你漸遠了，故鄉的山水也都漸漸遠離你了，你似乎並不感到怎樣的留戀。一切是那麼清晰而又模糊，令人傷感又悲哀。在飛機上，你腦中又出現那一幅幅畫：湛藍的天空中掛著一輪金黃的圓月，那瓶鹹死人的田螺和噎死人的甘蔗渣，那張黃埔軍校的小照，那臭哄哄的牛欄，那浸著水的庭院，還有高雄大廳牆上掛著的四幅博士放大相片……

二〇一〇年四月二十九日

舊影

四十多年前的老故事了，時隔整整兩代人，聽起來有些兒天方夜譚，但對他而言是如此真切，一切彷彿就在昨天。假如他有勇氣講給兒孫聽，他們將作如何感想？憋在心裡近半個世紀，人生即將走完，他將帶著那淡淡的傷感，孤獨地離開這個世界，誰會知道他的故事，還有他年輕時的輕狂？

秋日的一個清晨，太陽尚未露臉已讓人感覺炎熱，一路上是晨運的人士，他們從環城馬路打道回府。一輛計程車停在百米外的路邊，打開車門的是個古稀老頭，頭髮稀疏灰白，背微駝，瘦小孱弱，面容慈和。身子骨尚硬朗的他竟直朝大門走去，這裡是他執教的第一所學校，一家省重點中學。老人抬頭往上看了看，大榕樹依舊蒼葱如昔昂然矗立，晨曦的光從葉縫中射到他的臉上。「歲月無情，幾番人事，人面桃花，幸有它能夠作見證，榕樹有知當記得我。」他突然癡了，喃喃自語。這些個晚上他輾轉反側夜不能寐，朦朧中一次次重遊舊地，腦際裡清楚地浮現出那些舊影，一幅幅永遠無法磨滅的圖畫。

那年夏天大學畢業分配到此，他深深引以為傲。報到那天仔細巡視了這所學校的每一個角落，傾聽教室裡莘莘學子的朗朗書聲，凝視操場上活蹦亂跳的意氣風發少年，心中不由得湧起激情和自信，立志為教育事業，奉獻自己的一生。校門外圍是敞開的兩尺高小圍牆，牆上一尺來高的鐵枝鑲著巨大的字：左面是「教育為無產階級政治服務」，右面是「教育與生產勞動相結合」。大榕樹屹立在圍牆內的前方，正中高大的門樓兩邊平房頂上左是大紅字「共產黨萬歲」，右是「毛主席萬歲」。西翼一列平房住著政務主任王某、教務副主任陸某和生物科的余老師。提起余老師他忍俊不禁嘴角一翹記起一個笑話，余老師天生跛腳，師生中卻傳說余在抗美援朝受傷，因而人皆崇敬之。大榕樹右側有個停滿自行車的棚子，旁邊是一扇朝西的大門，門內舊樓是總務部，平房為教師伙房飯堂。

巍峨的正南門樓只在校慶大典中開放，平常師生出入的是東面的傳達室，癆病鬼似的翁老頭常駐，裡間作為臥室，外間有一套辦公桌椅、幾張凳子及通內外的兩扇小門。郵差每天送信和報紙來，老師們的信恭敬地擺放一邊逐一派送，學生若有信件大名寫在牆上的小黑板。這個老家伙對下款寫著「內詳」的女生非常留意，取信的女生通常臉漲得通紅，不曉得他的笑容裡藏著什麼心思，會不會打小報告。門樓後面是長方形的舊縣中校本部，前邊一個小花圃，正中央圖書館，後面為閱覽室。同字殼的平房均有雨廊，北屋東門通操場，西門通另一排豎向的房子，都是集體宿舍。花圃東西兩邊雨廊拐角處通校園，西面貼門樓與傳達室對襯的是兩個大房間，住著吳、洪兩位副校長。

校本部後面是花崗石砌的紅專樓，顧名思義這裡是學校的心臟地段，為國家培養又紅又專的人才，校長室、教務處、教研室、實驗室均在這座樓。紅專樓右方是排球場和籃球場，操場往上有面斜坡，一邊凹進去成為小講臺，一邊種著幾棵玉蘭樹，樹下裝設雙杠和高低杠。斜坡兩面都有石梯，走上正面寬大的石級見到一排露天水槽，供學生淘米洗碗盤。室內是座大飯堂，平常擺著幾十張飯桌，開會時就將桌子拆開放在一邊，飯堂變成禮堂，講臺也是舞臺。飯堂裡間是伙房和水房。禮堂的北向有個小院落是舊時的「北帝廟」，裡頭住著幾位男教師。

紅專樓北門外有條石子通道，路的東西前方分別聳立著團結樓和民主樓，兩座樓後面是相當於兩樓面積總和的和平樓，樓前樓後種著夾竹桃，和平樓前有兩棵高大的玉蘭樹。夾竹桃像有狐臭的妖艷女人，玉蘭卻像少女散發出淡淡幽香。教學樓靠後最北面是一排平房宿舍，圍牆連著後門，夜間後門上鎖，但這道後門外尚有一大片操場，一直延伸到環城馬路邊沿。圍牆內西面正在興建一座男師生宿舍大樓，取名七一樓。以一個年段四班計，全校超過二十四個班級，師生宿舍根本不夠用，有家屬的老師都租住附近民宿。

負責生活管理的許主任說：「對不起啊小胡，短時間內你先外宿吧，學校會儘快替你安排。」

對一個單身漢來說，外宿是不大方便的，但初來乍到只能爽快答應了。幸好許主任介紹了個民宿，說有個外宿學生考上大學搬走了，每月花三塊錢租住一個房間，步行約需十分鐘時間。那是一個乾乾淨淨的小院落，朝西的巷門頂上爬滿籐籮，從門口到天井鋪著青石板，邊角種著薔薇花。拐彎見到紅磚砌的平房朝南，前後廳堂左右四房。天井內幾支竹竿晾曬著衣服，角落處兩棵芭蕉綠油油的，葡萄藤爬上架子。正方形的大廳牆上掛著一幅男人的照片，想是過了身的男主人，長條案上的香爐內滿是灰燼和香腳。扁長方形的後廳一邊安灶一邊是吃飯的桌椅。向著大廳有四扇房門，東面前後各是女兒和母親的睡房，西面空著兩個房間。房東是位五十來歲的女人，帶著個名叫小明的男孩，女兒上班早出晚歸，女婿在海南島工作。房內床鋪桌椅是現成的，吃飯洗澡都在校內解決，這房子只能當寢室。小胡決定租下來，星期天就將行李搬過去住。

老家在郊縣，他回去向母親作了交待，說每月發工資會回家看她，然後將大學搬回來的籐箱子和棉被寄了托運。手提一網兜面盆牙缸雜物，肩膀上荷著沉甸甸的裝滿書的行李袋，汽車抵站叫了輛三輪車，行李擱滿後座和車夫的椅背，只好縮起腳來。一路上坡他得下來推車，顛顛簸簸總算到了，終於鬆了口氣。小院落的木門已經打開，主人彷彿等著客戶到來。迎接他的是如沐春風的笑靨，瓜子臉上漆黑的眼珠小巧的鼻子鮮紅的嘴唇，一個二十來歲的少婦笑盈盈道：

「歡迎你，胡老師！」

「你是小明媽？」新租客懷疑自己的眼睛，想不到女房東這麼年輕漂亮！

「叫我櫻桃好了。以後有什麼需要儘管說，一家人囉。」小女人露出兩排小石子般的白牙。

「紅了櫻桃，綠了芭蕉。」小胡隨口唸道。櫻桃問他說什麼，男子馬上臉紅起來，忙道「那兩棵芭蕉真好。」

黃昏時分安頓好了住處，他去學校吃飯洗澡，捧著一面盆洗乾淨的濕衣服回來。櫻桃幫忙將衣服晾上竹竿，撐到走廊上，說明天出太陽母親會曬出去。他滿懷感激，倒頭睡了個好覺。

讀的是中文本科，學校安排胡老師教高一年兩班語文，兼當一個班主任。預覽了所有學生的資料，為有一批優秀學生而感動，孩子們中考的成績都很驕人，無疑是未來社會的棟梁之材，自己也會是一個好老師，替國家輸送一流的人才。這個班級有四十餘人，多數是本校初中部升上來的，女生占三分一。小胡已然在心目中確認了一批班幹部，這些佼佼者將是老師的得力助手，相信這個組合將在三年後參加高考取得優異成績。

開學後一切都按學校的計畫運行。教研組安排了幾次聽課，同事反映不錯，教研組長涂老師很滿意地拍了拍小胡的肩頭，給學校領導作了詳盡匯報，對新老師充滿信心。班主任的工作也挺順利，團支部和班委會都積極配合，編排國慶的文娛節目和校運會的參選項目。孩子們的衝勁很大，他們這個班極有可能成為優秀單位。每天他將作業本放在教研室批改，備課寫教案也在學校完成，中午回去住處休息兩個鐘頭，晚上下了自修課才離開學校，看一會兒書眼睛就疲憊不堪，呼呼入眠。

過了一段緊張的日子，一切都上了軌道，小胡身心舒暢極了。拿了兩個月工資，首先記掛著寡母，奉上自己的辛勞回報。可是母親不願接受兒子的錢，說大哥從南洋寄來的都沒花。

「該給你找個女人替你保管。」母親說。

「千萬別，我自己會打算……」提到女人他的臉臊紅了，急忙阻止母親。

「你可快點帶個來給我瞧瞧，不然我替你物色，別怪為娘的。」母親堅持，並打開抽屜，從一疊照片中抽出一張來。「下次回來，我叫她嫂子安排姑娘來咱村住兩天，讓你們認識認識。」

「叫你別理我，我會自己找！」兒子終於發脾氣，飯也不吃，拎起小行李袋走出家門。

一路上心神恍惚，他才不需要別人介紹對象。想起中學時代曾喜歡過一個女孩，但從不曾對人吐露心聲，後來少女沒考上大學就嫁了人。他從來不是活躍分子，四年大學生涯沒有合適的對象，因為自己既非英俊瀟灑，又不懂追女秘訣，總是帶著農民的自卑感，不敢主動接近大都市的女郎。「不曉得月老是否已經給我安排了另一半，如何去找她？」糊裡糊塗地瞌睡起來，似乎有個飄逸的倩影進入他的夢境，面容越來越清晰，一張標緻的臉蛋，一個迷人的笑靨……倏地驚醒過來，下意識地明白了自己的渴求，那是一個闖入他生活的女人，不，應該說是自己闖入人家的生活。

「怎麼辦？怎麼辦？我為何如此荒唐？為何有此惡念？」他不能原諒自己，痛心疾首卻無法遏止胡思亂想，若非在車上他一定頓足捶胸大喊大叫。抵江城下車後小胡有些兒神志混亂，搖搖晃晃地回到住處，投入眼簾的又是她，櫻桃站在凳子上修剪葡萄，兒子小明在走廊上畫畫兒。

「胡老師今天這麼早回來？」少婦顯然有點意外，見對方沒吭聲，跳下凳子望著他的臉說：「臉色怎這麼差？是不是病了？」

「有點頭痛，大概昨晚沒睡好，睡一覺就沒事。」他只覺頭痛欲裂渾身乏力，昏昏沉沉硬撐著進房，倒了杯暖壺中已冰冷的水，吞下兩粒安眠藥，蒙上被子。

不知睡了多久，起來往院子邊角的尿桶撒了泡尿，見滿庭月光如水幽靜平和，只是腹中飢腸轆轆詩意全消，深深嘆了口氣跌坐在走廊小凳上。這時東廂房的前門悄悄打開，櫻桃花睡衣外披著件薄毛衣，碎步進入大廳前廊的月光中。

「胡老師覺得好些了嗎？快加件衣服，別受涼了。你一定餓壞了，我給你下個麵。」女人輕手輕腳下廚，一會兒捧著碗麵條放在大廳桌上，對他嫣然一笑。

他不能拒絕她的情意，尤其是肚子嘰嘰咕咕地抗議。飽餐之後如何再安然入睡？掩飾不住的慌亂眼神讓月色揭示了心中的祕密。沐浴在月光下，兩人無言以對，他鼓起勇氣拿起她的手，輕輕撫摸再慢慢捧到自己的唇邊。櫻桃放棄了矜持，撲到他懷中，小嘴找到他的唇，長久地擁吻。

房東母親回了娘家，因為外婆處於彌留狀態。沒人帶孩子，櫻桃放了幾天假，難怪回來就見她整理院子收拾房子。小胡仍像往日一般去上課，菜色的臉上泛起紅潤，嘴角終日掛著笑容。平常不苟言笑的胡老師和藹可親起來，他突然覺得充滿青春活力，可以與那些學生們一較高低。櫻桃既是熱情奔放的情人，又是溫柔體恤的小母親，兩人陶醉在罪惡的幸福中，癡迷而痛苦。不敢想得太多，也不能規劃什麼，怨的是天意弄人，他們相識得太遲，只能偷偷地相戀。母親安排了一次次相親，姑娘都喜歡這位有前途的老師，可男方從未首肯，人人都說小胡驕傲，甚至懷疑他有自戀傾向。

學期結束了，放寒假必須回鄉，否則如何面對櫻桃南來的丈夫？他知道自己的卑鄙，但無法自拔只能祈求神來解救。北向的老房子有個老師因家屬來搬了出去，許主任隨即通知小胡，並馬上安排工友打掃乾淨。他相信是上帝來解救其靈魂，一刻未敢推延立即準備搬遷。分別那一晚，兩人相擁而泣難捨難分，依偎到天亮，只能相約來世，只有來世才能續這未了情緣。

在鄉間過了個冗長沉悶的假期。老同學都回鄉過年，有的帶妻子，有的帶未婚妻，有些在本地工作的早已拖兒帶女，只有小胡還是光棍。老友們都相爭做媒，想把小姨子或表妹介紹給他。有人隱約知道他曾喜歡過一女生，特地拖著那女人來拜年，為的是讓他看到這已為人母的女人，當年苗條的趙飛燕已變成肥胖的楊玉環。他很感謝老友的一番心意，白天放下重重心事應酬他們，東家吃飯西家聊天，夜間灌下兩杯白酒方能合眼。人一天天憔悴，母親一邊墩雞熬鴨地瞎忙，一邊嘮叨著加緊安排相親。

春季開學胡老師住進北帝廟宿舍。距離櫻桃那麼近，十分鐘的路程，但又是多麼遙遠，就怕再見不能自己愛火重燃。彼此都在受煎熬，忍受那一個個無眠的長夜。他參加了教師籃球隊，球場上汗流浹背衝鋒陷陣，為的是消耗體能換取疲累後的睡眠，許多時候還要借助安眠藥。書桌上擺放著霍桑的《紅字》，他像丁米司兌爾牧師，形體和精神日趨衰敗，天天受著所犯罪行的折磨，更因自己偽善者的角色感到極度厭惡。如此折騰了將近三個月，小命幾乎懸吊在崩潰的邊緣。此時社會上忽然發生翻天覆地的變化，大字報鋪天蓋地貼滿紅專樓，一些個人檔案被別有用心的人拋出，一個個教師被揪出去遊鬥，人心惶惶。

有小道消息傳說，胡老師生活作風有問題，一封遠方來信揭露某女子與丈夫感情破裂要求離婚，來信直指胡是第三者。紅衛兵傳問了胡老師，勒令之即日起寫檢討。白天大多數學生出去砸寺廟、毀牌坊「破四舊」，小部分學生留校鬥老師。「有問題」的校長、教師被罰戴高帽，敲打破鑼、面盆遊校，晚上放他們去休息，明天繼續再批鬥。受過紅衛兵警告的他沒有心思吃晚餐，神經本已脆弱得不勝負荷，怎堪再加一擊？照常倒了安眠藥，只覺昏黃的燈光搖曳，他已經忘了一切，吞了又吞，倒空整瓶藥丸，和衣往床上一倒，不久發出雷鳴般的鼾聲。

夜深了，校園內一片寧靜，靜得不可思議，只有遠處傳來蛙鳴。不對，還有來自某處的呼嚕聲。隔壁的數學老師正惶惶不可終日無法入眠，突然醒悟過來。「不好了！」他衝到隔壁一面大叫「小胡開門！」一面踢打房門，聽到的教師都出來幫，一連串雜沓的腳步聲，急促慌亂的人聲，交雜一起。幾個年輕人抬來擔架，將奄奄一息的胡老師搬上去，人們輪換著跑步，向最近的第二醫院趕去。他的喉嚨迅即被割開一個口，插入導管洗胃，好在有這麼多心緒不寧的人沒睡著，總算幫之逃出鬼門關。

留醫期間令他渡過難關，否則心高氣盛的他又會如何？待其出院後形勢大變，人們相爭鬥走資派，幸虧家庭出身貧農歷史清白，沒人再提那子虛烏有的傳言。櫻桃終於離開她的丈夫，後來遠赴外國重新生活。大難不死，他倒是悟出了些須人生哲理，不再執著。在教師學習班集中關押了三年，後來「復課鬧革命」，被分配到一所農村中學，帶孩子們以《紅旗》、《人民日報》為教材，教授「批林批孔」，「深挖洞、廣積糧、不稱霸」，照本宣讀，絕不加添個人思想色彩，方可度過那十幾個年頭。娶了母親安排的女子為妻，生下一男一女，家庭和睦。八十年代重返這所學校時，他已然帶上自己的兒女來讀初中。人到中年，胡老師更加成熟，講臺上充滿魅力，桃李滿天下。他的兩個子女在此畢業並升讀大學。十年前老胡辦理退休歸隱鄉間。學校常有慶典，但他很少參加，離開後一直未回來過。

今天他特地來了，來看多一眼，這裡除了大榕樹，什麼舊物的影子都不見。門衛要查證件，來者掏出四十多年前的一枚校徽，紅底白字，守衛深深地鞠了個躬，表示無限的景仰，有這東西他還沒出世呢。他笑了笑大搖大擺走進去，在他的內心深處，是有那麼一絲兒淡淡的憂愁，那也是夜深人靜時的感傷，臉上永遠是燦爛的笑容。

二〇一〇年五月八日

杏林世家

開元寺內的東西塔，東門外的洛陽橋，是江城悠久歷史的象徵。記得當地有句俗話：做人要「站著像東西塔，躺著像洛陽橋」。足見江城人的胸襟和氣魄。江城的舊街巷全是有典故和名堂的，典故何來就得去查問歷史。單說東街相公巷內的這家人吧，故事若要細說得從一百年前說起，還是長話短說吧。

一九〇五年農曆乙巳年，即清光緒三十一年，一個名叫蘇醒的男孩出生在郊縣山鄉，祖輩是懸壺濟世的人家。二十年後，蘇醒長成了偉岸的男子漢，人稱蘇大哥。外面的世界一早發生翻天覆地的變化，惟有貧窮山鄉長大的蘇醒人不如名，單純無知、平平凡凡、子承父業，當了二掌櫃行醫濟世，因為人緣甚佳，在郊縣的名望一天天上漲，成了當地遠近馳名的郎中。

年年打仗歲歲徵餉，物價升騰生活艱難，老百姓的日子越過越緊。蘇醒常常上山採購中草藥，時時與店裡的年輕伙計結伴，帶著乾糧到深山老林，風餐露宿數日才回家。有一次住到遠房表親處，邂逅了婷婷玉立的嫺表妹。山地的姑娘膽子大，竟也不避諱忸怩，落落大方與表哥交談。蘇醒覺得表妹知書達禮非一般人物，心中頓生無限愛意。回家後小伙子有些心神恍惚，想起嫺的音容笑貌，禁不住嘴角泛起笑意，但更多時候是一幅神情憂鬱的面容。母親想是兒子長大了，男大當婚該給提親了。蘇家算得大戶人家，必須鄭重其事，豈知媒婆一上門蘇醒就發脾氣。母親心知蹊蹺，問了店夥計，方猜出兒子的心事是非嫺表妹不娶。

父母抱孫心切，急忙託媒婆去女家提親，合了兩人的生辰八字，竟是大大吉利。娶親那天，蘇醒穿著長衫馬褂，從一邊肩膀到另一邊脅下斜掛一條紅綢子，當胸繫著一簇大綢紅花，跟著抬花轎和吹吹打打的隊伍去迎親。大紅花轎於鞭炮聲中停在蘇家大門口，媒婆扶下轎的是個頭蓋紅綢布、身著大紅裙褂的放腳新娘。

堂上八仙桌披著紅色桌圍，門上、牆上到處貼著紅紙，八支紅燭高照，燭光耀眼蘭麝飄香。有人朗聲唱諾：「一拜天地！」一對新人齊齊跪下向大庭拜倒。「二拜祖先！」兩人便轉身朝笑吟吟的堂上父母叩頭。「夫妻對拜！」兩人又互相交拜。從此這個披著紅蓋頭的新娘子就跟蘇醒過日子了。

冬天娶新婦過門，第二年夏天就生下個胖娃娃，取名蘇暢。母親在公婆調理下充分滋補奶水充足，娃娃笑口常開，闔家上下喜氣洋洋，蘇嫂一舉奠定了自己在蘇家的地位。

蘇家是講究的富戶，周歲「抓周」的儀式是一定要舉行的。那天在床前陳設了大案，擺著印章、《千字文》、文房四寶、算盤、錢幣、帳冊、秤尺、戥子種種物件。祖母將小孩抱來讓其端坐案前任由挑選。所有人都急切地望著孩子，看其小手抓住啥家伙。祖父母希望他抓到印章，願孫子長大後當官，乘天恩祖德官運亨通，這些年都讓政局害慘了，百姓需要好官。父母親盼他抓起戥子，不指望兒子升官發財，只想家業後繼有人。可這小子偏偏拿了枝筆，對其他東西全無興趣。親戚和夥計們瞧見了，立即向主人拱手道賀：「貴公子長大以後好學，必有一筆錦繡文章狀元及第。」爺爺、奶奶尚覺得滿意，樂陶陶地招呼親友吃長壽麵，蘇嫂亦算鬆了一口氣。

蘇嫂這個少奶奶自生了蘇暢就沒再生養。鄉下孩子土生土長，為娘的閒得無聊便到店裡幫忙，研磨、稱藥、配製的功夫漸漸上手。所謂「修合無人見，存心有天知」，外人看來的配藥似乎多一味少一味，增一分減一分，無關生死不傷大雅，在蘇家卻是嚴格把握。蘇老鄭重地教導兒子、媳婦：「冥冥上天自會知曉」。老人家見媳婦頗有天份，索性將望、聞、問、切都授予兒媳，言傳身教多年。日子一久，蘇大嫂專攻婦產幼兒科，迅速學會治病接生，尤擅長使用銀針，一傳十，十傳百，口碑都傳了出去，儼然成了「先生嬤」。

蘇家兩老相繼過世後，蘇醒夫婦兢兢業業恪守家規，解放了小腳的妻子坐鎮店鋪，丈夫攀山越嶺不辭勞苦為鄉隣服務，家傳的醫術給下一代帶來財富。舊房子全部拆掉了，蓋起三進深連護厝的水磨青磚官家樣式古老大屋，餘下的銀子除了置買田地，便是全力栽培接班人。同輩人除蘇醒一名男丁，還有一個小他十五年的妹子蘇慧。兩夫婦決定妹子和兒子一到合適年紀就送往省城讀書，誓將兩人培育成杏林人才。

可是兒子蘇暢對醫學全無興趣，喜歡舞文弄墨研讀歷史。有一天小家伙向夥計炫耀他的知識，問他們：「大家常把杏林比作中醫界，你們知道這個典故是怎麼來的嗎？」見店夥計無言以對，他又接著說：「據《太平廣記》有這麼一段記載：董奉字君異，漢代候官縣人，其人有道術，也精通醫術。董奉住在山裡不種田，天天給人治病不取分文。得重病經他治好的，就讓患者栽五棵杏樹，病輕的治好後栽一棵，這樣過了幾年就栽了十萬多株杏樹，成了一大片杏林。」

「看病不收錢那他吃什麼？」老夥計不屑地表示懷疑，打斷他的話。

「別急著打岔，聽我說。」蘇暢繼續掉書袋。「董奉讓山中的鳥獸都在杏林中嬉戲，樹下不生雜草，像是專門把草鋤盡了一樣。杏子熟後，他就在杏林裡用草蓋了一間倉房，對人說，想要買杏的只要自己拿一罐糧食倒進倉房，就可以裝一罐杏子走。」

「假如不按規矩呢？」小夥計有疑問。

「曾經有個人倒了很少的糧食卻裝了很多的杏，這時杏林裡的一群老虎突然吼叫著追了出來，那人捧著裝杏的罐子驚惶外逃，逃命時罐裡的杏子一路掉出去。到家一看，剩下的杏正好和送去的糧食一樣多。董奉每年把賣杏得來的糧食全部救濟了貧窮者和外出趕路缺少盤纏的人，一年散發出去兩萬斛糧食。」蘇暢作了總結：「後來人們看到杏林，便想起為百姓消除疾苦、醫術高明、醫德高尚的董奉，因此將中醫界稱為杏林。」

蘇暢對伙計們噴的口水全叫母親聽見了，她明白兒子對人文的喜愛遠勝於對人體的研究，暗自擔心又無可奈何。

姑姑蘇慧考讀西醫時適值日本侵華，她跟隨學校遷移到大後方去，而且學以致用，她的實習課即是上前線替抗日將士服務，直到光復才回江城行醫，其後成為江城出名的外科醫生。蘇暢一直在老家上中學，和平後考上省城一家著名的大學，讀的是文史。哥哥嫂嫂慶幸有蘇慧克紹箕裘稍感安慰。蘇慧與名醫何青山共諧連理時，大哥大嫂隆重地嫁了妹妹，但也表白了他們的遺憾，為兒子未能承繼祖業而難過。妹妹安慰哥嫂：「放心吧有我呢，我會為你們找一個醫生媳婦。咱們每一代只要能有一人懸壺濟世，就對得起祖宗了。」

蘇慧只大侄兒五歲，她的大包大攬確實令兄嫂釋懷，卻潛藏了一層始料未及的矛盾。她果然沒有食言，利用侄兒寒暑假的到來替他牽紅線，姑娘是惠世醫院院長的漂亮女兒如虹，一位前途似錦的外科實習醫生。蘇慧在惠世醫院外科部門工作，丈夫何青山是著名內科醫生，自己開醫館，他們在相公巷的房子是蘇慧的陪嫁。隔壁的另一個院落也是蘇家的產業，大哥大嫂希望兒子大學畢業後到江城定居，一早蓋好房子，蘇暢放假就住到這裡來。

暑假的一個週末之夜，蘇慧和何青山為兒子何伯賢開生日會，到場的均是至親好友。吃了蛋糕後蘇暢邀請如虹到隔壁的院子賞月。舒適的小院子巷門朝東，一條小石子甬道穿過花園，綠樹婆娑，籐蘿繚繞，月光下的魚池裡游戲著幾條錦鯉，牆邊一叢叢含笑散發出陣陣幽香。磚石結構的小樓高兩層，遠遠就看見陽臺上一盆盆青草藥，竹杆上掛著幾件白大掛。樓下的大廳是些旋枝木家具，靠牆的案上有架留聲機，一櫃的黑膠唱片。蘇暢放上一張老唱片〈昭君出塞〉，沖了壺綠茶，悠悠的飄香的夜，如水的月光，幽怨的琵琶，兩人陶醉其間，不須多餘的語言。

蘇慧向兄嫂報了喜，兄嫂喜孜孜地自不必說，兒子明年就畢業，看來佳偶天成，嫂子連金飾和一應需要都準備妥了，等待喝這杯新婦茶。

蘇暢原說好春節到江城過年，卻因學校安排往閩北實習，寒假沒能回來。父母和小姑姑都不覺意外，反正畢業在即，家裡照樣作準備，豬兒都肥了，紅酒釀了十幾罈，米粉舂了十幾缸，依照家鄉的規矩，宴請的親朋還會少嗎？請帖、對聯都寫好了，親戚們也都備好賀禮。

夏天來了，蘇暢拿到畢業文憑榮歸，還帶回來一個名叫素月的女郎，亦是省城的大學畢業生。姑娘小巧玲瓏打扮新潮，小鳥依人般地挽著高大的蘇暢，形影不離。最驚訝的是姑姑，她瞧了第一眼就知道姑娘懷孕了，躊躇著不敢對兄嫂直言，只盡了長輩的責任，替他們請了個保姆。如虹知曉蘇暢變掛一臉愕然，立即報讀博士遠赴美國。蘇暢夫婦倆都受聘到中學任教，妻子素月學的是理科。不能接受事實的是蘇暢的娘蘇嫂，她覺得沒有面子，由得兒子、媳婦「文明結婚」，放棄了傳統的擺酒，更將自己精心製作的裙褂全部鎖入箱籠，從未再打開過。

蘇嫂後來得知兒子中學畢業未報考醫科，正是受了素月的影響，他們本是同窗，其父母也是醫生希望女兒繼承衣缽，但素月有強烈的反叛個性。他們各自考上不同大學，直到畢業那年才重遇。別看素月小巧，卻是何等玲瓏剔透，頗懂男人心理，只要牢牢把握住蘇暢便輕易地戰勝了三個女人。她最大的功績是幾年內生下兩個兒子一個女兒，算對得起列祖列宗。每年春節蘇嫂安排兒子、孫子「三世同堂」，婆媳卻從不晤面。

就在兒子、媳婦畢業歸故里不久，江城解放了。蘇家被評上地主，郊縣的田地被沒收，蘇醒大受打擊，兩年後抑郁而終。蘇嫂經營了幾年藥材舖，後來被公私合營，財產幾乎全部歸公。然而蘇嫂憑藉自己的金字招牌繼續行醫，這個小女人經歷一波又一波，風裡浪裡皆挺過來了。蘇嫂單身居住山鄉老家，一頭烏髮梳得光亮，於腦後盤起髮髻，髻邊斜插根艾草，髻上銀針閃爍耀眼。她上身穿著漿洗得僵硬的白大褂，下著黑布褲，半大的足上是手納白底黑絨繡花鞋。這位山村大夫全身上下透著清爽，散發著洋胰子的香味。大眼睛、高顴骨、挺鼻樑，仙風道骨般的神韻，遠近婦孺聞之無不肅然起敬。

一九五七年是個不平凡的年頭，蘇暢並非饒舌者，無奈領導苦口婆心引導，要求黨外人士「鳴放」，提出自己的想法、看法，給共產黨和政府提意見，幫助共產黨整風。他並沒說多少話，即使完全不說也一樣，百分之五的結果跑不了，右派到底劃上了，還給送去勞動教養。家的擔子撂下給老婆，遠離妻兒到蘇北。當年若聽母親的話學醫不讀文科，或者風險小一點吧？天曉得！他不在的日子，三世同堂剩下兩代人，老人家會多麼難過！蘇暢深深自責對不起父母妻兒。多年後甄別釋放回鄉，每天只是種花養魚，一本《古文觀止》卷不離手，課堂上滔滔不絕的知識份子幾乎變成一語不發的啞巴。

每年春節蘇嫂一定嘮叨：「祖上是行醫的，你們一定要讀醫，懸壺濟世治病救人不會錯。」素月雖不得婆婆歡心，但仍不失為好母親，丈夫不在身邊的日子，對內獨力挑起家庭重擔身兼父職，對外要頂住各種政治壓力苦苦支撐。大兒子蘇旭學習一向名列前茅，當年學醫與學農同歸一科，他記住祖訓，心高氣傲志在讀醫，志願表上全部填報醫學院。

「蘇旭，怎麼你整張表格都填醫科啊？」班主任老師及時提醒他。「隨便填一家農學院嘛，做好各種思想準備。」

蘇旭不想拂老師的意，勉強在最後一欄填上農學院。放榜了，蘇旭以全市最高的聯考成績，卻給分配最末一個志願到農學院，老師果然高瞻遠矚。因為父親是右派，給錄取還怨什麼？這就是現實。蘇旭大學畢業後被分配到山區基層去當農業技術員，與一個下鄉的僑生結婚在當地落戶。

孫女兒蘇麗本來也有機會讀醫，無奈遇上文化革命，別說上大學無望，還攤上上山下鄉，希望又一次落空。小孫子蘇昶小學尚未畢業，文革期間天天鬧革命讀啥書呢？他後來給分配到工廠當工人。

姑姑蘇慧那邊，大兒子伯賢同樣因報讀醫學院而落選。何青山和蘇慧兩夫婦親自輔導一年，教兒子學英文改報文科，第二年以優異的成績被錄取到外語學院。小兒子仲文叫文革荒廢了學業，成天大批判挖地洞沒讀成書，有人一直覬覦他們的大房子和花園，為了保衛財產，孩子結交流氓阿飛，差點連自己也成了小太保。幸虧海外親人及時施予援手，替他辦理手續走出國門。

難道這一代與醫無緣杏林世家瀕臨斷層？世事沒有絕對。一九七八年恢復高考，蘇麗考上師大，後來成為一名優秀教師。蘇昶一邊當工人一邊自學中醫，考上中醫學院，畢業後再讀研究生。蘇昶後來認識了一位學西醫的女孩，成了他的太太。他們現在都是江城的大醫生。蘇旭更了得，適逢改革開放重用知識份子的大好時機，他被提拔為縣委書記，當了政府官員還繼續攻讀博士學位，聞名全省。一代人完成了祖輩和父輩的所有心願。

九十年代初，蘇嫂高壽八十有五，享受四世同堂之福後無疾而終。臨終前她叫人打開塵封幾十年的籐箱子，讓人幫她穿上那些大紅裙褂，安然合上雙眼。她終於可以毫無遺憾地去見列祖列宗了。

二〇一〇年五月十三日

相見不如懷念

曾經參加一個聚會，大半都是退休的故人，在那位主辦朋友的家裡，常來的搶著打牌、唱K，罕至的喝酒、閒聊，主人各聽其便。我屬於後者，由於第一次參與，躊躇間還未找到交談的對象。忽然有人叫了我，不是叫名字，而是稱「李老師」，多年未被人冠以此稱呼，愣然了一陣才確認對方是叫自己。

「李老師，我是吳欣！」一位風度翩翩的男士捧著酒杯走過來，「記不起我啦？」

「怎會忘記你這麼有型的男士！」我有些口是心非。

仔細打量眼前的男人，與當年相比難免走樣，可其身材魁梧、背項挺直，沒有一般男人的啤酒肚，雖然兩鬢開始灰白，卻充滿成熟男人的魅力。

「倒是你怎可能認出一個澈底改變了容顏的女人？是憑了我下巴這粒瘻吧！」在下沒忘記自我解嘲。

他緊緊握住我的手，我們確實分別了好久好久。

我在山城教書時認識吳欣，當年我才二十來歲，跑到深山中謀職。吳欣剛從山城一中畢業，插隊在我們公社，他母親白露雲是我的同事。小伙子逾一米八十的身高，是名出色的籃球運動員，每次到學校看他娘，我們學校的男教師必來一場籃球友誼賽，他的風采總是吸引大批師生觀看。球一傳到吳欣的手，見他貓下腰拍幾下，一個轉身底線切入反手扣籃，漂漂亮亮百分之百中。師生無不報以熱烈掌聲。

吳欣父母皆是四十年代的大學生，父親五七年被劃右派，免去公職解甲歸田。母親帶著一對兒女，吳欣的姐姐沒能考上大學，在本地小學教書。吳欣下鄉不久屢有招工單位要他，卻因父母的「歷史問題」懸而未決被淘汰，公社常常需要他出賽，就將他安排在集體所有制的製茶場。小伙子外表看似瀟灑，心底裡深深感到壓抑，時與地瓜酒為友，麻醉自己的神經。

有一回本地球員大勝縣商業隊，公社設慶功宴犒勞球員，吳欣幾杯下肚頭昏腦脹，跟著人在鎮上轉，有個叫阿星的球員說帶他找樂子去。當年那裡只有一條小街，街邊皆是供銷社店鋪，晚上政治學習早早關門，鬼影也沒一個。寂靜的遠山，沉默的溪水，空曠的田野，暗淡的村落，吳欣心想見鬼了，哪裡尋樂去？不想轉到鎮內竟有幾條狹窄的小巷，碎石子路兩邊都是住家。走到一戶人家，當街的櫥窗已上門板，推開邊門，裡面傳出齒輪轉動的聲音，還飄過來一陣香油的味兒。吳欣下鄉整整兩年，除了大隊開會用氣燈，公社開會拉電燈，哪一晚不是烏煙瞎火摸黑過夜？可這裡煙火通明，彷彿遠離人間。小子突然想起聊齋的故事，心裡有點發毛。

「連生嫂！」阿星朝裡屋輕聲叫喚。

「哎，阿星你來啦！」一個年輕女人迎上來熱情招呼，阿星隨手遞上從縣城商店帶來的兩斤香腸。那時節物資供應雖緊張，但人們對商店偶爾發售的某些食品並沒有興趣，可以說山裡人根本沒吃過這類東西。「哎喲，這可是上等貨，等下叫你連生哥付錢。」

屋內一個男人聽到喚他的名忙跑出來，他就是連生。連生三十不到，長得墩實粗壯，他遞上紙煙，一邊讓座一邊叫女人燒水沖茶。

「籃球健將吳欣，我兩個妹子好崇拜你！」連生咔嚓打了火機送上火，朝另一個房間喊話，「妹子，瞧誰來了！」

「什麼大人物來了呀！」耀眼的燈光下，一個十七、八歲的少女步出房門，瞧她瓜子臉、櫻桃口、直鼻樑，幽深的眼眸，雪白的貝齒，裊裊娜娜，把個吳欣看呆了。「吳欣！」她驚喜的眼神一掃過來，吳欣好像被電流擊中，定定地呆立不動。

幸好連生嫂泡了茶，吳欣機械地喝起茶，鐵觀音茶香令吳欣思路暢通，他一邊品茶，一邊聽連生和阿星聊生意行情，方明白這裡是家油作坊，替遠近的公家和農家榨花生和茶油。他不禁打量起這一家人，發現他們生活小康富裕，在當時的社會環境下很不同於一般人。而他最感興趣的是一對如花似玉的姐妹，連生的大妹妹叫連弟，知書達禮，羞人答答，集中優雅的美態；小妹妹叫連妹，活潑好動，快樂開朗，充滿動感的靚麗。小伙子看得有點癡了，下意識地用右手挾住煙頭狠狠燒了下左手，痛得差點叫出聲。是千真萬確的，並非狐仙人家，也非夢境。

打那天以後，吳欣找各種借口去油坊，起初與阿星作伴，後來成了常客就自己去。連生好客交遊廣闊，依舊敬煙敬茶地款待。連弟已經中學畢業兩年，就要嫁到濱城去了，未婚夫老家山城，在濱城公安部門工作。世間混沌，城裡的姑娘上山下鄉，鄉下的女孩進城當官太太。連妹那個夏天也將畢業，反正沒讀什麼書，女孩喜歡與吳欣天南地北胡扯。有日聊起縣城周末將公映朝鮮電影《金姬和銀姬的命運》，連妹激動極了，說遠離縣城看不到，恨得咬牙切齒。

「咱一起去看。」吳欣說。

「怎麼去看？幾十里山路！」姑娘不斷嘆氣，「我要是鳥兒就好了，可以飛。」

周末下午兩點吳欣的自行車等在路邊，連妹穿上夾衣打著絲巾，坐上後座。車子迎風飛馳，吳欣狀態大勇，除了上很陡的坡才下來推車。下坡時連妹緊緊攬著吳欣的腰貼著男孩的身子，呼呼的北風吹痛人的臉頰，可心裡熱呼呼地。三個多鐘的車程將兩個年輕人的心繫在一起。

縣城所有機關、學校、居民傾城出動，體育場的觀禮臺上掛著白色布幕，放映機已經占據好位置，人們六時許就開始進場，人人搬著小欖子坐沙地上。他倆沒有所屬單位又要看車子，只能在最後面最遠處站著看。吳欣讓連妹坐在車座上，自己從頭到尾扶著車把手。

電影講述二戰後的韓國南北分治，一對孿生姐妹生活在不同制度下迥然不同的生活，控訴美帝國主義造成朝鮮民族分離，南韓人民生活於水深火熱之中。主題曲〈爸爸的祝福〉旋律優美，銀姬幽怨的歌聲如泣如訴……連妹淚流滿面，女孩攬著吳欣的腰，停靠在他肩膀上不斷抽泣。吳欣用他粗大的手掌抹去少女臉上的淚，讓她貼近自己的胸膛。電影散場時，排山倒海的人群向外湧出來，吳欣以自行車作擋箭牌保護連妹，左衝右突抵擋人家的長欖，少女緊貼著小伙子寬大的身軀，兩人幾經艱難才退出廣場。

又是三個鐘的回程。夜那麼深那麼沉，路途那麼遙遠，吳欣的雙手幾乎凍僵，內心卻翻滾如潮，連妹的臉更是滾燙滾燙。下車上高坡時，女孩忍不住捧起小子的手搓揉，將他放到自己胸口取暖，吳欣就勢抱住她，送上他的吻……

姐姐出嫁了，男方用小車來接新娘，這小鎮沒有哪個女孩像她那麼風光，看來她是那麼美麗那麼幸福。妹妹畢業了，等待她的將是什麼？小妹對哥嫂說，非吳欣不嫁，並用行動表決心，離校後即搬到茶場去住。姑娘雖是農村長大的孩子，可她從未耕種過，在烈日下採茶、在曬場上踼茶、在火爐上烤茶、在簸箕上揉茶，汗水與淚水交相而下。原是彈琴畫畫的手用來無休無止地修理地球，豐滿的少女越來越瘦，白皙的臉上漸漸嵌入塵土的顏色。她含辛茹苦期待出頭之日，可是吳欣的招工又一次被刷下來。

極度失望令吳欣加倍地用烈酒麻痺自己，往往幾杯下肚涕泗縱橫，爛醉如泥，微薄的工資津貼多用來買醉，曾經喝多了摔破酒瓶子，割傷手掌鮮血淋漓。連妹含淚為他包扎傷口收拾殘局。酒醒後吳欣深感對不起所愛的人，這樣的日子如何過下去？陪著男朋友連妹虛擲了兩年光陰，女孩子的青春能維持多久？美麗臉蛋上一對閃亮的大眼，難以掩飾愁苦的神情。

可就算吳欣招工了，何時輪到連妹呢？嫂子和姐姐的分析是對的，不是不敢愛而是愛不起。誰叫我們這代人這麼苦呢？他倆終於面對現實協議分手。那一天，連妹流著淚對他說，「還君自由，讓彼此都輕鬆一點，我將從此走出你的視線。」而後少女聽從家人安排，嫁到香港去了。

當年我在鄉間知道他們戀愛的事，後來離鄉再沒有聯絡。一別幾十年，今次巧遇也是緣份。吳欣一直未被招工，直到回城在街道工作，一個優秀運動員跑去當「街道拖布」，我為政府浪費人才而遺憾。

「李老師，街道光有『街媽』不夠，以前她們管治壞分子，現在要有強有力的『街爸』才行，我的工作就是專管那些上訪戶、釘子戶，尤其是召開人大、政協會議期間，一定要保護他們，不能讓他們出去亂說亂動。」

「這麼說你一定是黨員囉！」我追問。

「當然，沒有黨票怎混飯吃？」他倒很坦然。

一陣默然。

接著他告訴我結過兩次婚，兒子、女兒都大學畢業了，跟前妻住濱城，現在的太太比他小二十歲。他剛辦退休。

「見過連妹嗎？」我倚老賣老問下去。

「我以為難得出來一趟，校友都在這裡可以見見面，再見也是朋友。幾經艱難才問到她的電話，昨晚約了在維園見面，今天一大早就去等她，心裡直在琢磨她的樣子，第一句話該說什麼。當我等得不耐煩四處張望時，有個小孩走到我面前，問我是不是吳欣，一位嬸嬸叫他送幾隻光碟給我。我猛然朝孩子剛才來的方向看去，遠遠地似乎見到她了，一定是她！她向我望了望，接著急速衝過馬路閃失了。」

吳欣遞過來一沓唱片。我看了，每一支碟上都有一支歌〈相見不如懷念〉。

「走，咱倆唱卡拉ＯＫ去，就點這一支〈相見不如懷念〉。」我提議。

二〇一〇年六月十七日

情惑

白燕半個鐘前擠上火車，找到一個靠窗口的位置。她只有一件行李，沒有人來送行，就像五年前南下時一般，輕輕地來悄悄地走。火車終於拉響汽笛，像一條僵硬的蜈蚣動了一下。窗外的站臺向後退去，一雙雙揮舞的手臂遠去，車站上燈火輝煌如天邊的點點繁星。少女輕輕舒了口氣，遊子終於啟程回家了。轉眼間火車駛入夜幕深處，旅客都昏昏入睡，朦朧間思緒翻騰。五年來走過的路似乎很遙遠，就像箱底下抄出來的一本舊日記，有股淡淡的樟腦丸味兒。打開這本日記，一切又似乎很接近，猶如昨天發生的事。此時車上的廣播器低唱著羅嘉良的〈地老天荒〉。

追隨著歌聲記起的是老家那兩棵樹，它們此時正在向她招手。

那天她站在巨大的許願樹下。許願樹是兩棵大榕樹，都說它們是神仙樹，層層疊疊掛著多少寶牒和彩綢。不知什麼時候開始，也不曉何方神聖附著在樹身上，人們在樹根燃點蠟燭、冥鏹，並將願望寫在寶牒或彩綢上，誠心向樹許願後拋上枝椏，祈禱它不要跌下來讓願望可以成真，拋得越高願望越靈驗。這條村子因其香火鼎盛，每日前來求子、求財、驅病、消災的人絡繹不絕，空氣中都是香燭的味兒。有隻寶牒搖搖欲墜，不曉哪位少女寫著她的心願，大大字的「地老天荒」。姑娘望著樹梢上一條薄薄的紅紗綢，那是她偷偷讓人掛上去的，瞧它由頂上正中分開來，呈八字形地朝兩邊披掛，在微微的晚風中飄盪。

女孩沒有寫寶牒，也沒有點香燭燒冥鏹，不是不誠心，而是害怕希望越大失望越深。她只能默默地祈禱神明，讓母親脫離苦海，假如可以的話，她願意減壽添給母親。然而母親已經病入膏肓，癌細胞吞噬著她的軀體，醫生叫準備後事了。自從發現母親有病，目睹一個健康的身體迅速變壞，逐漸成為空殼，做女兒的是何等傷心！母親原是個古典美人，雖嬌小卻玲瓏浮凸，可現在瘦得皮包骨，沒有一絲血色。每當替母親抹身換衣服，和父親合抱起她在籐椅上曬太陽，父女倆把她當成瓷器，惟恐稍不小心碰壞了。她想到此處，嗚嗚哭了起來。

「小燕！小燕！」一個年輕人從對面小石橋上走過來向她招手。小伙子身形高大結實強悍，身著球鞋、T恤、牛仔褲，與橋上擦身而過的黑瘦鄉人成明顯對照，分明是來自大城市的客人。表哥回來了。白燕前天向在深圳工作的么姨掛了電話，通知她母親病危的消息，想不到表哥于凡與他母親一起趕回來。阿姨比母親小十歲，生下表哥于凡後就和丈夫離婚，丟下兒子給姥姥隻身南下。于凡大白燕三歲，十五年來他們一起在鄉間廝守長大。三年前于凡在技工學校畢業後離鄉投奔他母親。

小伙子跑到白燕面前，拖著她的手仔細打量，憐惜的眼神在她身上瀏覽。青梅竹馬的表妹長高了，比他當年離鄉時俊俏秀麗，白皙的頸項上一頭瀑布似的秀髮，鵝蛋臉龐上柳眉杏眼，唇紅齒白，真是十八姑娘一朵花！于凡從褲袋裡取出一包紙巾，抽出一張輕輕揚開，抹去表妹臉上的淚珠，順手攬著她的肩膀往家走。女孩倚在男孩胸前，彷彿堤壩潰決，不止因為母親，也因為自己，三年來積澱在心裡的淚水汩汩傾出，似乎找到了可以依傍的肩頭，放心流涕痛哭。

走進小巷第二道街門是他們的家，姥姥生了一堆孩子，成活的只有兩個女兒，房子是她留下的產業。嫣紅的三角梅爬出牆頭，灰磚牆上的長春籐像少女的秀髮，纏纏綿綿地覆蓋著地老天荒的愛情故事。推開大門入眼簾的是口水井，一條鵝卵石鋪砌的小路向內延伸，兩旁花槽種著茉莉花，緊貼鄰人生滿苔蘚的一面土牆下有道排水溝。對著大門有座竹籬笆圍成的雞棚，籬笆上葡萄籐遮蔭，公雞帶著母雞們在乘涼，角落有個雞窩。左拐是一塊塊大石頭鋪成的石埕，上兩級花崗岩石階踏上鋪紅磚的雨廊，雨廊上有張大籐椅。

「回來啦！于凡陪小燕回來啦！」一把陌生又熟悉的女高音。「你媽等你啊！快！快！」

白燕抬起頭見到一個妖嬈的女人，披肩的波浪形長髮，鑲大滾邊的薄襯衫下乳罩若隱若現，牛仔褲將屁股綁得滾圓，高跟鞋踭足有四寸。她想叫聲「么姨」卻有些猶豫，母親和阿姨是同母異父姐妹。阿姨的眉像媽是淡淡的，可這兩道月眉變得又黑又彎；阿姨像外婆是單眼皮，怎麼變成了雙眼皮？鼻樑高了，嘴角翹了，腮骨沒了……但她的確是阿姨，她的神態與年輕時的媽媽一模一樣，只是媽媽溫柔和善，么姨卻略嫌誇張。白燕未及細思衝進母親的房間，母親蒼白的雙頰深陷的臉，她最後望了女兒一眼，累極了閉上那對憂鬱的大眼睛。

「媽！媽！」白燕撲到母親身上號啕大哭起來。

伏在母親胸前，女兒似乎聽到母親在絮叨。母親說她命中原是沒有子女的，她連做為女人最基本的經期也沒有過。她深深覺得對不起丈夫，曾要求離婚讓老公另娶，可丈夫寧要妻子不介意沒有子嗣。母親曾讓姥姥到處求神拜佛，祈求神明賜她一子半女，即使折壽她也願意。老天果然在三十五歲上賜千金予他們夫婦，女兒是他們的掌上明珠，含在口裡怕化了，放在手上怕丟了。今天心肝寶貝女兒成年了，她該履行諾言歸去了……

白燕哭成淚人兒，差點氣絕休克，幸虧于凡將她扶起來，鄰人嬸嬸往她人中搽藥油，強灌了她一碗藥茶，臉色才慢慢紅潤起來。母親生前是小學教師，治喪的事由學校和鄰居聯手辦理，天氣尚熱必須馬上火化。

母親走向一條通往天堂的路。送葬的隊列熙熙攘攘，傷心透了的親人搖搖晃晃。靈車嗚唱著低低的哀樂，嗩吶聲嘶力竭地吹奏什麼曲子，花圈上的鮮花在烈日下枯黃。白燕披麻帶孝捧著相框，神情呆滯，停止號哭；父親步履蹣跚由人扶持，一把眼淚，一把鼻涕。最後送行者止步於閘口，一道厚厚的陰陽界將人鬼隔絕。

塵歸塵，土歸土。

母親的走或是一種解脫，少女不願媽媽再受苦，終能冷靜下來淡然處之。她剛剛中學畢業，升大學的理想早已落空，這兩年叫母親的病折騰得能夠畢業已屬萬幸。人生除了上大學還有許多事做，山城的女孩多到濱城謀生，讀書少的當招待做店員，讀書多的當文員做書記。只是父親肝腸寸斷哀慟不已，一個大男人不時呼天搶地，聞者傷心見者落淚，誰也不敢來看他勸他。于凡回南方去了。白燕決定過些天追隨他去闖闖南方大都市。她放心不下的是父親，幸好阿姨決定暫時留下來陪她姐夫。

準備行裝。于凡說現在不時興帶被褥，那裡什麼都可以現買。母親給白燕留下一筆錢，說是給她的嫁妝由她自己處置。她尋思只要帶些替換衣服，最要緊帶張銀行卡得了。少女決定清理母親的遺物和自己讀過的書籍，帶一點紀念物品，不知這一走何日才能回來。

打開一本塵封的筆記，密密麻麻有如天書，將女兒帶入母親的世界。展現在最前面的時間是七十年代中，當年插隊農村的一個少女，為消磨寶貴青春而哀怨，為沉重的體力勞動而憔悴，為前路渺茫而悲泣。正當萬念俱灰走投無路之時，遇上她生命中的俠士，一位山區小學校長為他心儀的女孩奔走，拯救其於水深火熱之中。為了感恩，為了生命中的愛人，少女獻出她的貞操，奉獻她唯一的寶。男人也相信這足以地老天荒的愛情，離開他的髮妻……

最後一段話的日期是一年前：「親愛的，我就要離開了，離開我一生的執愛——我的丈夫和女兒，不能再與你們一起生活是多麼痛苦，你們知道嗎？然而我無悔今生，我得到地老天荒的愛，還將帶著這份愛離去，我會在天堂祝福你們……」洋洋灑灑的幾頁紙，有些字跡已經模糊，顯然如決堤的淚水簌簌而落，淹沒了那些文字，那些故事……

車窗外是死一般的寂靜。別人嫌風大都關了窗，只有白燕這邊留下一條縫隙，風將她的髮絲吹起，少女用手拂開扎起馬尾，思緒不覺走過了五年。

初到深圳時寄居在表哥處。于凡在距市區五十公里外的一個工廠區工作，給廠家當繪圖員。日復一日的勞動、加班，年輕人疲累如機器，下了班就知道睡覺，理想去夢鄉中尋找。有時他們也狂歡，那是有假期又無法回鄉與親人團聚的寄託。于凡的同屋是來自安徽的青年林傑，兩個男孩住屋骯髒凌亂，白燕足足花費兩天時間才收拾乾淨。于凡讓出睡房給表妹，自己睡到廳堂的木沙發上。林傑慷慨地交出房間鑰匙，讓女孩替他打掃。他笑呵呵地說，會替小妹找一份工作作為報酬。

白燕在兩個小伙子的房間裡找到女人的用品：口紅、梳子、髮夾、絲襪、長頭髮。最初她是氣憤的，坐在地板上發呆，而後看見那些避孕套，卻由氣急敗壞轉而默然不語。他們帶她去唱卡拉ＯＫ，目睹那些濃妝艷抹的女公關給男人敬酒獻茶，個個主動將熱呼呼的身體往男人身上貼，無不滿口葷笑話。即使是陪著猥瑣的上司或老闆應酬的女能人，她們同樣玩著低級庸俗的遊戲，意圖滿足和取悅男人的放縱和意淫。這就是當代的情感，只有性慾沒有愛情，何況地老天荒！

女孩明白要融入現代社會尚需要時間，在林傑的介紹下當了文員，平時住廠內宿舍週末回表哥住處，順便跟父親說說電話。有了實實在在的工作就無暇胡思亂想，可強迫自己冷靜。每天輸入電腦資料、打公文報告、核對工卡，上午七點至十一點，下午一點至五點，晚間六點至九點，加上吃飯、洗澡、睡覺，沒有多餘的時間。有時連星期天也要上班，簡直累壞了。姑娘希望可以讀點會計書，不能光是打雜，卻沒有時間。

時間讓工作填滿了，生活充實了，感情上卻是極度空白。姑娘當初貿然南下是否帶著一絲兒舊情誼，那壓抑了很久很久的情感？她多麼留戀兒時那些親切的、真誠的、平淡的感覺！家鄉那種古樸的、傳統的、充滿泥土氣息的日子！她還帶著小時表哥為她做的打鳥彈弓。一切已經隨著時光無聲無息地流逝，哪怕肯改變自己去融入他的生活，也全然沒有了那種感覺。車水馬龍震動著人的耳膜，高樓大廈壓抑著人的神經，燈紅酒綠攪亂人的思維，電腦電視令人眼球充血，沙塵拂面空氣污濁叫人煩躁不安。

女孩過的是幽閉的生活，雖然天天上班時時聚會，實際上內心的孤獨惟有自己知。一班年輕人都沒有信仰，卻總是借助聖誕節狂歡，狂飲爛醉後一夜銷魂。在這滾滾紅塵中與眾人保持距離，是否是一種潔癖？她總是在第二天默默為大家收拾殘局，反思何處覓地老天荒之愛這個問題。

有一晚于凡叫人轉達白燕，父親要她來等候電話。那是個下雨的夜晚，她渾身濕透了，于凡尚未下班。洗了澡穿上鑲花邊的睡衣，濕漉漉的長髮飄著淡淡的清香。靠在床上看書，女孩疲累得不由自主合上了眼。不曉于凡什麼時候回家，該是午夜了吧。男孩同樣被滂沱大雨淋濕了，進房脫下衣服，見到表妹的海棠般春睡，是那麼倦怠、孤寂、安詳、美麗，他不由自主親吻了她。白燕沒有睜開眼睛，也回吻了他，流下兩行淚水，這原是她的情感與慾望的期待，她的心靈與肉體的渴求，已經等待得太久太久，長達多年的痛苦而漫長的掙扎，無力自拔而沉淪了……

于凡擁著她的睡姿是那樣平穩而滿足，女孩潛藏內心的躁熱已被消融，兩情相悅的性愛是美麗的，身體和靈魂皆是神聖的，不需要慚愧，曾經擁有就該滿足。父親和么姨準備結婚，等待他們送上祝福。白燕輕輕推開于凡緊箍自己的手臂，抹去臉上的淚，悄悄沖了個澡，回廠上班去了。

白燕決定辭工回鄉，沒有與于凡話別。

對著窗外無邊無際的黑夜，輕吟徐志摩的《再別康橋》：「悄悄的我走了，正如我悄悄的來；我揮一揮衣袖，不帶走一片雲彩。」天邊開始泛白，火車就快到站了，她要去赴父親和么姨的婚禮，祝福兩位老人的結合。

二〇一〇年七月八日

騰記老店

我們鎮上有兩條小街，街頭到街尾不過幾百米。前街一列門面發黑的店鋪傍晚都上了櫥窗，因為是公家的供銷社，人們趕著吃了飯開會學習。對面是公社衙門，所謂「生不進官府，死不入地獄」，平頭百姓沒事誰也不上門。後街賣農具的鋪面是公家店也總是早早歇了，夜間只有兩家私人鋪子上燈，一家是理髮鋪，看得見兩張櫈和牆上的鏡子，是開明爹開的；一家是彈棉絮的，滿屋飛揚著蒲公英般的毛毛，店看起來不大，門面也暗淡，門額上有《騰記棉績》招牌。

話說當年我校住家屬宿舍的並非都是單親家庭，而是革命時代夫婦若拖兒帶女不符合革命化標準，分配工作時夫妻給拆開了。只有一個例外是桂花老師。桂花老師帶著個女兒讀中學，沒人見過她丈夫，倒是個如假包換的單親家庭。桂花是本地人，解放那年已經十二歲，該是讀小學五年級的年齡而她一字不識。土改工作組辦起掃盲班，所有適齡男女都要上夜校讀書識字。桂花的求知慾很強，加上天質聰穎，掃盲班所教文化知識迅即學會，老師建議家長送她讀完全小學，日後還可以考中學。

桂花的父母有一子一女，兒子已經輟學幹活，他們視女兒掌上明珠，也就遂了她的心願，讓她插班鎮上最好的小學。桂花刻苦用功，在學校裡就像個小老師似地組織學生活動，婷婷玉立於一班小男生中。山裡的女孩十來歲就由父母做主訂親，她們本該是早早嫁人的命，上正規學校簡直是天方夜譚。家裡早年為桂花訂了親，男人在外地做事，婆家天天擔心未來媳婦，三番兩次來催婚，生怕金鳳凰從窩裡飛走。禮金送女家那天，桂花躲到工作組去了，女孩一心要做新中國的主人翁，在女同志的游說下，堅定信心改變自己的命運。

小學畢業那年師生開聯歡會，餘興節目猜燈謎，每個人要出兩道謎語。桂花的謎題令人們津津樂道至今。

第一個謎：「夫人梳雙髻，騎馬去看月」。打一字。

第二道謎：「手攙強弓上雪山，雪花拂面不知寒。應弦眾鳥皆墜落，更將羅網布山崗。」猜一工序。

除了桂花這兩道謎語，所有題目都淺得一點就破，一班小男孩滴溜溜地轉動雙眼，顯得心智未夠成熟，個個你望我我望你。大家讓桂花自己來解謎，少女就像老師走上講臺，清清喉嚨講起課來：第一個字是「騰」，我們店鋪的字號「騰記」；第二個謎底是「打棉績」，是我爺爺傳下來的打棉被功夫。

老師們都從心底讚嘆這位女學生的聰明才智。桂花被保送升讀中學，那一年已經十六歲。桂花對父母和哥哥保證，一定好好讀書，不辜負家人的栽培。「騰記」棉績店被公私合營，可是打棉被是一件十分艱苦的工作，沒有一個伙計做得長久，曾傳說連乞丐也情願討食不幹這活兒。店裡的工作仍是桂花一家人所為，女兒放了學就要幫忙。

「騰記」作坊在鎮上後街前鋪後居。每天一早桂花媽開店，人們見到的是一座巨大的工作床，牆邊一堆彈弓、木槌和木輪子，架上一捆捆棉花、棉線和做好的棉被。訂購棉被的顧客指定買多少斤棉花，做多大的尺寸，桂花爹就將那些棉花平鋪在工作床上。彈棉花是長時間的強體力勞動，爹和哥各站一邊，彷彿古時射日的勇士。他倆腰間都背繫一支長竿子，頂端垂落一條繩子繫掛著個大弓，彈時左手扶弓，右手持木槌敲打弓弦，一團團密實的棉絮在弓弦的彈動下一點點變鬆，然後彼此牽扯交織成為床形。彈弓依呀呀地唱，汗水淅瀝瀝跌落。棉被是準備冬天蓋的，打棉被是夏秋的工作，彈棉花的人汗流浹背，棉絮彈起時四處飛揚，濕漉漉的身驅黏著毛毛，可以想見是多麼吃力的事！

彈成雛型棉被後第二道工序是「輪被」。工具是個木輪，即將原木雕成圓盤形邊緣加道圍的輪狀物，就像加了底的方向盤。工作時將木輪平放在彈鬆的棉絮上顫轉壓實。這道工序桂花和娘常常幫手，輪子顫悠悠地抖動，人做得腰酸背痛。

最後的工序是布棉線，好像撒下天羅地網，將棉線網住一床棉花不讓它走樣，閩南語稱為「棉續」。強力勞動令外表纖弱的桂花臂力驚人。體育老師發現她的長處，帶她參加縣中學生田徑賽，桂花一人包攬鉛球、標槍、手榴彈三項投擲冠軍，還破了縣紀錄，一時傳為佳話。桂花梳著兩條大辮子穿著汗衫短褲，颯爽英姿上了縣報頭條，轟動全縣。消息傳到老家，人人議論紛紛。教育局為了更好地培養人才，將桂花調到縣城一中高中部，並發給她最高額的助學金。桂花走出山地看到人生的美好前景，決心勇往直前。為了將來學成回饋家鄉，考大學時報讀師範學院，有政府負責學費和伙食費。

姑娘終於如願以償。

那是公社化後的第二個夏天，糧食已經吃光，到處出現饑荒的跡象。沒有人來訂製或翻彈棉被，因為沒有棉花供應，棉花、棉線均需憑證購買。多少人餓死了，人們連肚子也顧不上，何來考慮其他？山裡人生時蓋又黑又硬的破棉絮，不曉什麼叫溫暖，死了用它裹屍體免被野狗啃吃。桂花收到大學錄取通知書悲喜交加，父母已經年老，大哥一大家子缺吃少穿，怎麼捨得離他們遠去？

她沿著溪流徘徊，心事重重。夏季發大水，溪水滾滾混黃而濁，污濁的溪水從上游洶湧而下，水上飄浮著一些樹枝和草鞋雜物。太陽掛在西天邊上，夕照下的農田一片枯草，沒有可以收割的莊稼。遠處樹蔭下土坯房頂一兩拄淡淡的炊煙，晚風迎面拂來，是青澀的牛皮菜和豆莢味兒，還有狗吠和孩子虛弱的哭聲。斜陽突然落到山背後，天色迅即轉暗，就在所有景物即將模糊消逝之前，桂花發現有些影子在水中晃動，猛然回轉身，一塊黑色麻布從頭上罩了下來，有隻強有力的手抓住她的左臂，右邊一隻大手捂住她的嘴，另一隻手拽住她的胳膊……

她被人架著走，心裡在想天一定是暗了的，光天化日沒人敢公然搶劫。少女突然明白是誰所為，自己身無分文，是搶人而非劫財。估計走進了一條村，遠近有狺狺的狗吠聲。他們將她輕輕推入一個房間，拿走蒙頭的布，昏黃的煤油燈照見一間敞亮的房子，新上石灰的白牆，簇新的全套家具，床上新枕頭、新被褥，花布蚊帳人字式分下來。一個女人端進來一面盆清水，放在床對過的臉盆架上，毛巾、牙刷、牙膏擺了半桌；回頭再送來一大海碗湯麵，擺好筷子、湯匙，對她尷尬地一笑，露出兩隻金牙。這個笑容令她想起來了，是那個媒婆！

她太餓了，狼吞虎嚥吃起來，麵裡有肉有蛋，滋味無窮，多久不曾聞肉香啦！而後刷牙洗臉，毫不害臊地躺到床上，床上有套女人的睡衣，顯然是特地為城裡人準備的。姑娘知道自己就是這個房子的女主人，抵賴不了的，在她住縣城讀書的幾個年頭，未婚夫不斷接濟父母，逢年過節禮數周到，今天許多人已經斷炊而她家仍有粥喝不是必然的。假如她拼命抗議爭奪清白就是矯情，為誰留清白之軀呢？訂婚時他倆見過面，一個高高大大體體面面的青年，對她癡心等待這麼多年，也該是還債的時候了。他終於出現了，溫柔地附在她耳邊，告訴她已通知岳父母不必擔心，然後吹熄了燈。

顛鸞倒鳳的一夜。

當一切圓滿結束時，桂花坦誠對男人說，她要上大學去，無法做他的妻。男人表示理解，指指牆邊一只箱子，那是為她上學置辦的衣物。清晨雞啼過三遍，兩人享用了豐盛的早餐。男人將箱子搬上一架自行車後座，叫他兄弟載，讓桂花坐另一架車後座自己踩上去，一陣風送她到家。他在門口放下箱子道別，說自己馬上就要回單位工作。目送遠去的影子，桂花流下兩行淚，淚水流經嘴角，不知是酸是鹹。

桂花讀不完一年就得辦休學，因為身子沉了起來。在娘家住了幾個月生下兒子，時值最困難的荒年，母親沒有乳汁，兒子瘦得皮包骨。窩在一起橫豎是死，惟有狠下心把兒子交給婆家回校繼續讀書，三年後終於學成歸來分配到老家中學。桂花沒有與原來的男朋友結婚，男人娶了個農村姑娘替他照顧孩子，乳娘待兒子如己出，兒子亦不曾前來認自己的親娘。桂花沒有再婚，身邊的女兒生父何人外人亦不詳，跟她娘家的姓。在那個年代，在落後的深山溝，桂花的思想行為比所有人超前走過兩代歲月。

七十年代末自由經濟復甦，「騰記」又開張了。日子好了起來，人們需要又鬆又暖的棉被，嫁娶更興大張旗鼓，嫁妝一牛車。「騰記」擴張門面，除了打棉績，還銷售外來絲棉絮和人造棉絮，但老家的人都喜歡真正的棉績，門庭若市。桂花的女兒時來幫忙，成為第四代棉績西施。

二〇一〇年七月三十一日

蜜餞西施

掃了一地紙，清理了所有垃圾，包裝車間大致收拾完畢，黃鵑解下圍裙，將飯盒放入袋子，關上燈。到洗手間擦把臉，對著朦朧的破鏡子照一照，用一綹頭髮遮住額上的瘀傷，徑直走出廠房。穿過幾幢黑漆漆的大樓經過門房，往日老頭子總是嘻皮笑臉地打招呼，有時還講幾句葷笑話吃美女豆腐，現在正眼也不望昔日廠花一眼，當她透明人。

「源和堂」屹立江城半個世紀，老蜜餞廠馳名海內外。雖然革命怒火燃燒得越來越旺，造反派掌握領導大權，但產品訂單一直保持暢旺，生產沒有停下來。國營工人、幹部都加入各種派別搞運動去了，幾百個女工多是臨時工，仍要上班才有收入，她們早在六點下了班。

該有八點多了吧？手錶讓街媽抄家時順手牽羊，她在心裡掂估。那年頭都睡得早，七拐八彎穿過幾條小巷，藉著小戶人家微弱的燈光，大都關燈睡覺黑乎乎的。走慣了的胡同並不害怕，伴著她的有地上孤寂的影子。人人都參與熱火朝天的革命，好人壞人皆爭著上臺表演，沒多少人有興趣偷雞摸狗。走到甲第巷有路燈，行人不多，時有自行車響起一串清脆的鈴聲馳過。想起自家的單車給砸爛了，以往踩單車走新門大街，手戴天梭錶，腳踩飛鴿單車，姐兒長得俏，高挑的個兒勻稱的身材，長長的眼睛彎彎的眉毛，白皙的皮膚黑油油的長髮，穿著時髦亮麗，沒有生養過的女人青春長駐，人看她的模樣不過三十。

自五十年代中起黃鵑在這家國營廠做了十五年，從普通文員升至生產部主管，在那片廠房洒下多少汗水？試問那些批鬥她的青年人，誰會明白「源和堂」三個字的意思？他們有什麼資格如此對待一個勤勉的老員工呢？作為蜜餞主要配料「鹽」和「糖」即蘊含著「源和堂」三個字。「源和堂」牌號在國內外尤其是東南亞一帶打開市場，老牌子是一代工作人員辛勤打造出來的。製造蜜餞首要選用各式新鮮水果，黃鵲剛入廠就當過採購員，在各類水果盛產的季節東奔西跑下鄉收購。後來當了勞模升職管理生產線，工作更加兢兢業業，當然一切首先要歸功於領導。可員工沒有功勞也有苦勞，而現在一切都推翻了，成為人所不恥的「牛鬼蛇神」。

做女人難，做單身女人難，做單身女能人更難。單身漂亮的女人招人妒，運動一開始矛頭直指她是「破鞋」，有張大字報把她畫成狐狸精，表情雖誇張倒也唯妙唯肖，她看了心裡直發笑。黃鵲明白是何人所為，有隻癩蛤蟆吃不到天鵝肉借機大報復。黃鵲老家在臺灣，僅憑這一點就可以斷定她有「特嫌」，何況老公在多年前就被當特務抓走。世人都覺得天經地義的事，爭辯也沒用。紅衛兵成群結隊來抄家，一切角落都不放過：抽屜撬毀了，玻璃瓶打翻了，醬油酒醋流光了，煤球鑪碎了，米灑了，蛋打了，雞飛了。人則被反手「坐飛機」，頭髮像被狗啃過，面孔又青又紫，膝蓋損傷紅腫，雙腳蹣跚數月……折騰一輪，沒有找到犯罪證據，便被勒令下車間勞動改造，不准坐辦公室，早晚罰掃地。

不久走資派也挨鬥，「牛鬼蛇神」越來越多，黃鵲不再是被揪鬥的主角，已不必在乎。現在造反者分了幫派，各擁山頭真槍實彈打起來。走過西街聽到遠遠傳來語錄歌聲，鐘樓下夜夜擠滿紅小將，集會遊行支持最新指示。大喇叭天天播放雄糾糾的歌曲，倍受折磨的女人心底只存留屬於自己的歌。十八年前大學迎新會上被一把吉他鉤了魂，為了追隨他，十七歲的少女違背爹娘離家出走，落得今日的下場！「哥哥，你別忘了我呀！我是你親愛的梅娘。你曾坐在我們家的窗口，嚼著那鮮紅的檳榔，我曾輕彈著吉他，伴你慢聲兒歌唱，當我們在遙遠的臺南……」丈夫因被定性為「潛伏特務」，在黑龍江勞動改造刑期滿了也不願回來，忘了他的梅娘。

黃鵲是個勇敢的女人，畢竟還年輕，日子總要過的。丈夫走後黃鵲收養了孤女小鸝，轉眼長成十六歲的大姑娘，母女相依為命。臺灣的父母通過鄉親從香港匯款過來，黃鵲在西街禮拜堂後面的小巷子買了塊農地，搭了幾間土坯房子。外面翻天覆地風大浪大，回到家就找到停靠的小港灣。女兒初中畢業後輟學進源和堂，因為長得俊被公司派駐濱城門市部。這些天女兒放假回來，每日買菜做飯靜靜等待母親歸家。可不！小鸝豎起耳朵聽到娘走到巷口的腳步聲，旋即打開大門。月淡星稀，家中充滿寧靜平和。

「媽，我明天跟廠車回濱城。」吃過飯小鸝收拾了飯碗，幫母親提一桶洗澡水到洗手間，從外頭丟過話來。

「去吧，媽沒事，不用操心。」黃鵲回話。

彼此心裡都難過，不敢當面辭別。第二天一早黃鵲聽見小鸝開門的聲響，假裝沒睡醒，母女都吞著淚往肚裡流。

源和堂門市部設於濱城中山路以西最旺的地段，兩個鋪位面北，隔壁是食品公司，對面是百貨大樓，均是當年獨一無二的名店，一直往西走達輪渡碼頭。四個售貨員輪流看店，睡房在閣樓，吃飯到後街食堂。妙齡女郎小林小巧玲瓏，嘻嘻哈哈；小李苗條可人，削肩蛇腰；小王珠圓玉潤，一嘴零食。三位姑娘都有了對象，天天在盤算如何調回江城結婚。小鸝嫻雅而有氣質，兩條鬆垮的大辮子長至腰間，笑起來臉上一對梨渦迷煞人。自從她加入蜜餞西施行列，顧客急增門庭若市。由於她安心工作，迅速取代結婚回江城的舊店長。

蜜餞採用傳統工藝蜜釀精製，素有風味獨特、益胃健脾、生津消食之效，多為女人所喜，將之佐茶。什麼玫瑰楊梅、陳皮香梅、陳皮李、七珍梅、李鹹餅、草橄欖、桃脯、葡萄乾、加應子、蜜金桔、芒果乾、青津果、蜜李片、蜜柚柑、珍珠果、化核梅、翠香桃片、龍眼果脯、桂圓果……林林總總，小鸝對店內銷售的產品如數家珍，每月每款的銷售量也瞭如指掌。工餘時間她自學會計，算盤打得劈劈拍拍，店帳一目瞭然，深得公司信賴。然而母親被批鬥對她是一個重大打擊，原本單純的信仰幾近崩潰，少女無心再作政治上的進取。

白天日子易過，長夜令她惆悵。傍晚六點鐘關了店門，糊亂買了四兩飯一角菜，食不知味。三個同伴自找快樂去了，女孩一向看小說睏了睡，現在再也呆不下去，覺得不走出去就會發瘋。濱城紅衛兵鐵桿派各據一方在郊外作戰，靜寂的中山路店鋪早早關門，行人寥寥無幾，住在海對面的人們趕著搭最後一班渡輪。一個人徜徉在昏黃的街燈下，孤獨感向女孩襲來，倍添憂傷。似乎有一道電波射向她，令她直想哭。為什麼？

前晚經過這兒，二胡幽怨的旋律如泣如訴。昨夜令她駐足的卻是激揚的琵琶。

小鸝癡癡地傾聽，音樂清晰地來自樓上，樓下是蜜餞舖斜對街的南向樂器店，四個舖面賣的民族樂器：打擊樂器、吹奏樂器、彈撥樂器、拉弦樂器，應有盡有。店裡全是男伙計。悠揚的琴音把姑娘的心都吸過去了。

她不再矜持，踏上狹窄的小樓梯，叩了那道破舊的木門。琴聲戛然而止，有人開了門，四目相對。小鸝覺得似曾相識？卻不知在哪裡見過！小伙子卻是一早知道對面的蜜餞西施，心下傾慕已久，只是不敢相信自己的眼睛。

「我可以進來嗎？」少女臉漲得緋紅。

「歡，歡迎之至。」高大的男孩害羞得囁嚅。

「我想跟你學琵琶，」小鸝開門見山。「希望你收我這個笨學生。」

「……」

一個傾情相授，一個心神領會，小鸝的琴藝飛速進步，半年來已可彈簡單樂曲。精神上有所寄託工作更來勁，那些自告奮勇前來代老婆買蜜餞的男人，以前她不僅不瞅不睬，還以一副公事公辦的臉孔，現在姑娘會甜甜地回報一笑，顧客見了其笑靨比吃了蜜餞還受落。當顧客不那麼多時，小鸝總會偷偷朝對街望去，那裡有一對時刻注視她的憂鬱的大眼睛，哪怕望的不真確，兩人心裡都在甜笑。寫在少女臉上的初戀是兩朵紅霞和銀鈴般的笑聲。

眼看春節就到了，濱城百姓都在準備年貨，革命也得過年，天公地道。小鸝對他說，江城人過年比濱城更傳統，不如你來一趟江城，我帶你遊開元寺逛彌陀巖。男孩動了動嘴角不置可否，似乎有一絲兒勉強，小鸝當他害羞答應了的。過年前幾日盤點忙得半死，廠車一來匆匆關舖上鎖，四個女孩齊齊上了車。到家母親已放了假，兩個人的家又做年糕又舂元宵米粉，小鸝心想他會來，樂陶陶地幫忙。篩米粉飛的她一頭白髮，捏元宵餡子：炒芝麻、花生，切糖冬瓜、桔皮，碾花生米，放砂糖，一邊做一邊偷吃，偷偷地從心裡笑出來。

初一公司團拜，小鸝心不在焉，恨不得馬上回家，心裡惦記他會不會來了找不到人？晚上心想：哪有人大年初一外出啊？初二不敢出門，在家守了一整天，望穿秋水，自己解嘲：初一、初二都不宜出遠門，怪自己是傻瓜。初三濱城的人忌諱不拜年。初四、初五……她坐立不安了。黃鸝見女兒心神恍惚，問怎麼啦？小鸝支支吾吾，說閒得慌不舒服，最好快點上班，把母親也搞矇了。好不容易等到初八回濱城，一下車先看對街，人家初十才營業。

初九開市。第一天忙得不可開交，久休的生意特好。晚上累得不想動，心想他該回來了，矜持一些，等他先來道歉。初十對面開門做生意，小鸝忍不住遠遠地瞟過去，當然看不清那麼遠。中午同事們去吃飯，小鸝留店看舖子。一個小男孩走過來，問是小鸝姐姐嗎？小鸝點點頭，孩子遞上一個信封。小鸝悄悄塞到口袋裡，給孩子舀一勺葡萄乾，看他高高興興地跑過去。

同事們吃過飯回舖子，輪到小鸝出去用膳，對她們撒謊說來了例假，要買點東西去，遲一些回來。趦過狹巷從邊門上閣樓，到自己房間打開信封，一看傻了眼，淚水簌簌而下。

「小鸝，當你看到這封信時，我已身在武平。一直不敢告訴你，我只是一名替工，真正的身分是六六屆高中畢業生，等待我的命運是可以想見的。我是那麼喜歡你，咱們相處得多麼融洽！但我不能耽誤你的青春。那把琵琶送給你留作紀念，願你彈起它時或會想起我，懷念我們的友情……」

取下牆上的琵琶，撫摸琴弦，小鸝泣不成聲。懷抱琵琶閉上眼，彷彿聽到他在彈那首〈出塞曲〉：你看你看那西天的晚霞，它訴說着女兒的牽掛，你看你看那陽關路漫漫，隔不斷女兒的淚飄飄灑……

二〇一〇年八月五日

明珠

昨夜做了個夢。我的夢一向都是朦朧飄渺的，唯有這個夢境如此清晰，夢中的人如此真切。從七彩繽紛的一地梧桐落葉，到滿山遍野的桃紅柳綠，一路的景致從秋看到春，是時光的倒流；生命亦非由盛而衰，僅從青春年少到風華正茂，是以玫瑰和香檳作色調的美艷結束。

夢中的明珠永遠是十六、七歲光彩照人的少女，因為我從未見到她老過。她有張橢圓臉，白嫩的皮膚，清秀的眉眼，身型頎長苗條，一握小蠻腰柔軟輕盈，身後兩條黑黑的髮辮長至腰際，是一個最令男孩子動心的背影。當她由外校考到我校高中部，成天架一幅羞人答答的模樣，老師點名叫：「明珠。」她答了聲：「到。」臉隨即漲得通紅。

家在南門兜學校在北門，明珠無疑需要寄宿，我們自然成了室友。明珠從來不獨占鰲頭，以「甘居中游」為樂。虛榮心常使我收到評分試卷時，斤斤計較於粗枝大葉得不到滿分，將自己恨得咬牙切齒，而她一向安於自己的中等成績，永遠笑逐顏開的模樣。多少人都蓄勢向著清華、北大進軍，她只求能考上隨便哪家高等院校。沒有奢求亦無太大壓力，她的青春時代是快樂的。

明珠的鄰座是來自農村的小伙子永華。這男孩子長得高高大大，心胸開闊，聰明、正直、樸實、爽朗，說起話來亮出一排石子似的整齊白牙。那個時代的男女生都不交往，人人互不理睬以示清白。初時他們怕幹部監督，怕同學起鬨，在課室裡從不敢交談，下課心急時在狹窄的通道難免碰頭，男孩若不小心碰撞了，她就會臉紅。

後操場林子裡果樹成林籐籮繚繞，一行行含笑花散發出陣陣幽香。莘莘學子躲到這裡朗讀背頌，人人磨拳擦掌準備殺上考場。也有人藏在花叢裡遠遠地相互對望。臨畢業那年他們還只十八歲，四隻眼睛告訴對方，相處兩年多來彼此是欣喜相悅的。他想對她說，努力加油吧，咱們都爭取考上大學，即使考不上我也會永遠與你做朋友。而實際上他什麼也沒說出來，不相干的話好像都給咽住了，連應該說的也說不上來。他只瞥見她的臉紅到耳根，眼睛是潮溼的。

夕陽西下，花影在她臉上移動，她慌慌張張地向周圍四望，惟恐有人見到。及至看清沒人，臉上的花影被欣喜浸淫得緋紅而艷麗。她深深地望了對方一眼，男孩的眼盯住女孩，女孩原本要低頭卻沒低下去，反而勇敢地迎著他的眼睛。而後兩人都不約而同地垂下頭，又不約而同地抬起頭互相凝視。心已經碰著心。

明珠家道中落，她爹開店鋪，解放後給評上資本家。父親娶了兩房太太，明珠是妾侍所生。小時父母原是很疼惜她的，故取名明珠。解放初期公私合營財產歸了公，老爸只當一名小店員，微薄的工資難以養家餬口。兩個婆娘經常吵鬧，明珠的娘捱不下去便丟下她改嫁去了外地，同父異母的哥哥都欺負她。本來初中畢業她就該像大房的孩子出去掙錢養自己，讀高中於她來說似乎好高騖遠了點。

由於家庭成分差得不到助學金，明珠的生活頗困難，更不堪的是，每每要檢討自己的出身政治上才能過關。時興「一幫一，一對紅」，團支部將幫助明珠的工作交給永華，他倆便有了公開「交心」的藉口。有時下了課，永華約明珠學習毛主席著作，「啟發」她的思想，實際上鼓勵她不要洩氣，明珠的心很甜。困難是暫時的，前途是美好的，生活淡淡如水，只要突破升學的決口，光明將在不遠的將來。

然而文革令學校停課鬧翻了天，永華這個貧農子弟加入紅衛兵組織，眾人還推選他當上小頭目。平穩厚重的小伙子表現得很積極，堅信自己加入的是紅色革命派，履行的是保衛毛主席革命路線的職責。其時各派各有後臺直達中央，從文攻到武衛，打得天昏地暗，死傷無數，無論哪一派都嗜血而瘋狂。永華隨派系退至清源山紮營準備戰鬥。

明珠的資本家父親被批鬥，哪有資格當紅衛兵，自身難保當然攔不住永華。每一場打鬥都令明珠提心吊膽，她無時無刻不替永華擔心。

一個伸手不見五指的黑夜，清源山上風聲鶴唳，永華背著步槍巡邏，警惕對立派的隨時攻擊。孤身走在崎嶇的山路上，他突然感到莫名的寂寞，守候在此地多個月，究竟為的什麼？男孩有些懷疑了。巡山時他想起家，想起家中的父母，想起明珠，他多麼愛這個姑娘……哎呀！大腿一陣劇痛，鮮血噴射如注，褲子迅速被血浸透，一個踉蹌跌倒在地。他被一顆子彈擊中了……

黑漆漆的天幕下霧氣繚繞，星星都躲到哪裡去了？青蛙和蛇蠍都停止了聒噪，山谷迴響著激烈的槍聲。永華感到口渴得很，忍著疼痛朝濕潤的地方爬去，或許前面有口清泉。槍聲間斷時終於聽到附近潺潺的流水聲，他下意識地笑起來，卻變成呲牙裂齒的痛。恣意痛飲了山中甘泉，小子頓時覺得好累好累，睡意襲來眼睛老想合上。就在這裡歇一歇吧，希望天明有人經過來拯救自己。

然而他再也沒能醒來。當人們發現他時，全身腫脹傷口已經潰爛。「小將」被草草埋葬，沒有多少人知道他的死訊。一個默默無聞年僅二十的單純青年，從此長眠在空曠的清源山麓。

正是在那個夜晚，我借宿於明珠家中。因為不想天天面對武鬥的血腥局面，我決心離開人民醫院不再當義工。那天下午匆匆走到塗山街頭，剛穿過十字路口，忽然南面槍聲大作，路人慌忙往北段奔逃躲避，朝南一段路即時被封鎖，原來南街對壘的兩派發生槍戰打死了人。我呆在街上耐心等到解除戒嚴令，快步奔向南門兜。那裡近汽車站，方便第二天一早搭車回濱城。

明珠的小房間靜寂而整潔，一張小床掛著牙色帳子，我倆躲在裡面談了一宿。我們都二十歲了，談到前途看不見前景，談到愛情她早已魂縈夢牽，比我幸運得多。我的胸中尚是一張白卷，為了躲避那些亂七八糟的糾纏如驚弓之鳥。我倆談到永華，黑暗中我能感覺到她甜美的笑容。她是那麼真誠地思念那個紮營山頭的傻瓜「英雄」。

事隔好久我才意識到，我倆聊天的那晚，恰是永華不幸遇難的時分。其時我一直不知道他走了，明珠曾經到濱城看我也沒說，那時的她一定好難過，或許想找我傾訴，我卻沒能及時給她幫助。

又過了一年，沒死的攤到了該死的上山下鄉，大家四散插隊去了，我去了山城。明珠沒有下鄉，嫁給一個父親安排的男人。

有一次我回城去看她。還是她娘家那個房間，那牙色的蚊帳，她躺在帳幔裡，長長的辮子剪掉了，一頭齊耳短髮，眼角有了一點魚尾紋，一臉病容。

不舒服？我見她用手按著肚子。我剛打掉胎兒，她顯得滿不在乎。為什麼？孩子的爹肯？我覺察到事情的嚴重。我愛的不是他，不用他負責。她的回答令我難受，我知道她愛的是誰。

明珠公然表示不愛老公，丈夫以為老婆外面有情人怒而動手，於是她將孩子打掉。他們迅即離了婚，明珠回到娘家。然而父親罵女兒敗壞家聲，將她的東西扔出大門趕她走，哥哥早已霸占了妹子的房間。走投無路的明珠到源和堂包蜜餞，每天六角工錢不足度日，沒錢交房租令房東天天威脅要掃地出門。

於是她改了行。每當夜幕落下之時，一個幽靈般的女人徘徊在街燈下，明珠成了「霓虹燈下的哨兵」。抽煙、喝酒、賭博，她漸漸地放浪不羈，骨瘦如柴。

後來我離開家鄉，為生計折騰多年，舊事、舊友距離越來越遠。曾經打聽明珠的下落，沒人能說清楚，或是她刻意不與人來往。

八十年代初有一次回鄉，我終於探查到她的住址，想給她一個驚喜，決定不先打招呼就摸上門。看著紙上的地址走入水門一條陋巷，屋主告訴我租客已搬走。我不死心再尋到南門兜她娘家。這裡的住家因僭建有些不同過往，加搭了些棚子，巷口有人在燒紙錢，飛揚的灰燼有如飄落的秋葉。幾個僧尼在叩木魚喃喃念經，嗚嗚咽咽的嗩吶吹得愁雲慘霧。巷裡的人們不願理睬我這個找麻煩的生客，自己也覺得來的不是時候。正當我想轉身改日再來，突然看到辦喪事的人家廳堂上掛著的照片。

天哪，那不是明珠嗎？她的家人卻囁嚅著不肯告訴我真相。我偷偷塞了一張紙幣予鄰居婦人，那婆姨才說了個梗概。

春天桐城下了半個月雨，整個天空都飄灑著白白的霧水，街燈上也掛滿了水珠。白天無處可去便酗酒爛睡，晚間圓睜雙眼無法入眠。這種鬼天氣誰有心情找她消遣？明珠披上雨衣走出冷清的小房間，漫無目的地沿街遊蕩。處處飄落著細雨，在街心正中，雨點打在高大的榕樹葉上發出單調的聲音，地上到處濕漉漉的，路燈在風雨中搖擺。街上空無一人，她卻聽到淌水的腳步聲。還有誰會如此浪漫在雨中散步？除了神經病如自己！

明珠從來不怕壞人，沒有誰比自己更壞了。她也不怕鬼，那刻的她恰似遊魂。她沿路蹚過積水的幾條街，不覺來到江邊。天矇矇亮，雨未肯停，浩瀚的黃水匯集到奔騰流淌的桐江。江面上漂游過來許多東西，人們一覺醒來都相爭去打撈財物。明珠跟著一批孩子走下水，一直往水深的江中涉去，喝了幾口水，浪花隨即將她捲走。

「我明白你早就想走了。我知道是他來帶你去的。一路好走啊！」含淚送上一束玫瑰，我泣不成聲。在我的心中明珠永遠是那個美少女。雖然她上了天堂，依然是個橢圓臉、白皮膚、俏眉眼、玲瓏浮凸、柔軟輕巧的女孩，那兩條長長黑黑的髮辮，留下的是一個最動人的背影。

明珠從來沒有老過，昨夜我在夢中見到的仍是青春的她。銀色的月光照耀在一片淺綠色的草地上，一叢叢含笑迎風盛開，花前月下依偎著一對年輕的男女，他們是我兩位早逝的同窗。

二〇一〇年九月十四日

傳奇

上

「老潘！老潘！我們在這裡。」廣場遠處有人向一個走過來的老頭招手。

潘解放塞著耳朵，他最近總是帶著隨身聽，連小區的管理員都在心裡嘲笑這個業已謝頂的老人家趕時髦。家裡的音響一天到晚唱著王菲的〈傳奇〉，近乎著迷。其實他並非迷王菲這類流行歌星，而是這首歌讓他分外感觸。此時他見到前面有人招手知道沒走錯。潘解放，就這名字誰不曉得他的年齡？與共和國一起成長，走過一個甲子，人生才那麼一個囫圇，便到頤養天年的份上了。

「新加入的學員老潘，潘解放。」剛才招手的那個中年男人向身邊一位雙十年華的姑娘作介紹。「這位是老人俱樂部的社工李彤！今天起老潘將參與我們俱樂部的活動，老潘以前是部隊文化戰士，李彤說要向您好好學習呢。你們切磋吧，我有事先走了。」

潘解放望了姑娘一眼，水靈眼神，修竹鼻子，新月朱唇，晶瑩貝齒，一頭青絲披肩，一握盈盈細腰，眉梢眼角骨子裡揮灑著一縷嬌媚，似曾相識……他突然感到有點窒息有些頭暈而閉上眼。

「潘老師，我聽他們說，您的寫、做、彈、唱都了得，一直想拜您為師，從今兒起，您得收我這個徒弟啦！」李彤挽著潘解放的手，一邊向大堂走去，一邊不停嘴地自我介紹，原來她大學畢業後應聘到此區的居委會做人事工作，後來老人俱樂部需要文娛幹事將她調過來。她自小能歌善舞，現在的工作對她很合適。潘解放下意識地跟著她走，心緒卻飄向從前。

潘解放出生在沿海一個貧農家庭，父母憑藉種田養活一大家子。他是家中長子，下有二妹土改，孿生弟妹援朝、抗美，五弟超英，六妹趕美。父親不識字卻會下種，母親兩年生一胎，孩子的名全是村裡的小學校長起的。飢荒頭年老媽還生了個妹子，來不及起名就夭折了，從此老娘絕了經，老爸也雄風不再，否則不曉還要生多少呢。

老家的鹽碱地只適宜種蕃薯，農戶將蕃薯磨成渣，經多次水洗沉澱出精粉用細布過濾，地瓜粉曬乾了好賣錢。蕃薯渣滓一餅餅晾曬在屋頂瓦上、海邊石頭上，任風吹雨打霉了乾了才收回來，這便是農家一年四季的糧食。全年三百幾十個日子，三餐均是地瓜渣糊，逢年過節才有飯吃。每天下田、下學回來，人人舀一大公雞碗，呼嚕嚕接二連三喝下肚，而豬牛鵝鴨也同樣是這吃食，地瓜是留待農忙才有的。海水退潮時孩子們下到海裡開蠔仔捉螃蟹，待老人明早進城賣了，一年的油鹽醬醋或頭疼腦熱看醫生全靠它。

小時候似乎從未吃過飽飯，即便過年過節煮了一鍋夾雜蔬菜的乾飯，弟弟妹妹一下子就搶光了，連鍋巴也沒剩。每星期挑到學校的口糧是一擔地瓜和一瓶鹹蝦皮，宿舍裡的財產是裝地瓜的肥皂箱和破爛爛的老棉絮。因為胃腸不爭氣，偶爾忍不住放個臭屁，難免遭受城裡同學取笑，潘解放恨死了自己。他曾經偷偷發誓，將來有機會一定遠走高飛，離開那令他自卑的出生地。幸虧他是個聰明孩子，又吹的一手好笛子，老師和同學對他甚是看重，選他當了文娛委員。

本來他是有機會上大學的，無奈文化革命改變了一切。多虧他的家庭出身好，所謂「根正苗紅」，成了最早期的紅衛兵，並迅即在紅衛兵總部宣傳隊竄紅。每當他的笛音在幕後響起，一個柔輭縹緲的精靈飄然而出，瀑布般的青絲挽在粉頸後，水靈靈的眸子流動著神祕的樂感，女孩緩緩舒展她修長的胳膊腿，踮著腳尖優雅地顫慄旋轉，觀眾的目光被其深深吸引……宣傳隊這位角兒名叫小青，高潘解放一屆。

隨著悠揚的笛音伴奏，天上的雪花似乎緩緩而下，舞者襤褸的衣袂在風中飄飄飛舞，一雙幽深的眸子有如煙波渺渺，優雅的舞步將情感無盡地綻放。笛子手的目光跟隨著她的舞姿馳騁，男生感到自己懷中摟著美人，兩人共舞於浪漫之中。

「歡迎潘老師成為我們的一員！」突發的掌聲將潘解放喚回現實中，他這才發現自己的思緒又飄飛四十多年前的那場癡夢。

「謝謝大家，多多指教！」他連忙回過神向在場的人致意。

老人俱樂部有樂器、舞蹈、聲樂、國畫、書法、太極等各種學習班，潘解放報讀樂器組，他見到不少女人在上鋼琴課，當年他最拿手的手風琴今日似乎已不時興，覺得自己還是拉拉胡琴輕鬆。

回家在閣樓上找出塵封的二胡，撫摸這把胡琴他一夜沒合眼。

當潘解放在宣傳隊傾情演出時，家裡出了事。種田人辛勤勞作日曬雨淋，父母由於長期飢餓缺乏營養百病纏身，家中主要勞動力是二妹土改。土改對大哥的感情很好，為了供兄弟上學讀了三年小學就輟學，十五歲的女孩內外一把手，耕地犁田撐起一個家。原本任勞任怨的鐵姑娘因為拒絕一個村幹部的輕薄，被人貼出大字報，說她本不姓潘而是鄰村的女兒，土改那年家庭給劃了富農，父母雙雙上吊留下她這個孽種。土改義憤填膺地撕下大字報去責問父母，期望父母會怒斥蜚聞極力頂證自己是他們親生，萬萬料不到兩老竟然吞吞吐吐不能自圓其說，為此土改捶胸頓足聲言去跳海……

潘解放趕回家看妹妹，一個豆寇年華的女孩仿似花苞突遭嚴霜摧殘，淚珠不斷淒淒楚楚，妹子撲向哥哥泣不成聲。哥哥拉著妹妹的手去詢問爹娘，母親低下頭說，那年剛生下的弟弟夭折，父親去葬死嬰時撿到了一個女孩。哥哥拭去妹妹臉上的淚水，輕撫其肩膀並攬到自己胸前，義正辭嚴道：「不管怎麼樣，你永遠是我的妹妹！」

家像是散了架的木桶，雖加箍竹篾卻時不時要漏水，土改的心裡有了疙瘩少了笑容，惟見了哥哥陣陣臉紅，羞羞答答扭扭捏捏起來。那個吃不到天鵝肉的家伙到處散布流言，說土改想留在潘家當兒媳婦，也不看看解放瞧得起她嗎？人家在外面紅著呢，誰會希罕一個富農女兒？土改的心事越來越重，一幅哀怨委婉的模樣，父母和弟妹都不敢惹之。潘解放的娘倒是在考慮那流言，土改當媳婦不正合適嗎？

潘解放根本沒心思理老家的事，他魂縈夢牽的是朝夕相對的小青。小青的母親在一家工廠當會計，現在被監督勞動，據說其丈夫在臺灣。本來小青是沒資格當紅衛兵的，但是她的歌喉和舞技一流，宣傳隊沒有頂樑柱怎麼辦？出身差可以當小兵不必當骨幹，所有「內部」會議她都被排除在外。小青的心是苦澀的，幸而有解放護花，有他的陪伴和安慰，兩人的喁喁細語抵得上海誓山盟。就如他倆排演《一道道水一道道山》，小青優美的女高音和解放的胡琴簡直是絕配。「放心吧，別掛牽，句句話兒記在心間……」小青每每唱到這裡，她的眼角總是瞟一下身邊伴奏的男孩，男孩能不心神領會嗎？

那一年部隊來徵兵，軍隊急需文化人才，他們看上小青和潘解放。

潘解放順利入選，填表、體檢、辦戶口、轉關係、開會，把他忙的團團轉，小鯉魚終於跳出龍門，緊張興奮令他多日無眠。他還得安頓家庭，寄望村裡會照顧這個「光榮之家」。反正沒書讀，大妹抗美和二弟援朝回鄉種田；三弟超英與六妹趕美捉蝦、蟹、海蠣，捕柱子魚、泥鰍、蛤蜊。於是土改更扭捏了，這個妹子擺上欲言又止的神態，哥哥只能好言安撫，請她看住弟妹當好家。

小青「政審」過不了關，似乎她早有心理準備，難過的是同伴的離去，知心人從此在天涯。

潘解放辦完所有該辦的事進城找小青。穿過東大街，走過一條條陋巷，來到一個殘舊的小院子。斑駁脫落的木門虛掩，一眼望見天井有口水井，有個小男孩正在井邊沖澡。

「小朋友，小青住這兒嗎？」他笑著望一絲不掛的孩子。

「小青姐，有人找你！」孩子一面朝西喊，一面慌忙用毛巾遮住小鳥跑向東隅。

潘解放向西隅步去。今天的他已脫下便服，穿著一套嶄新的綠軍裝，英姿颯爽只差沒有紅帽徽紅領章。他輕叩西偶打開的木門，一眼見底，這小小的空間是廚房兼飯廳，燃燒的煤爐將房裡的溫度提升到極至。「誰呀？請進來！」板壁後傳出氣喘兮兮的聲音。小伙子走入房間，一個中年女人躺在床上，房間兩面各放置兩席小舖板床，中間一張小木桌上有支瓶子，插著紅花綠葉的枝條，看似院子裡那棵石榴樹折下的。

「伯母，您好！我是小青的同學潘解放。」

「小青上她姥姥家去了，在那邊住幾天才回來。她提過你，恭喜你前途似錦啊！」這女人用手按著心口，氣喘兮兮地，邊說邊用她雪亮的眸子打量來訪的男孩。

來人只能識趣地告別。

當潘解放胸佩大紅花準備出發之時，左顧右盼巡視心中的影子。小青避開好些天了，自身不能入伍是一層打擊，知心的人要別離是雙重刺激，女孩能受的了？男孩悶悶不樂地登上大卡車，卻發現前面有人騎著單車疾馳而來，正是他翹首期盼的姑娘。車子已經啟動，他不顧一切跳下車，向單車飛撲去，小青紅著臉急剎車，將車座上的一隻盒子取下來，是一把繫著紅頭繩的胡琴……

這把胡琴陪潘解放在軍中渡過五個年頭。退伍之後他再沒拉過胡琴，束之高閣三十餘載，為怕睹物思人只在每次搬家時才見到它。

入伍後潘解放在新兵營受訓三個月，每天開會、學習、操練，就像給上了發條的機器人，一日一日重複做著機械動作。小子只能在睡覺前想念他的愛人，可是瞌睡蟲馬上鑽入他的腦袋，只好在夢中尋找小青的影子。三個月後他被送到遠離大陸的一個小島當炮兵，每天擦炮、上炮，退炮就是他的全部工作。他給小青寫信告訴自己的近況，末了總是說，我好想你！然後天天等她的回信，可是每天從外島送來的報紙郵件從沒有他期待的信。

小島離陸地太遠，潘解放很少上岸，空閒的時間總揣著笛子，坐到海礁上對著大海吹那些心愛的曲子。悠揚的笛音飄入雲端，白雲裡似乎有位美麗的仙女徐徐而來，一群天使張開白色的翅膀簇擁著她，翩翩起舞於藍天和大海之間。

「小潘，想家了？」不曉得甚麼時候指導員站在他身後，拍著解放的肩膀。見小伙子沒吭聲，他接著說：「毛主席教導，我們都是來自五湖四海，為了一個共同的革命目標走到一起來了。有心事不怕告訴我，咱哥倆交交心。」指導員諄諄告誡年輕人，應該葆有革命理想，積極靠攏組織，末後談及部隊即將參加軍區文藝匯演，希望小潘策劃兩個節目排練。「咱連只有你和衛生室那個女同志，你們想想辦法吧！」

這種談心等於命令。潘解放取出胡琴解開紅頭繩，紅頭繩是小青跳芭蕾的道具，特地送給男孩作紀念。打開琴盒，誰來唱〈一道道水一道道山〉？除了小青嘹亮的女高音，還有誰會是這把胡琴的絕配？

「放心吧，別掛牽，句句話兒記在心間……」什麼人來引吭高歌？衛生室那個女兵只適合唱〈北京的金山上〉。

兩人努力排練了十多日。姑娘是清秀可人的，歌喉也圓潤清亮，可惜沒有默契未能產生交匯的光亮。勉勉強強參與了演出，回來後兩人都被提拔了。女兵去當首長的私人看護，潘解放榮升軍分區文工團，開始他另一段革命歷程。

離開小島之前指導員再次找小潘談心，表揚他為連隊爭光，也語重心長地叮囑他摒棄小資產階級思想，放下兒女私情朝光明前途奔。指導員似乎話中有話，潘解放輾轉反側百思不得其解，為何小青一直沒有回信？領導怎會如此明瞭自己的情緒？他只能握手作別這位好領導。

在文工團裡工作了兩年，潘解放收起笛子和胡琴，手風琴成為他新的樂器，天生的音樂細胞使他很快掌握演出樣板戲的技巧。部隊終究不能長久呆下去，入伍三年的士兵隨時會被遣送回鄉。林彪事件牽連許多人，復原計畫被擱置兩年，升幹部的機會極微，已到了最後尋找出路的關鍵時刻。他一定不能回鄉，那個令他吃不飽穿不暖的窮地方！

一個偶然的機會上級派他觀摩地方匯演，順便予以假期回家探親。家還是那個家，破破爛爛全無生氣，弟妹們皆沒有出路，土改見他回來先是異常興奮，繼而見無甚動靜又陰陽怪氣起來。他最掛念的是心上的人兒，可是都這麼些年了，她在哪裡？仍是那條小巷，仍是那道門戶，居住在那裡的卻是另一個人家。

「我記得你！」當年那個洗澡的小弟弟已長成半大小子，見到這位軍人衝口而出。「你找小青姐姐吧，她嫁到南洋去了！」

人面桃花，情何以堪！造化弄人，無言的結局本在意料之中。潘解放頹然走出小巷，獨自徘徊在昏黃的街燈下。他真想將一切記憶都埋葬，讓五年來的思念隨風逝去，不再痛苦不再牽掛。拖著沉重的雙腿，穿過東街步出東門，朝老家方向邁去。抵家門已夜深人靜，潘解放掏出一包香煙枯坐家門前一晚。腳邊丟棄一枝枝煙蒂，淚水悄然而落，似睡非睡，直到清晨有人拍他的肩膀，是來訪的一位親戚。

當務之急是尋覓回鄉後的出路。按照政策「從哪裡來回哪裡去」，除非他願意回鄉等待安排，而「等待」或許任人宰割，是怎樣一個揪人心肺的詞！想想已經二十五歲，一家人寄望自己的前景是什麼？還有另一條路！女孩可以憑出嫁找出路，小伙子同樣的道理，選擇有公職的國家人員當老婆就是唯一的出路。

接受這位親戚的安排去相親。姑娘名叫小美，在一家生產蓄電池的三線國營工廠工作。見面之前潘解放告訴自己，只要對方長相還可以就定了，自己能要求些什麼！可見面那刻太令他失望了，一個肥肥胖胖的女孩，大大的眼睛如死魚。除了苦笑，他客氣地寒暄了幾句就告辭。他踱到海邊，希望海風吹走他無盡的煩惱，然後悻悻回部隊銷假。

出乎意料的是小美的娘來信，這個女人當了多年幹部孰不簡單，她看出女兒喜歡潘解放這個對象，巧妙地為女兒的將來作了鋪排，一切只等未來女婿點頭。戰友們一批一批被送回老家，自己還猶豫什麼？想到家中老弱的父母，想到永遠吃不飽的弟妹，想到土改渴望的眼神，潘解放咬咬牙填寫了一份資料，岳母立即替他們辦理好結婚證書。退伍軍人表格上明明白白地填寫著妻子的工作崗位，潘解放自然而然獲分配去配偶的單位，成了國家工作人員。家裡也來了信，土改一言不發跟人跑了。

在蓄電池廠工作了整整七年，兒子都六歲了，眼睛大大的活脫是自己的模子，可惜胎兒因為受蓄電池污染先天失聰，這個沉重打擊令解放不再拉琴吹笛，音樂已遠離他而去。國營工廠本是鐵飯碗，潘解放放棄一生的理想求得的飯碗卻被打破了——末了夫妻都下崗！一個大男人難道靠那幾百元社保金苟延殘喘？由於以往負責的是供銷常常跑外圍，仍與客戶保留一些關係，潘解放和岳母籌劃承包部分生產程序，做起自負盈虧的個體戶。不想生意做開了，後來連其他工序都包下來，成了一廠之主。

生意火了，公司上了軌道，潘解放回江城買了套房子，將岳母妻兒安置下來，一心撲在事業上。為了交通運輸的方便，一部分工序也搬到老家，兩個妹妹抗美和趕美都嫁了人，弟弟援朝和超英替他打理江城的生意。解放在老家蓋了座面海的大房子，父親過了幾年好日子才離世，母親天天與村人打麻將過神仙般的日子。與所有成功的男人一樣，事業如日中天，車子、房子、妻子、兒子，唇邊的美酒是甘醇的，身邊的小蜜是嬌嫩的，夫復何求？潘解放捫心自問：你還想追求什麼？為何你撫摸這琴弦落淚？上天沒有薄待你，是你不知足啊！逝去的永不回來！

下

李彤將喇叭的音量扭大，一邊開車一邊哼歌。無獨有偶，她也喜歡〈傳奇〉，不過並非王菲版，而是李健所唱。男人愛女人，女人愛男人，天經地義，何況李健既是作曲又是原唱，且唱出了男聲的韻味。自從調到老人俱樂部工作，李彤的心情一直很好。想當初搞人事真是乏味，公關說穿了即是交際花，每天糾纏在人海事務裡，對上巴結奉迎對下巧言令色，不知不覺間變得多麼庸俗！她天生一副好嗓子，舞蹈功底也不錯，從小師承毛妹習芭蕾。在香港讀中學時早有星探想挖掘她去電視臺選美，無奈讓母親給阻擋了。

想起母親女兒又愛又氣。母親就她這麼一個寶貝女兒，生產時已是高齡產婦，胎兒打橫差點要了老娘的命。帶大她也不容易，小時多災多病的，三天兩日頭疼腦熱看醫生。母女天性，就是看在老媽一生坎坷的份上，女兒連美國大學錄取了都不去讀，情願回鄉報讀華僑大學，畢業後還留在江城工作。國內的年輕人一個勁想往外跑，她卻倒行逆施起來，有誰明白為什麼？

為什麼？為了媽媽那代人都有一個傳奇故事！

李彤的母親名叫小青，祖上原居石城一條漁村。人道靠山吃山靠海吃海，石城有天然的漁港，海洋資源豐富；更是個富庶僑鄉，家家戶戶有人出洋經商。石城的男人風流儒雅，女子花容月貌，太平盛世時鄉間組織劇社，年輕人幾乎都會一點吹、拉、彈、唱。小青的姥爺、姥姥出了洋，家中的生意和田產交給大小姐管理，大小姐即小青的娘，那時她娘還未嫁。大小姐知書達禮卻非足不出戶，日間打理家中生意，夜來常在劇社客串，一腔絕美的南音清唱，加上彈的一手好琵琶，多才多藝美麗能幹遠近聞名。

大小姐愛上了一個家境貧困的陸姓小伙子，那年輕人吹的一支好笛子，拉的一手好胡琴，人也長得十分帥氣。大小姐的父母並不嫌陸家窮，他們給予女兒豐盛的妝奩，實際上大小姐亦未曾離開娘家。婚後琴瑟和諧夫唱婦隨，誕下女兒取名小青。當陸小青還在她娘懷中吃奶時，戰火迅速從北向南蔓延，外公外婆不斷來信催促，娘安排舅舅和其他家人先登船，自己一家殿後，船票已經買好只待船期到就南渡。然而爹爹最後一次出海捕漁卻沒能回家，連人帶船給國民黨兵拉走了，從此生死未卜音訊全無。

共產黨解放了全中國，小青的姥爺家土改時給評了「漁霸」，幸虧近親早都走光只餘下小青和她娘。族人體恤姥爺對鄉梓一貫的無私貢獻，倒是憐憫她們母女，說外嫁的女兒潑出去的水，何況陸家是窮苦漁民，男人給拉了伕也算受害者，急將她們趕出村饒了兩人的命。

家產被沒收一文不名，小青娘帶著兩歲女兒流落到江城，如何謀生？俗話說：「馬死落地行」，社會主義社會大概不致餓死人吧。幸虧她未出閣時除了讀書識數，還專攻女紅針黹。或是祖上積德，有家裁縫店請夥計，招紙寫明必須是會車衣懂刺繡的。當時老百姓都用手縫製衣服，沒多少人會用縫紉機，恰好給了小青娘一個機會。女人在一條陋巷內租了間房，將孩子交房東老太太帶，應聘去了。後來裁縫店公私合營，小青娘給政府安排去一家刺繡工廠，廠裡找不到會計人員讓她兼職，從此成為一名財務人員。

小青兩歲寄託兒所，四歲上幼兒園，六歲讀小學，自小就很獨立。小學階段學業成績不算最好，沒有任何突出的表現。她娘見女兒像個混沌未開的愚蠢小子，想想一切命中注定，也不對她寄予什麼厚望。或許因為沒有壓力，女孩子理智隨和善解人意，不像一般的小女孩輕易撒嬌哭啼。八歲那年春節，家裡來了個戴金絲眼鏡的客人，穿著四個口袋灰色幹部服，胸前插支金星鋼筆。母親讓小青叫他叔叔，將客人帶來的糖果叫她拿出去分給鄰居孩子吃。鄰人大嬸笑著對小青說，你快有新爸爸啦！小青一聽急了，慌忙跑回家，抓住那位客人的手將他上上下下仔細打量。

「叔叔，你要和我媽媽結婚嗎？」望著女孩水靈靈的大眼睛天真可愛的模樣，叔叔點了點頭。「你會對我媽好嗎？」小青繼續審問。「那當然，我一定對你母親好！也對你好！」叔叔臊紅了臉，對小青認真地保證。「看來你女兒還是你的監護人呢！我能對你們不好嗎？」叔叔轉過身去對小青娘眨眨眼睛，而後告辭。母親確實打算再婚，可惜年底那位叔叔當了「右派」，發配回北方家鄉，母女倆仍舊相依為命。大煉鋼鐵後饑荒開始了，娘有了水腫又鬧心口疼，家裡天天迷漫煎中藥的味兒。有一回母親昏迷在床上，幸虧房東老太太來收房租瞧見了，院裡幾位大叔幫忙送醫院，否則沒救了。

這次大病改變了母親做人的態度。多年來她從未向南洋尋求經濟援助，她是個要強的女人，拒絕憐憫和施捨。現在她必須面對現實，自己一旦撒手人寰，女兒變成孤兒交託給誰？以往從不提困難，這一回首次開腔求援。舅舅回了信，她們這才知道姥爺、姥姥過身後，本來就不擅長做生意的舅舅，境況並不太理想。其時外國都曉得國內發生災荒，國家也放寬外匯規定，境外親友陸續郵寄食物和衣服布匹回鄉。小青母女終於度過三年饑荒。

外援令小青開始發育長高，考上中學後完全脫胎換骨。瞧她細細的腰修長的腿，身材玲瓏皮膚剔透，粉紅的臉頰黑黑的秀髮，月眉星眸櫻唇貝齒，一顰一笑無比嬌羞。女大十八變，丑小鴨變成了天鵝。更加了得的是少女能歌善舞，活脫繼承了當年父母親的文藝基因。她迅即被學校文工隊網羅成為文藝骨幹。

那年紀念建校六十周年舉行大規模慶典，音樂老師親自出臺拉二胡伴奏，陸小青高歌一曲歌劇《劉胡蘭》插曲〈一道道水一道道山〉。大會堂鴉雀無聲，只聽到繞樑的歌聲。突然掌聲雷動，全校師生起立致謝，為這首慷慨激昂的歌，為這位美麗出色的歌者。小青成了歷屆最漂亮的校花，音樂老師尤其看好她的歌喉，學校領導決定好好培養她，準備將來報考音樂學院讀聲樂。

考大學的理想被文化革命粉碎了，這場浩劫扼殺了一代人。陸小青的爹連人帶船被國民黨抓壯丁十幾年音訊全無，大字報爆出來的內部檔案卻是「敵嫌家屬」。小青娘在單位被批鬥一輪，罪名是「漁霸千金」、「蔣匪特嫌」、「右派情婦」，街道居委會的街媽們來抄家，打破所有瓶瓶罐罐，搜去一切值錢的東西。娘心口疼的病又復發了，晚上常常呻吟徹夜未眠。

小青不能在家照顧母親，紅衛兵組織要她參加宣傳演出，道是「老子反動兒背叛」。小青既沒有選擇也因為表演慾太強。為了演喜兒這個角色苦練芭雷，腳趾頭磨損潰爛也未動搖她的信心。姑娘本欲獻身藝術，愛曲藝甚於愛生命，舞臺上的角色都能展現其青春美態，陶醉於音樂之中才能釋放自己，像鳥兒一般飛向藍天。還有一個祕密，宣傳隊內有她的一位知友，一個替她伴奏的男孩，他的笛子吹得那麼好，只要那笛音響起，她的腳便自然地戰慄，翩翩旋轉不願停下來。此刻兩人是何等默契，當她耍弄紅頭繩獨舞之時，感覺自己擁抱著另一顆靈魂，兩顆靈魂交匯在一起。

是夢總要醒，人生有聚有散。男孩子當兵去了，陸小青何去何從？母親讓她到姥姥家住一段日子。小青在石城熟悉了一班親戚，認識了許多新朋友，漸漸不再難過。部隊來信全被娘截下燒毀了。後來娘病重不治，臨終前給她安排了出路，嫁到香港去，再由香港去南洋。頭戴白花的姑娘捧著母親的骨灰，再次回到老家石城。祖屋二十餘載沒人居住幾乎坍塌，到處是灰塵和蜘蛛網。小青打掃乾淨房子，掛上鑲著母親相片的鏡框，還有舅舅寄來的姥爺、姥姥的照片。臨走前她再三跪拜，且許下重諾：落葉終要歸根，有朝一日回來陪伴他們。而後她匆匆離開，不敢回望，不能回望……

走過羅湖橋，小青彷徨四顧，一個手夾香煙的男人走過來，拿著張照片望著她。小青漲紅臉對照自己手中的相紙，想不到他這麼高大。小青娘是這個人的母親秀珍的閨蜜和結婚女儐相。秀珍婚後兩個月丈夫回南洋，她領養了一個三歲的男孩名叫雄。六十年代初秀珍母子申請出境，丈夫從未來港晤面，母子相依為命。此時的小青將瀑布般的長髮攏起盤到頭上，向無拘無束的少女時代告別，投入嶄新的生活環境。母親已遠離她而去，沒有人再為她擋風遮雨。在這裡她將變成一個婦人，做一個不熟悉的男人的妻，依附他而生存。

雄帶她到一座舊樓宇，周圍骯髒擁擠，街上人來車往十分嘈雜，樓下是賣麵包的舖子。沒有電梯爬了六層樓梯，打開一道鐵閘一層木門，裡面住著一家老少共五口在吃晚飯。二房東是廣東人，聽不懂他們說些啥。雄母子只是租了一個房間，房內有架雙層床，他母親到南洋爭財產去了，兒子交託另一個女人來管。放下行李雄帶她下去吃飯，然後再爬六層樓梯上來。坐了兩天汽車又髒又累，她想洗個澡，可等那一家人用完衛生間得多久？他是等不及了，撲過來抱住她，三下兩下扒掉她的衣服。她像一段木頭，一切感覺既累又痛，心痛甚於身痛。雄呼呼大睡時她偷偷流淚等候洗澡，希望洗去污穢，洗去疲憊。午夜時分終於可以進衛生間了，打開水龍頭站在花灑下嚶嚶而泣，水聲和哭聲混和在一起，淚水和自來水不停地流淌，直到有人敲門問：可以快點嗎？自由社會，哭的地方都沒有。

秀珍把日常生活都預先安排好了，範圍不足十平米地方。雄帶她到菜市、超市、巴士站、地鐵站、輪渡碼頭和銀行。第二天一早他趕上班，二房東夫婦也上了班，小孩上了學，老人去買菜。小青到廳裡打了幾個電話給朋友都沒人接，估計也是上班去了。這個世界沒有閒人，她只好出去游盪。

大廈檔次很低，二樓有家一樓一鳳，一所老人院，一個縫紉舖。她走進舖子問那女人請人嗎？講普通話的被粵人譏為「阿燦」，是個鄙視大陸人的稱呼。女老闆一定在心裡笑小青「燦妹」，她說有外發的釘鈕扣，每件五角。小青願意做。老闆示範一個扣來回縫三針再於扣下打結，給了她一盒針線和各款扣子，數了一百件上衣裝入大布袋。小青回去動手縫起來。

中午吃了片麵包就趕活，連續坐在地上幾個鐘頭腰酸背疼，停停手休息也好。下樓去買菜，準備晚飯炒青菜、燜雞翅膀、滾雞蛋紫菜湯，一心想快點做完再去取貨。雄下班到家已經八點，飯菜不對他的口味，也許他用過下午茶不餓吧。怪就怪在老家不是喝粥就是吃菜飯，從來不講究烹調。雄沒動過一筷子，幽幽地說，別吝惜菜錢，慳不了多少！那意思聽來有點像是說不要克扣伙食費呢。切個橙吧！他又說。糟糕，忘了買水果，在老家從不吃水果，沒這習慣。對不起，小青囁嚅。算了，過來吧，他又要做那事。

辛苦十多天換來一張百元鈔票，這該可以算是「私己」了吧！小青長了心眼，雄給的家用分文記下流水帳，她才不想要他一分錢！待過了粵語這關她一定要出去工作。

轉眼到了年底，婆婆秀珍打電話來，說雄的一應證件已辦好寄過來了，過了農歷年到菲國來吧，她現在住的地方是娘家兄弟替她爭取的，那男人沒良心，結髮夫妻比不上收房的丫頭。雖然說的家鄉話，所有人都感覺到電話那頭的憤怒語氣。雄訕訕地沒出聲，小青也不多問。

春節雄帶老婆探親訪友，親戚都講閩南話，人人放大喉嚨說話，與吵嚷的世界爭長短。雄一味用粵語回答，小青發覺他的普通話很糗。雄的朋友都說粵語，全部是機器工人。雄小學畢業來香港便當學徒，他們見面不是打牌、賭馬，就是談女人，煙酒不離。雄非常滿意，人們都稱讚他老婆是絕代佳人，靚過港姐，還誇張地說他們郎才女貌天作之合。小青只有傻笑，是苦是甜自己知。回家雄攬著老婆說，人只知你漂亮，不曉得你是支蠟燭，我要把你點燃將你熔化。她在心裡自嘲：陸小青可以忍受貧窮不能夠忍受低俗，她心中的熱情未燃燒已給澆息，餘生將永遠冰冷孤獨。

雄去了菲國，他將長居彼處，去爭奪他份下的身家，開創他的事業。千島之國何愁沒有紅粉佳麗？小青似乎並不難過，秀珍結髮夫妻尚不如一個丫鬟，何況自己僅憑一張假菲國護照，借多重關係而獲取一紙港澳通行證？他們根本沒有登記結婚，也無婚姻見證人。

週末送雄上了飛機，小青到觀塘一家電子廠登記了一份工，簽定下週一上班。電子廠多僱用女孩子望鏡，她們才十六七歲，小青只能當普通女工，將自動沖床壓出來的塑料殼子加工。她沒心思吃飯，近日胃口一直不好，身子不大舒服。她想起三樓掛著「女醫生黃麗麗」的牌子，「西醫」是有牌照的，「醫生」則指大陸出來的無牌醫生，看起來人還不錯見面都打招呼。按了門鈴，一臉的笑容。小青道了來意，黃醫生說，檢查一下吧。

「恭喜你有孕了！不過你有炎症，我先替你洗洗吧。」

「黃醫生，我好害怕，假如我不想要孩子，你會不會幫我？」小青說著哭起來。怎麼辦呢？她不願當第二個秀珍，不能生第二代雄！黃醫生好言安慰她，替小青打胎技術上沒有問題，她是華南醫學院畢業生，在國內做過無數手術。然而在香港是非法的不可以聲張！而最要緊的是病人必須好好想清楚。

「謝謝你，我早想好了，馬上做吧！」小青閉上眼睛，黃醫生給她打了麻醉針，迷迷糊糊似睡似醒。朦朧中見到雄喝罵他，追打她，要他的兒子。她不住地流淚，為了自己不可饒恕的罪過。

「好好回去休息吧，服些止痛藥，有需要可以隨時找我，我的住家在四樓E室。那炎症還要服藥，記住一定要治好。」

趔趔著爬三層樓，進房倒頭大睡。

星期日中午有人敲房門，包租婆在外面悄聲說：「你沒事吧？年輕夫婦小別勝新婚，別太難過啊！」「沒事，你有心。我睡多一會，明天上班啦。」

明天一定要上班，交了五佰元手術費一百元醫藥費，雄留下的錢已不多，雖然還有一張五千元定期存款，但戶口是雄的大名且一年期未到。她不想要他的錢，她殺了他的孩子。

在工廠內認識一個年輕女工名叫雲，黑黑瘦瘦的，兩個人很談得來，工友們都笑她們是「黑白雙嬌」。雲是廣東人，游泳偷渡來香港，她說大哥是黨的幹部，與她鬧翻了臉，她已經沒有家不能回鄉。雲以前與人合租一個小房間，合伙的那女孩結婚了。小青決定搬過去和她住。日薪二十元，必須拼命加班才夠支出。雲笑著說，我男朋友來了你可要識趣呀。

搬家後小青給雄寫了一封信，委婉對他說分手，囑咐他以自己的前途為重：「彼此做朋友吧，不必掛念，我會生活得很好，也感謝秀珍姨的協助。」

一個假日雲的男朋友來，小青去看了場電影再逛商場。踱到銅鑼灣一家大公司化妝櫃臺，見到招請化妝小姐的告示。她躍躍一試，人見她皮膚雪白透亮覺得挺合適，無奈小青既不懂英文也不懂日語，徵得主管同意讓她試試。可是試工的第一天那位主管不斷用日語訓話，還指揮工作人員做運動喊口號，彷彿當年學習毛主席語錄，小青立馬不幹了。

做了多年女工覺得累，小青決定轉行。北角有家俬舖請店員，月薪八百，若可以兼會計文員一千二百。賓主馬上講妥條件：先當店員，再試用會計。老闆是個中年男人，他很有誠意地說：帳目很簡單，每年度由會計師樓做數向政府報稅，姑娘你一定可以勝任。那時節正值中英談判人心惶惶，許多人趕移民，老闆將城市花園的大單位賤賣，把老婆孩子急急送到加拿大，好像解放軍馬上就要打到香港來。

打理一家店鋪對小青易如反掌，粗重工夫有其他伙計做，比在工廠愜意多了，沒客人時還可以偷偷看書，什麼倪匡、金庸、瓊瑤、亦舒、林燕妮、梁鳳儀，幾乎讀遍了。瓊瑤的灰姑娘故事都是騙人的，亦舒的白領麗人愛情恰如天方夜譚，這些女作家是天真還是自欺欺人？或是讀者願意受騙？

那夜走出店門拐入街角，一輛白色寶馬停在路邊，有位衣冠楚楚的紳士打開車門請她上車。小青吃了一驚：老闆去加拿大通常會住上十天半月，這一次怎麼提早回來？

燭光晚餐多麼寫意，微黃的火焰柔柔淡淡，悠揚的音樂如此動聽，和諧的舞步輕鬆浪漫，亦舒筆下的女主角都是這樣被感化的。紅酒讓人心神迷蕩，寬大的臂膀暫作停留的港灣，放肆一夜吧，寂寞的女人需要愛。

李老闆背著老婆築起愛巢。直至小青害了喜，他躊躇著似乎想勸她打掉胎兒。「這是我的孩子，不需要你理。」每想到曾經扼殺過無辜的小生命，小青都痛不欲生，今次她不能重蹈覆轍。男人想不到外表柔弱的女人這麼犟。他倒是有良心的，買了個小單位給小青，留下一筆錢給她作生活費。「孩子十八歲時我會告訴他父親是誰。」男人將店鋪生意結束，對老婆說給人倒了數追不回，結業罷了。

陸小青守著她的女兒過了二十年。李彤十八歲生日那天接到父親的電話，問她肯去北美升學嗎？女兒說不，她將會永遠陪伴母親。她同時被暨南大學和華僑大學錄取，選擇了後者。小青賣掉香港的房子，拆掉石城老家舊屋蓋了一棟小別墅，落葉歸根。李彤大學畢業後在江城買了套公寓房，高速公路將石城和江城的距離拉近，逢週末開車回老家看母親。

對女兒做街政工作小青很反感，總嫌「街媽」討厭。李彤覺得母親的思想落伍了，今時今日的街政工作者是當之無愧的國家公務員！回家她還要對母親說，老人俱樂部不乏舊日精英，她將向他們拜師學藝，自己的工作多麼有意義。

二〇一〇年十月四日

鄉間紀事

玉珠

下鄉借住的房子下有條臨溪的小路，一端向外朝鄉鎮大道，一端向內通山地。小路崎嶇狹窄，車輛不能過，交通工具就靠兩條腿。山外的人們早些年開山造田，砍光了林木，刨完了粗樁細根，落得一年四季為灶下煩憂。所有小山丘光凸凸的寸草不生，柴草成了山外人的最大需求。山地人靠山吃山，但茶葉是公家的財產，由政府統一收購，惟有砍柴燒炭或割草出來易物。山民挑重擔遠道而來，身負百斤之重，兩條細腿極快地交替移動，羊腸小道沒有歇身處，再苦再累，也僅靠一枝木杠支起，讓另一個肩膀分擔，必得到了有場院的村莊方可歇一歇。山地男人雖瘦小卻耐勞，一生的積蓄只為娶個媳婦，討老婆是人生的最大目標。代課教師每月的工資二十四元，大學畢業生四十八元，而娶一個女人須付出八百元聘金。山地太貧苦，外面的父母除非窮極了，否則怎忍心將女兒賣進山。

政府規定此地逢一為墟日。今天是初一，天未亮就聽見小石路上熙熙攘攘的人畜聲。我想買些柴草，打開東邊的小門，與進來的人幾乎撞了個滿懷。

「三姐夫！」來的是個年輕漂亮的女人，手裡拿著個紙包，挑著兩簍子木炭。

「玉珠，這麼早啊！」

三叔見了客人很是高興，馬上生炭爐子燒水。三叔一生嗜茶，南洋年關寄來那一點錢全都花在買茶買炭上面。這幢小房子面溪臨路，趕墟經過者只要有一面之交都來討茶水喝。溪周村三叔是遠近眾人的三叔，眾人把三叔家當成免費茶水站。慈祥的三叔總樂呵呵的，大戶出身的三嬸也從不計較。玉珠是三嬸娘家的表妹，每逢墟市必經過這條路，出來時進三姐家打個招呼，喝杯茶，歇歇腳；回程三姐必定煮碗粉麵讓她吃了才走。今天她送來木炭和一副豬腦子。她老公幹的屠夫營生，常常來，長的高高大大，年輕力壯，每個年關都來替三嬸殺豬。三嬸有頭風症，平時若有豬腦子，路過就送一副來。

「木炭幾斤？」三叔問。

「十四斤。」玉珠答。

親兄弟明算帳，每有交易三叔照例要打算盤，且口中念念有詞：三一得三，三四一十二，木炭一斤三角，十四斤四塊二角；豬腦子三角，合共四塊五，如數給了錢。玉珠滿心歡喜地收了鈔票，說待會兒去供銷社扯塊布給孩子做衣服。這時水壺呼呼冒煙了，三叔沖了茶具，泡了上好的鐵觀音，請玉珠吃茶。玉珠道聲「三姐夫不敢當，我自己來。」便爽快地自斟自酌起來。

細細打量這女人，黑裡透紅的細膩皮膚，臉頰不搽胭脂呈玫瑰色，紅唇貝齒翠眉漆眼，齊耳短髮上一頂大草帽，帽上斜插一枝粉紅山茶花。看她盈盈碎步苗條秀美，處女般纖細婀娜的腰身，怎似生養過孩子的農婦？腳下一雙膠底米色帆布鞋，窄窄的收口靛青長褲，上著天藍底白碎花對襟襯衫，若然添加些金釵銀釧，儼然是名舞臺女伶。

我替她叫屈起來，見她一轉身忍不住問三嬸：「你娘家堂叔缺錢用？這麼靚的女兒賣進山？」三嬸支支吾吾。這個老好人不慣說人是非，讓我問急了方吞吞吐吐，勉為其難開金口介紹表妹。

俗話道，女大不大留。玉珠做女兒時就一朵花似的招蜂引蝶，天生的美人胚子，天性愛打扮，花枝招展遠近聞名。可惜長錯了時代，若在今日或者參加選美，或往夜總會當公關，一定紅過金大班。玉珠也生錯了地方，換成是生在母系社會的少數民族，比如摩梭族，做女人的想跟誰相好就跟誰相好，白天唱個山歌扔過牆，晚上心上人就爬牆進來了。那年頭最怕男女風化遭批鬥，老爸嫌女兒丟人現眼，咬咬牙狠心將她賣到大深山，遂成了屠夫嫂子。

玉珠做了歸家娘並未改風流本性。丈夫天未亮就出去殺豬，包下農戶的豬肉肩挑沿鄉叫賣，日落才回家，家事全撂給老婆。玉珠是個能幹的女人，家裡、田裡、山裡，裡裡外外一把手。天生的精力旺盛，強烈的渴求愛慾，一貫的大膽潑辣，身邊永不乏狂蜂浪蝶。美女往往只拋出一個微笑，驅前效力者任勞任怨。勞作之餘不忘浪漫，大地作床、青竹為帳、柔藤苦蔓、千纏百繞。漫山遍野的鮮花因之盛開，黃鶯、畫眉為她歌唱。純樸的山民並不視女人放浪為恥，多少男人想一親芳澤苦無機緣，丈夫似乎也為之顛倒並無怨言。雖然生了兩個娃子，玉珠依然年輕如十八九歲少女，細皮嫩肉神彩飛揚。她的一顰一笑使我想起舞臺上《採茶撲蝶》那姑娘，耳邊彷彿響起美妙的歌聲，令人不禁為這山野麗人而贊歎！

我卻有一絲兒疑問：男人怎知孩子是不是自己的骨肉？三嬸告訴我，山地人懂得用草藥避孕、打胎、治病，比外面的人還聰明，他老公才不是傻子。回答令人啞然失笑。

十日一墟的龍洋鎮像過節般熱鬧。小鎮從橋頭到集市一條街，兩排供銷社的店子，平時冷冷清清，墟日方稱得上門庭若市。街道兩旁必定排著一行尿桶，桶後僅圍著一小塊草簾，堪稱當街一景。沒有飯館茶肆，臨時搭起高高低低的草棚，賣的冷麵團、豆腐花。集上賣蜈蚣草的、賣淮山藥的、賣木炭的、賣茶油的、賣米麥細糠的……無所不有。男人皮膚黧黑骨瘦如柴，蹲在地上抽著旱煙，或身後兩垛柴草，或身前兩簍木炭。老女人衣衫襤褸守著籮筐，筐裡或山芋雞蛋，或一窩豬娃。年輕女人肩揹孩子手抓家禽，睡眠中的嬰兒涎著口水，頭甩過來甩過去。在議價還價、此起彼落的交易買賣聲中，偶爾響起一串銀鈴般的笑聲，感染了周圍的人，大家跟著她笑起來。

「財哥，你這對白兔賣什麼價？」玉珠打趣對面的男人。「什麼？送給我？回去怎向財嫂交差呢？」

「我說兔子跟了嫦娥去月宮嘍！」財哥說完眾人都大笑。

在這些不堪入目的窮苦人中，穿梭著這麼一隻花蝴蝶，到處打情罵俏，趕走多少鬱悶和落寞。她是山地人的偶像明星，小小的龍洋墟因之而生色。

二〇〇九年十月十四日

雲雀

夏天的落日尚留一抹餘輝，縣委機關飯堂裡的人已寥寥無幾。自從第一張大字報貼出，人們幾乎都沒心思吃飯，現在整座大樓無處不貼滿大字報，連走廊都掛滿繩索像晾曬衣服式的。友金匆匆洗了碗碟，瞅瞅周圍似乎沒人監視，踅回宿舍。打開抽屜，昨天剛發工資，他取出所有鈔票和一沓糧票塞入褲袋。走出縣委大院須經過門房，以往張老頭會送上討好的問候，現在不同了，人家是戴紅袖章的革命派，友金被罵成「文化黑手」，已成眾矢之的。他含糊地對老張指著襯衫口袋，表示去買包煙，悄悄溜了出來。友金是舊縣委的「筆桿子」，歷次運動都是打頭陣的旗手，不料那些引以為傲的文章，現在都變成「大毒草」受到嚴厲批判。「橫掃一切牛鬼蛇神」的鐵帚之下人間混沌，唇槍筆劍，唾沫橫飛。瞧這運動勢頭真猛，還是閃開為妙。但往哪裡去好呢？這男人三十來歲，中等身材，黑黑的皮膚，粗眉大眼蒜頭鼻，一排黃色煙漬牙，是個自認風流倜儻的角色，且筆桿子耍得，那張薄嘴唇更像搽了油，樹上的雀兒也能給哄下來。多年來在縣委工作，老婆孩子又是城鎮戶口，自己老家龍洋幾乎忘了。對，就回龍洋避避風頭，也顧不得通知家人了。他主意一定，就繞道城廂外圍，低著頭朝貨車站走去。這時天已漸黑下來，街燈並不亮，千萬別讓熟人見到。

友金的小舅子在車站任調度，幫他找到一輛去同安的貨車。司機是外省人，車子風馳電掣，一路無話。一小時後眼看將抵龍洋墟，友金提前在暗處下了車，唯恐在鎮上撞見鄉親。龍洋鎮橋頭是糧站，大部分房子為職員宿舍和倉庫，白天農民繳納公糧要到這裡來。一條幽暗的小街，兩邊樓上為辦公室和店員的宿舍，樓下是供銷社的幾個舖位，賣的除了農藥、農具、陶器，棉布、食品憑票證，肥皂、草紙、味精只配給工作單位。白天店員們尚且清閒無事，晚上連鬼影也沒個。友金不敢過橋走大路，走小路要過河，時值夏初，往日乾涸的溪流漲了水，那些過河的石墩子浸著一層清水，月牙兒輝映出一個個大石頭的光暈。友金脫下皮鞋和襪子，小心翼翼地踩在石墩上，總算摸到對岸。一屁股坐在河灘卵石上，用襪子抹乾腳再穿上鞋子，左望右看沒人拔腿猛跑，朦朧裡瞧不清路面，腳下一滑跌了一跤，大概是踩到一泡豬糞上了，臭哄哄的。但他不敢怠慢，掙扎著爬起來再往前走，穿過一條近溪的村子，來到溪周村心才定下來。該找誰呢？他猶豫了。他的家眷在縣城，老家並無房子。

躊躇間友金聽見吱呀一聲，拐角處那人家一扇朝西的小門打開，有個人影走出來，坐到朝溪屋簷下高高的石臺階上乘涼。仔細看去是個妙齡少女，梳著兩條鬆鬆垮垮的大辮子，望著月牙兒出神。友金雖久未回鄉，但是清楚這裡的每家每戶，而村人對外出工作的自家人也未有不曉的。

「這不是三叔的女兒雲雀妹嗎？」友金乾咳一聲閃出來，把姑娘嚇了一跳。「我是友金，縣城文化館的。」他自我介紹。

「金哥怎這麼晚回來呀？」雲雀認出他了。

友金彷彿抓到一根救命稻草，慌忙走出暗處，雲雀聞到一陣豬屎臭。她想起白天聽人談到縣城鬧革命造反，以往她心目中最敬佩的人物都遭人清算，明白金哥落難了。她又聯想起古書中的俠女，自己該有些作為。

「金哥你下溪去洗洗，我去拿衣服來給你換吧。」雲雀踅回屋去。

友金這才意識到自己的狼狽相，把鞋襪扔棄一邊，脫光身子跳下溪洗個痛快。常言道：「甜不甜故鄉水，親不親故鄉人」，這名句平常引用來無病呻吟，今天才真正體會它的意義。於是他對月長長嘆息起來。

「金哥，」雲雀的輕聲細語打斷他的沉思。只見一堆乾淨的衣物放在岸邊石頭上。雲雀捧起他那些髒東西，竟自走到水邊背對著他在水裡刷洗起來。溪水中的月牙兒躲閃著，盪開一圈圈銀光。友金尷尬地拿起留著香皂味兒的毛巾擦乾身子，穿上粗糙的農人衣褲，套上人字拖鞋，渾身頓覺舒暢無比。待雲雀洗完衣物，跟尾狗一樣貼著身進屋。

這是一座精緻的木結構小樓，正面臨溪三開間，大廳和偏廳全都上了門板，以前是做生意的店門。雲雀常常坐在門板外的石階上乘涼，石階下是通往山地的小石路。屋內有個天井，天井兩邊的「過水間」左廚房右磨房。上兩級石階是條走廊，走廊東西盡頭各有小門出入。東邊門外大榕樹，西邊是坍塌了的舊屋做豬圈，他人的房子離小樓甚遠。屋子正面是兩層樓的堂屋，中間大廳兩邊廂房。左右廂房分別為三叔和三嬸的睡房，兩個老人已經入夢。他倆從西邊小門進屋，躡手躡腳踏上木樓梯。西廂房空置已久，只是長年沒人住顯得髒亂。雲雀用雞毛撣子拂去厚厚的灰塵，趕走蚊子放下土布蚊帳，點上一盞煤油燈，提個尿桶放在床後，說：「金哥將就吧。」就自行回東廂房去了。

西廂房像個蒸籠，蚊子轟炸機般吵，拼命鑽進蚊帳飽餐了整夜。友金像是睡死了般，睜開眼已日頭高照。他一時記不起昨夜的事，想了一會才回過神來，明白自己身處最安全的老家，未免沾沾自喜：留得青山在，哪怕沒柴燒！政治運動波譎雲詭，相信總有東山再起之日。既來之則安之，這皇帝老兒也管不上的山區，倒是老子的天地呢。正胡思亂想間，聞到飯菜的香味，方覺飢腸轆轆，食指大動。他聽見一串上樓的腳步聲，雲雀端著臉盆水上來，毛巾、牙缸、牙粉齊備，放在大廳的八仙桌上，然後咚咚咚下樓去，再端上來一海碗粥，兩個芋頭，一碟菜脯炒蛋。「金哥自便啦！」雲雀丟下一句話，又咚咚咚下樓去了。

雲雀早起將金哥的事對爹娘說了，嚇得老人不知所措。三叔骨瘦如柴，解放前在印尼跟兄長學做生意，後來吸上大煙，大哥將他送回鄉，給他蓋了房子討了老婆，還時時寄些錢來，很是仁至義盡了。三嬸是富貴人家的女兒，扎著小腳，和藹善良，兩夫婦並無生兒育女。兒子是領養的，培養至中學畢業去濱城工作，娶了媳婦生了孫子。由於兒子媳婦工資低，濱城生活水準高，別說沒錢寄來，連回家看望老人亦甚少。還虧得有個女兒是家中唯一的勞力。女兒雲雀實際上是外甥女，三叔的妹妹將初生女兒撂下給哥嫂出洋去了，聽說尋夫去了緬甸，從此音訊全無。

雲雀中等個兒，兩條鬆鬆的大辮子又黑又長，長期勞動令她的皮膚紅紅的，身材勻稱沒有多餘的脂肪。雲雀雖只讀完小學，但字寫得蠻漂亮的，負責給生產隊記工分發口糧。十八九歲的大姑娘早該找婆家了，上門說親的倒不少，只是沒有令她滿意的，父母寵著她，口裡不說心裡急的不得了。她是個少說話少笑容的姑娘，本來日子似一潭靜水，最近激起了漣漪，昨天傍晚她正是因一件心事煩惱，獨個望月惆悵。二表兄的來信讀了三、四遍，她捏得信紙都皺了，可大姑娘怎開口對爹娘說啊！雲雀回想起六年前第一次見幾位表兄，他們只當她是小女娃，二表哥還一直追問她為何不上中學。提起沒能升學，雲雀老大不願意，她的成績是全班最好的。那年頭龍洋沒有中學，上中學須到官橋鎮寄宿。誰叫自己是沒爹沒媽的孤兒呢？不曉得自己的生父是誰，也恨那狠心的生母，他們竟然可以丟棄親生骨肉不顧！舅父母雖疼惜自己，但家中需要勞力，況且也沒錢交學費。

三嬸娘家有三個侄兒六零年從印尼回國。老大在山城茶廠工作，以微薄的薪金養老婆孩子；老二畢業於北京地質學院，工作分配在蘭州；老三上大學時，下鄉參加四清運動染疾，腦子燒糊塗了，成了「傻子」。老二因工作需要經常出差，只好將弟弟暫寄大嫂。大嫂一家子缺吃少喝的，傻子又特別能吃，肚子餓了就打人，還搶侄兒的吃食。老二想找個女人成家，好將弟弟帶在身邊生活。本來大學畢業生吃香得很，老二人又長得俊，文質彬彬有涵養，好多女孩子喜歡他，可人家一聽要照顧傻兄弟，馬上打退堂鼓。三嬸不是不想親上加親，只是女兒若遠嫁，兩個老人家依靠誰？不說公家田、自留地，光是一天吃的用的水，沒有雲雀叫誰去挑呢？三叔身子單薄，三嬸纏足，這個家怎能讓女兒嫁出去啊！

白天生產隊組織挑大糞，是項重體力勞動。從糞池掏出自然發酵過的大糞，站在糞池邊的必須是強有力者，其他人則像參加接力賽一樣，輪換著將一擔擔滿糞挑到田裡，一擔擔空桶送回來。溪周村的男人多外出，即使沒能坐辦公室，有修公路、鐵路、橋樑的力氣活招工，也是人人爭著要去，因為那是拿工資吃國家糧啊，因而留在村裡的盡是老弱婦孺。雲雀鼓足勁兒鱉足氣，她的青春體力去到極限了。友金的出現令雲雀暫時忘卻了煩惱，這個聞名遠近的文人曾讓雲雀十分敬佩，但昨晚見到他那幅狼狽相，雲雀偷偷笑了。她覺得世界實在不公平，因為友金多識了些字，可以蹺起二郎腿拿工資混日子，雲雀少讀了些書，就要在大太陽下挑大糞。她也鄙夷那些城市姑娘，打扮得花枝招展，騎著自行車一陣風似的，見了糞車捂著口鼻，若是鄉下人不掏糞種田，你們喝西北風去！難道我雲雀天生是種田掏糞的嗎？想著想著，聽到那班女人取笑一個下放幹部是「軟腳蟹」，才給惹笑了。

兩個老人受驚的不是政治上的連累，農家才不理什麼政治，他們是擔心一對孤男寡女共處一室。想起當年妹妹自由戀愛的結局，更是忐忑不安起來。十多年來，老人含辛茹苦養大了雲雀，視如己出，豈能看她走她娘的老路！他們清楚雲雀從來不苟言笑，是隻不唱歌的雀兒，尤其近來更是心事重重。可是自從半路殺出個程咬金，雲雀眉開眼笑的，金哥金哥叫不停，這不會是喜歡他嗎？有老婆又怎樣？這「才子」平時下鄉去多風流，否則怎會叫人貼大字報？誰不曉女大不中留啊？他們已經託人到處物色養老女婿，願意上門入贅的好男人卻少有啊。為今之計，應該把她趕快嫁出去才對。兩個老人商量妥貼，三嬸十萬火急叫人傳話，讓大侄兒媳婦來面授機宜，如此如此……三嬸推說她周身疼痛，每晚踩著蓮花碎步，搖搖晃晃上樓來，讓雲雀替她捶背舒活筋骨，然後在雲雀床上呼呼入睡。雲雀偏偏睡前還要與金哥說說體己話，請教他許多學問，把三嬸的心吊到喉嚨來，也惹得友金有一絲兒想入非非，輾轉反側……

稻子開鐮了，天氣還炎熱，雲雀不耐陪母親早睡，每晚都在溪邊乘涼。太陽下山後村子烏燈瞎火的，人們都早早入睡，既因為省油也因為勞累。月色朦朧的夜，滿天星光燦爛，小溪兩岸的楊柳輕輕搖擺，田野上飄著紫雲英的幽香，螢火蟲一閃一閃飛過。偶爾傳來遠處狺狺狗吠，或有人起床往桶裡撒尿的咚咚聲。蚊子嗡嗡亂飛亂咬，雲雀拿著扇子撲打，一失手扇子跌下臺階，滾落下面的小石子路。正嘆氣要起身下去拾，不料有人將扇子托上臺階來。

「是金哥！蚊子多睡不著啊？」雲雀這才發現友金坐在靠著臺階的地上。「上來坐吧！」

友金受到邀請顯得很興奮，一躍而上。挨著雲雀坐了一會，男人聞到少女的氣息，聞到熟悉的香皂味兒，有一絲躁動，他突然捧起雲雀的辮子，吻著她的髮梢。雲雀沒有推卻，激烈的心跳令青春的血液沸騰起來，刷地漲的滿臉通紅。那討厭的煙味兒讓她有點眩暈，令她感到窒息，感到陶醉，有些身軟如泥無法自持，腰身的扭動忽然引發一陣輕輕的沙沙響，她想到是懷裡那封信，慌忙板直身子，從友金手中抽回辮子。

咿呀，東邊的小門突然打開了，三叔喊話：「雲雀，你媽叫呢！」

「來啦！」雲雀慌忙坐直身子，正色對友金說：「金哥當我是妹子嗎？」

「當然。」友金有些尷尬。

「你要發誓答應對我像自家姐妹。」

「我答應。」友金對著月眉豎起兩支手指。

雲兒抖顫地摸出珍藏身上的信，輕輕交到友金手中。一陣默然，靜寂中只聽見對岸的一兩聲狗咬。雲雀款款道出內心的困惑，憂傷的淚水滾落她燥熱的臉龐。她忍不住扳動友金的手指，彷彿尋找支持的力量。友金原是個不羈的男人，曾藉著采風的方便到處留情，其生活作風是讓人抨擊的一道死穴。然而這位女孩在自己落難時施以援手，倘若居心不良等同褻瀆自己心中的公主。他深深吸了口氣，按捺下浮躁的心，決心履行剛才的諾言。雲雀的勇氣令他肅然起敬，外面的世界雖然風雨飄搖，但雲雀原屬於藍天，不能被關在籠中。他熱誠地支持雲雀的想法，支持她把握機會，尋找新的天地。

雲雀給二表哥回了信，友金指導她這麼寫：我願意帶三表哥去甘肅，你快來接我們走吧。我願意……

在友金的倡議下開了族長會，濱城的大哥也趕回來出席，大家安排了一個方案，二伯家的晚輩願意照顧三叔三嬸的生活。老人家原擔心年輕人超出友誼，想不到友金光明正大地當了媒人，往日的浪子變成正人君子，令村人另眼相看，他們決定留他在村裡繼續住下去，鄉親們願意保護他，友金不必再躲躲藏藏了。

一個黃道吉日的下午，二表哥趕了兩天兩夜的火車和汽車，帶來大西北一頭一臉的塵土。汽車剛到龍洋橋頭，一大堆親人擁上前去，掛上大紅花，彷彿迎接打仗歸來的英雄。大表哥陪他上了拖拉機，徑直朝公社開去，一袋煙的工夫就到了。龍洋公社在山坡上，爬上幾十級石梯，大嫂和一堆女人簇擁著雲雀等著呢。新娘子盤起長髮，鬢上插著大紅山茶花，上身粉紅色的確涼圓領襯衫，下著黛色燈籠長褲，白色回力球鞋，手捧紅本子毛主席語錄，羞人答答地，掩飾不住得意的神色。在家是個孝順的女兒，嫁出後做個好妻子好嫂子，她為自已驕傲。雲雀身上流著母親的血，母親勇敢地追求幸福，雲雀也選擇了一條美好的人生道路。金哥說，性格決定命運，這就是我的命運，我是雲雀，命中注定要高飛。保重吧，爹娘！讓大哥回來替你們分憂吧。我會永遠記住你們對我的愛，希望有回報的一天。

鄉人點燃了一串串鞭炮，爆竹噼噼啪啪響徹雲霄。斜陽染紅西天，燒紅了一朵朵白雲。近處的小樹林裡傳來腳步聲，一隻小雲雀被驚嚇，展翅飛出樹林。友金的眼睛透過樹梢，望著對面小山崗，夕照下是個鑲著金邊的麗人影，她望著那飛上天的雀兒，伸出雙手，身子不覺向前傾，彷彿也想展開雙翼飛上雲天。

二〇〇九年十月十五日

秀秀

「表態！表態！」

「亮相！亮相！」

「給周永明最後一個機會！」

「是革命你就站過來！不革命就打倒在地，再踏上一隻腳！」

落日給溪水留下一片餘輝，悄悄隱去，天色驟然變黑。龍洋中學的高音喇叭日夜不停地響，聲音慷慨激昂。入夜後喇叭音響從幽暗的農田上空傳到寂寥的河灘上去，再遠遠地向山地播送。龍洋中學、龍洋公社、龍洋醫院各據一個小山崗，彼此相距不過幾畦農地或一片果園，這幾個部門是龍洋政府機關的命脈，與龍洋墟的距離則醫院最近，公社居中，中學最遠。文化革命開始後，家長見學生沒書讀，都叫孩子回去種田，學校成了造反派的「革命總部」。

空中像落下黑色的布幕，是沒有星星月亮的夜。永明翻過公社東面的矮磚牆，跳到一片果園。他貓著腰穿過一叢叢香蕉樹，磕磕絆絆抬起腳，跑過三四畦高高低低的麥地，北面是龍洋醫院的範圍。醫院燈光暗淡，有些醫生護士參加革命去了，有歷史問題的醫護人員不敢擅離醫院，也都回宿舍去了。輕症的病人都回了家，只有幾個重症的吊著藥瓶子。他從圍牆翻進去，見附近有個邊門，第一間房沒有燈光，便輕手輕腳溜進去歇歇。

「革命造反派注意，別讓保皇黨的幕後老闆逃跑！」突然醫院大門外傳來一陣密集的腳步，來者帶著木棍打著手電筒，他們是駐紮在龍洋中學的鐵桿子造反派，有學生紅衛兵，也有農械廠和茶站的工人。為首的瘦小個子樓上樓下搜巡一遍，用手電筒到處照射，大聲叫來人別漏了哪個房間。一陣腳步聲來到門邊，永明假寐在一張病床上屏息以待。有隻手擰開門把，想用手電筒照射，卻被另一隻手按住，小聲道：「這是太平間，何必惹死人呢！」兩人嘀嘀咕咕，跟著所有人走了。

腳步聲遠去，醫院頓時靜寂下來，永明鬆了一口氣，原來這房間是睡死人的！他突然覺得頭皮有些發麻，躡手躡腳貼著牆打開邊門，屁股沿圍牆下的泥土滑下去，繞到北面拔腿就跑。跑過公路，路邊兩排稠密的桉樹和夾竹桃正好遮掩。公路下面是一條溪，溪水不深，幾塊過河的大石頭只浸了一半。從小在此地長大，摸黑也能過河。他脫鞋摸著石頭過了河，再穿鞋走過河灘，沿著溪流方向往村裡跑，踏得腳底的樹葉和枯草嚓嚓嚓響。男人跑得上氣不接下氣，覺得有些頭昏眼花，再也沒氣力了，在一處山洞似的小門口坐下來。

這一座房子簡直不堪入目，光看其外型就不像住家。小小的一扇矮門，彷彿為侏儒進出而設，門兩邊的土牆只有舉手那麼高，叫人懷疑將進入一個不知深淺的山洞。他想起來了，這是豬舍。怪不得這麼熟悉！一九五八年大躍進公社化的年代，這裡是集體養豬的場所。起先吃飯不要錢，後來糧吃光了，豬宰完了，人也餓垮了，豬場就荒廢了。他摸黑進去，矮矮的屋頂，瓦片幾乎頂著頭，一米七十五身高的他需彎下腰。黑暗中見對面牆上掛著盞微弱的煤油燈，照見門下是一條小路，路的另一端還有個門，路兩旁是一格格掛著爛布帘的沒有門的洞。有間沒打帘的是廚房，安鍋砌灶，還有幾間是放柴草、農具的。整座房子散發出一股霉味兒，他感到窒息，慌忙想退出去。

「什麼風把你吹回來啦？」有個女人打著哈欠從布帘後走出來。

永明想不到這豬舍住著人，趕緊往外走，女人卻喝住他。

「你不是咱姐夫嗎？怎這麼晚？」

永明想起來了，這女人是老婆的表妹秀秀，只聽說她前年從山地嫁到溪周村，生了個女娃子，卻不曉她老公這等窮苦。他慚愧起來了，身為公社黨委書記，農戶這麼窮，怪不得這女人的老公起來造反。

「有金呢？他在家吧！」永明警惕起來。

「自從參加造反派就沒在家過夜，他說這家有臭豬屎味，造反總部舒服著呢。」秀秀未嫁時見過永明，表姐的命好，嫁著個官運亨通的男人，從通訊員升到今天的公社書記。自己的命就苦了，想著想著未免難過，聲音哽咽起來，問：「姐夫這麼晚來，是有金難為你吧？沒大沒小的，你可別怪他。」

「正是他要抓我，你不會把我交出去吧？」

「怎麼會呢，他是他，我是我。」秀秀說，「這屋不是人住的，姐夫先歇一晚，他一時三刻不會回來，明天一早我帶你進山避避。」一邊說一邊進隔壁間點上燈，搬出一床破爛的棉絮放進自己房間，再將剛才蓋過的被子搬過去，拍打拍打床鋪，放下粗布帳子，然後走出來，往一間沒帘的格子間拿出腳盆和矮櫈，從水缸裡舀出幾瓢水，放下一雙人字拖和一條破布，示意永明洗腳。永明想說些什麼，嬰兒哭了起來，秀急忙進屋餵女兒吃奶去了，聽見她吹熄燈喃喃哄孩子，永明才脫下鞋子。雖是初夏時分，這夜裡還是有些冷，腳浸在水裡涼嗖嗖的，將睡意全趕走。

躺在陌生的硬蓆上，蓋上有奶味兒的被子，聽到成群蚊子的嗡嗡聲，聞到床後尿桶的阿摩尼亞味，永明不禁懷念起宿舍裡乾淨的床單、雪白的蚊帳、晶亮的電燈。他想，有金是個孤兒，自小受政府照顧，但少年時正值飢荒，骨骼長不起來，書也沒讀好。十八歲上送他去入伍，只能當炊事兵，復原後沒有招工的機會，在社辦農械廠當臨時工，討個老婆還靠眾鄉親湊合。沒有住房，公家將這舊豬舍借給他。唉，農民太苦了！這麼多年來都在搞運動，剛渡過飢荒，日子好一點，就來「四清」，搞完「四清」又來文化革命，啥時折騰完讓大家平平安安過日子啊！回想起自己從十六歲上就是這村的帶頭人，一九四八年當閩西南龍洋地下黨的通訊員，土改、互助組、合作化、初級社、高級社、人民公社，哪一次不緊跟黨的指示走？文革一開始，老上司地委副書記張連給打成「叛徒」，自己因在「一條線上」被遊鬥過幾場，而後關進學習班大半年，現在要他表態否定從前的一切政策，站到造反派的一邊，絕對不可能！其實造反派知永明的立場，只是想逼他亮相支持保守的那一派，他們就有口實鼓譟攻擊……

他終於迷迷糊糊合上眼，是合眼而非酣眠，也不知迷糊了多長時間，似乎聽到一些聲響，舀水的聲音，燒火的聲音，又覺得有人在耳邊吹風，馬上警醒坐起來。這豬舍黑漆漆不見天日，走到灶間看錶，還沒五點。秀秀已做好飯菜，前面的大鐵鍋煮一鍋粥，連灶後面的鍋煮蕃薯，鹹蘿蔔是現成的。永明以為必定沒牙刷、牙膏的，打算用冷水隨便洗洗臉、漱漱口了事，想不到新搪瓷面盆盛著水，毛巾、牙刷、牙粉都齊備，他猛然醒悟這些是秀秀的嫁妝，一直捨不得用呢。狼吞虎嚥喝了兩碗粥，吃下幾條蕃薯，才發覺自己有多餓。秀秀將剩下的粥拌上米糠，打開雞籠，稠的給雞，稀的給豬，雞和豬各養在格子間。餵完了畜牲，秀秀取出一雙草鞋給姐夫換上，再丟給他一個斗笠，帶齊鐮刀、扁擔、繩索、鉤子，讓男人拿著，包起女兒的尿布衣服又塞入他懷中，自己將女兒背上，拉上門環搭上把門將軍。

兩人趕著出門，外面一個人影也沒有。走到溪邊三叔的小樓下，叫姐夫你等著，繞到西邊小門隔著弄堂的舊屋，輕輕喊：「三嬸！三嬸！」這裡是三嬸的豬舍，三嬸一早起來熬豬食，裡頭呼呼冒著熱氣。秀秀將鑰匙交給三嬸，說要回娘家住幾天，請她照看畜牲。三嬸是個扎小腳的老好人，欣然應諾了。秀秀再折回小路，兩個人一前一後默默走著，儼然是一對進山割草的夫婦。

小路從三嬸樓下沿著溪流慢慢向山地蜿蜒，經過桂湖供銷社小店鋪，面溪的大櫥窗上著木板，這些窗戶只在墟日才開，平時只啟小門，村人來買些零零碎碎，榕樹下的石頭樹樁是眾人聊天的櫈子。永明見秀秀背上的孩子歪斜著頭頸，幫她整好背帶，看嬰兒睡得好香，臉蛋紅樸樸的真可愛，輕輕擰了孩子一把，秀秀刷地漲得臉通紅。秀秀一邊走一邊感懷起身世來，兩年前自己是個多麼灑脫的姑娘，誰人不曉山地的秀秀是朵含苞待放的花兒？苗條的身材，紅紅的面頰，一頭烏絲挽兩條大辮子，皮膚老曬不黑，走到龍洋墟男人的眼睛全盯上了。可現在成個什麼樣子？不照鏡子心裡也明白。原以為有金退伍有份工作，不想泡了湯，每月那二十幾塊工資只夠他自個兒花，早些時候還扔下幾塊錢，造反起來就連影兒也沒了。不怕窮只怕懶，他竟是個沒骨頭的，叫我帶個妞兒怎過日子？越想越心酸，不覺走進山地腹中。

永明難得進山，年少時來過這裡打柴，當了幹部就沒時間了。這裡是公社最貧困邊遠的山鄉，山路又窄又懸，一邊靠崖一邊臨溪，望下去一陣頭暈。永明知曉自己是坐辦公室嬌慣了。

來到一處山清水秀的小屋前，咦，這不是姥舅的家嗎？籬笆上開著妖嬈的山茶花，屋後種著一排排扶疏的綠竹，門前拾級而下是溪流，石埕西邊有口古井。秀秀人未到聲先到，大聲喊：「阿爸，阿母，我回來啦！」話沒完衝出隻黃狗，汪地叫了一聲，滾到秀秀的腳下，用身子擦她的褲管。「阿財，阿財，」秀秀彎下腰愛撫地摸狗的臉，黃狗伸出舌頭舔她的手。

「秀秀回來啦！」開門的是秀秀的娘。「哎喲，什麼風把她表姐夫吹來了！秀他爸快來呀，有貴客啊！」

這山地方圓幾十里，家家住的遠，只聽見雞狗聲看不見鄰人影。舅姥爺聞聲從門外的竹林鑽出來。「是永明啊！我說今早聽喜鵲叫呢，真的來了貴人。進屋坐！」舅姥爺不到五十歲，兒子娶親生了幾個娃子另住，秀秀嫁出山後兩老靠自留地種點庄稼，養豬餵雞過活。他倆最不放心的就是秀秀，知道女婿不成氣候，總擔心娘倆的日子怎過。他遞上自己種的菸草和煙鍋子，也給自己填了一鍋。

兩人說話間，秀秀已經下溪澗洗了澡，換上未嫁時的衣裳，玄色長褲藍花襯衫，窄窄的收身小蠻腰，只是胸部飽漲，比女兒時的模樣更增添了一絲成熟的風韻。她捧了一堆老爸的衣服，讓姐夫去換洗，說房間已給他準備好了，農家粗衫爛褲將就吧。永明抽了一鍋煙嗆得咳出眼淚，對姥舅道聲擾，也下溪洗去了。山澗的溪水冷得很，永明不禁打了個顫，狠命磨擦身子，扎個猛子下水，游了幾下身子才暖。仰躺在水上，太陽已升上中天，日光刺的很，他瞇上眼覷著藍天白雲，心潮澎湃。想著若非今天擅離工作崗位，他怎麼能體會鄉民真正的生活呢。過往的歷史總是瞎吹牛，無條件地擁護黨的政策，不管農民過的是多麼艱難的日子！這運動再發展下去不知何年何月止，自己的命運只能跟大流走，還是想辦法幫秀秀，讓她把日子過起來。

午、晚飯都是粥和山藥蛋，就的鹹菜。書記四處走動，看了梯田看自留地，巡了豬欄巡雞舍，還進去姥舅家的磨房，推了那碾子轉兩轉。晚間秀秀媽收拾飯桌，秀秀抱著女兒在門外逗阿財玩，永明就說起他的打算，姥舅高興得直點頭。他找了張草紙用鉛筆寫了封短信，夾上一張面值二十斤的糧票和三塊錢，又用草紙糊了個信封，用粥黏上。睡覺前對秀秀說了他的計畫，如此如此，叫妹子早早去睡明天出山。秀秀聽了興奮莫名，摟著女兒整夜發美夢。

天剛亮秀秀將孩子餵飽放下就出發。走了二十里山路來到龍洋墟糧站，糧站主任是認得的石姓中年男子，每回交公糧都見到他。秀秀在門外瞅了一會，看石主任出糧站往廁所沒人之處，走近輕輕喚了聲：「石主任！」石看見秀秀吃了一驚，心想那造反派的婆娘不知搞啥事。秀秀給了信，石匆匆看了，撕爛那草紙，叫秀秀跟他到門市，讓店員稱了二十斤黃豆，繳了錢和糧票，然後寫了張批條給手下，說下次她來給錢就可以，這女人給公社包伙食做豆腐。店員都說知道了。秀秀挑起那兩小袋豆子，踩著輕快的步子，飄逸如仙女，一路哼起歌來。過了小石橋，昂首走進溪周村，見人打個招呼，聲音清脆響亮，大嬸們都驚奇：今天秀秀怎這麼風騷漂亮？走到家門口，鎖是打開的，三嬸正在餵豬呢。

「好三嬸，你再幫我看著，過兩天我挑豆渣來餵牠們。」

「有豆渣就好了，豬餓得剩下皮包骨了。」三嬸嘆氣。

秀秀奶漲得緊，前襟都濕了，買豆子還有二角錢餘下，經桂湖供銷社向水哥買了包餅乾，討了碗水，坐在門口石頭上吃起來。水哥說：「秀秀今天特漂亮啊，好久不見你呢。」秀秀害羞地用手臂遮掩濕透的前襟，拍拍屁股，對水哥笑一笑走了。她拼命趕路，擔心女兒餓壞了，一路上見到的人都贊她，也顧不上謙虛了，心裡嘀嘀咕咕：秀秀本來就漂亮嘛，你們當我爛婆娘，從今天起，靚給大家看！輕飄飄地到了家門外，娃子一定哭得掀了屋瓦吧，想不到聽到的是孩子的笑聲。她想快點乳她奶，漲死了。豈知母親拉著秀秀不讓她近孩子。媽說：「孩子該戒奶了，別惹她，糧食吃得可歡呢。」說著遞上一大碗韮菜湯給女兒。秀秀看見永明正盯著她濕漉漉的胸脯，漲了個大紅臉，一口氣喝下韮菜湯，往溪裡洗澡去了。

當晚泡了十斤豆子。

白天秀秀幫父母收拾自留地，永明也來幫忙。秀秀笑著說：「姐夫是大幹部，我家可僱不起你這短工啊！」「幹部也得吃飯哪！你們不嫌我吃的多吧！」秀秀就不開腔了。吃完晚飯秀媽帶孫女去睡，三個人忙著推磨、燒水、過包，屋里被煙籠罩著，嗆得永明不住地咳嗽。豆漿在紗包里過濾起來，一盆又一盆，三個人六隻手來回晃動著那些紗包，一盆一盆過，隔去豆渣點鹵水，豆漿變成豆花，將豆花舀到木框的布包裡，壓到瓷實才歇息。

第四天正好是十一墟集，秀秀挑著豆腐和豆渣，先到溪周村歇下豆渣給三嬸，三嬸眉開眼笑的閉不攏嘴，這麼多豆渣兩家的豬也吃不了。秀秀再挑豆腐到龍洋鎮上，有人瞧見秀秀挑著豆腐，就圍過來，說：「秀秀你爸又做豆腐啦？瞧磨得細又壓得瓷實，沒有摻水買得過。怎賣法？」

「我爸給公社飯堂加工，不賣呢。」秀秀驕傲地揚頭答道。

秀秀說著一口氣將擔子挑到公社伙房。炊事員已得到老石提示，買下所有豆腐，給了五塊錢。秀秀拿了錢趕到糧站，買二十斤豆子花去二元八角，賺了二元二角，家裡還賺下十斤豆子，更有餵豬的渣，歡天喜地的想跳舞。今天她帶來洋芋，向糧站討了水喝，自己一個錢也沒花。奶水斷了兩天已經退去，秀秀一身輕爽，好像回到少女時代。人人都看著她，窈窕的身子後甩著兩條鬆鬆的大辮子，與人交談時是充滿信心的神情，好似穿梭在龍洋鎮上的一顆明星。

做了十幾天豆腐，秀秀、三嬸、秀媽的豬圓滾滾地長了膘，三家人都歡天喜地。第二次墟市，老石焦急地等在糧站門口，他稱了黃豆，找錢時塞給秀秀一張字條，對她眨眨眼，眉眼都在笑。秀秀讀過小學，但她受人重託不敢偷看，她感到自己正在做一件大事，顧不得再去跟墟市的人說笑，只買了一支茶籽油，急如星火往回趕。回到家永明看了字條深深吐了口氣，他說鎮上駐扎了部隊，來信通知他回公社參加「三結合」，明天一早就得走。

近日多了各種豆腐做成的菜，只是沒油煎炸，蒸的煮的輪流吃。秀秀用茶油將豆腐煎的香噴噴黃澄澄的，阿財聞到油煙味開心得跳來跳去。晚飯時大家不像往日閒聊，都沒說話。姥舅捧出一瓮糯米酒，倒在兩隻碗裡，一隻放在永明面前，自己捧起一碗，朗聲說道：

「你要走了，再見就不容易啦。姥舅和你喝一碗。」說罷一飲而盡。

「只要我永明在一日，一定回來看你們。」書記心裡有些兒酸：「我倒是放心不下秀秀，那豬舍怎能住人，還是讓她暫住娘家吧。豆腐繼續做下去，老石會關照你們。」

「姐夫，只要豆腐能做下去，兩年後我可以蓋房子。」秀秀胸有成竹。

「好，蓋了房子告訴我，一定來喝入伙酒。」永明也一飲而盡。

今天的豆腐在晚飯前就做起，姥舅已經醉了，叫一家人都早早歇去。秀秀雖然年輕，但每天出山原是累得很，躺下床就睡得死一般沉。然而今晚的月光多麼皎潔，照得人輾轉反側，她感到渾身燥熱，身心湧出一股強烈的渴望，她需要安慰，需要寄託，需要愛。女郎拒絕忍受這般淒苦，咬牙衝了出去，推開隔壁虛掩的木門，撲在酣醉的永明身上……

天亮了，秀秀挑起豆腐、豆渣，要陪姐夫一道走，永明奪下擔子挑起來。他倆就像一對山地夫妻，一前一後出山去。路上默默無言，看看就要走出山地地界，永明彎腰停擔子歇息的當兒，秀秀忍不住衝上前，攬住他的脖子，吻了他的臉頰，簌簌的淚水濕了男人一臉。

遠遠近近的人聲多起來，火紅的太陽從東邊升起，山間朦朧的霧氣一下子散開，彎彎曲曲的小道逐漸往身後移去。兩人剛來到桂湖供銷社的大榕樹下，瞥見老石為首的一行人正從溪周村方向來，他們跑過來搶下擔挑，與永明緊緊地握手擁抱，簇擁著秀秀和書記走在鋪滿陽光的道路上……

兩年後我插隊落戶到溪周村，每天清晨都看到秀秀到三嬸家，撂下豆渣，放下女兒，然後挑起豆腐擔子往龍洋墟去。那老豬舍已經拆卸，生產隊將這塊地批給有金建房子。工人造反隊早遣散了，有金返回農械廠工作，工餘就回來幫著餵豬蓋房子。妞妞已經三歲，像她媽一樣逗人愛，她媽是名副其實的豆腐西施。

二〇〇九年十月二十五日

五十人生

這條路三年內你已經走過兩趟，是一條通往天堂的路。送葬的人群熙熙攘攘，靈車嗚唱著慘烈的哀樂，花圈上的百合花在烈日下枯萎。嗩吶聲嘶力竭地吹奏送別的調子，披麻帶孝的人在太陽下步履蹣跚，呼天搶地者也停止了哭號，一道重重的生死之門，就在此處把你們隔開。

三年前你與阿輝來給阿火送行。江湖上都稱你們為三俠客，因為你們有酒同醉，有影皆仨。幾十年相交，雖然沒有仿傚桃園三結義，但情同手足無可置疑。你們的家庭背景何其相似：同一個年頭出生在江城，同是家中獨子，讀同一所學校同一個班級，也都經歷過同樣的苦難。踏入知命之年，有些人才揭開人生新的一頁，梁錦松剛娶了伏明霞準備當父親，阿火卻扔下老婆孩子，不曾向哥們兒透露一點心聲，自顧自走了。那天你倆默默無言來送別，此後三劍客少了一員，你與阿輝再有爭執也沒人來當和事佬。但從今天起你們便不可能再爭執了，阿輝就要去與阿火作伴。

你向旁邊的人要了支煙，打火機的火苗竄起幾乎燒到眉毛，你卻顫抖著點不上。你不吸煙，每次阿輝狂抽下三濫的菸草，你總是笑他嫌命長。可他並非死於肺癌而死於肝癌，死於那些廉價的白燒，他是明知故犯。打自知曉今生只有穿草鞋的命，他們對生命已嫌太長，恨不得早早了結殘生尋極樂去。那年初的某一晚，因為大部分人要上山下鄉，班上的同學舉行「最後的晚餐」，只是參與者不止十三之數。留城者同樣茫然若失，人生走到這交叉口，本是最美好的青春年華，卻往水深火熱裡送，只感生死兩茫茫。不知誰提議喝點什麼，有人去化學試驗室偷來酒精摻上水。大家喝得狂呼亂叫，乒乒乓乓杯盤跌落一地。就從這一天起，阿輝迷上了白燒。

你們因為是獨生子女可免下鄉。母親守了十八年寡，她怕你變成流氓，將你送去娘家讓幾個兄弟管教你。原以為刻苦攻讀十二載總有出頭之日，可是上天跟你開玩笑，讓你無法報答你的娘。你娘是郊縣的名門閨秀，出嫁那天妝奩隊伍排了整條街，可惜她只過了三年婚姻生活，剛解放你的父親就成刀下冤魂。父親並非什麼國民黨的要員，只因他那些能幹的當官的兄弟都逃去香港、臺灣，原以為自己沒做過什麼壞事心懷坦蕩，豈知成了替死鬼。母親守著你不改嫁，任憑媒婆踏破門檻。可是一個弱女子有何能耐？嫁奩逐漸賣光，娘家給評上漁霸分散財產，舅舅們日見窮困接濟不上。自四歲上托兒所，你娘就進工廠，一把眼淚一把鼻涕拉扯你大。

隨舅舅出海打漁終非長久之計，風裡浪裡你雖也長成一米七十八的男子漢，但個兒挺拔而非壯實，沒有漁民那種能吃能喝強健粗獷的體能，你原本是書生，你的用心都在文化上。還有你重遇了晶晶，忍受不了與她分離。想起那次邂逅，你的心裡就會笑出聲來，生活雖苦戀愛卻甜蜜。那次你回家拿換季衣服，到了家門口卻找不到鑰匙，鐵將軍擋門令你搔首抓耳。距母親下班為時尚早，你想上街又怕滿身漁腥味兒討人厭，正不曉如何是好，鄰居的大門咿呀一響，一個妙齡女郎走出來，馬上吸引了你的目光。

「你是……」你囁嚅了，心想這漂亮少女是誰？這麼面熟！「齊哥！」倒是少女認出你來了，一把銀鈴般的聲音可把你迷住了。

你這才想起不久前小學畢業的黃毛丫頭，幾年不見竟成了水靈靈的大姑娘！瞧她唇紅齒白，眼如杏眉如畫，窈窕修長的身材，白皙透明的皮膚，把你給看呆了。晶晶是鄰家么女，兩個哥哥去山區插隊，她在一家社辦工廠當女工。姑娘知道你進不了家門，索性放棄出門，邀請齊哥到她家稍坐，給你拉開凳子遞了扇沖了茶，還煮了碗熱騰騰的麵條，臥了兩隻雞子。這一輩子你所接近的女性就只有母親，女色對你來說朦朦朧朧，你被澈底俘虜了。你知道她就是你這條孤舟的港灣。

你原打算第二天走的，可母親回來時你竟對她說不走了，想在城裡找事做。既然改變了主意就得行動，養家是男子漢大丈夫的職責。你觀察了一段時間，了解一些廠家的行情，決定由引進加工做起。搞幾部小型機器需要的資金不多，向舅舅借點錢應該不難，就欠廠房問題。你苦思幾天幾夜沒有結果，夜間走出家門在巷內徘徊，望著如水的月光惆悵。這時又是她救了你。晶晶下了中班回來，見你一邊走一邊踢小石子，將自行車停靠在門口，笑嘻嘻地問齊哥煩什麼睡不著。你支支吾吾。結果是她給你出了好主意，你真想抱住她親一口。

你們的家族繁雜，這個大院落屬族內十幾房人家，多數嫌屋子年久失修搬走了，有的旅居國外。你從母親那裡把一家家的關係都搞清楚，一戶戶找上門求情，詢問房東售賣或出租的意向。大部分人家都願意出售，因為想到維修需要召集家族所有人很麻煩，加上修理那麼大的幾層院落錢數不菲，誰也不想這樣做。你一家一家與他們簽下買賣合同，在可以預見的將來付款，目前先付租金。國外的人家你寫信陳情，幾個堂叔伯都身家豐厚，十分樂意支持侄兒創業，他們用書面法律文件予以捐贈。有了場地，你成功地邁出了第一步。

一家社辦廠搞起來了，這裡有你和晶晶以及母親、舅舅們的心血，你可以大展拳腳了。房子有部分已經坍塌下來，乾脆拆了牆變成大天井，再隔開一個個簡易車間。左鄰右舍的家庭婦女來討活做，手工作業發出去讓她們在自己家裡做，姑娘們就留下做流水線。接的單多起來還得加班，趕貨時有母親和晶晶及其家人開夜工。生產逐漸上了軌道，晶晶辭了工作來當管理，理所當然成了未來老闆娘。人曰有家就有業，你向晶晶求婚成功小登科，母親喝了杯新婦茶該滿意了吧？可事實是婆媳之間的矛盾從此無休無止。媽媽壟斷了幾十年的愛突然被另一個女人奪走，她的心不舒服啊！一個是犧牲一生幸福含辛茹苦養育你的娘，一個是與你相濡以沫並將白頭偕老的另一半，你因為成了夾心人而煩惱，你必須向人討教，這人正是阿輝。

阿輝也有個寡母。輝的父母早年生的子女都夭亡，老大年紀才得子，視輝如心肝寶貝，捧在手上怕摔了，含在口裡怕化了。阿輝的父親是風水師傅，早年掙下不少錢，後來社會將堪輿風水視作封建迷信予以限制，隨著老父去世坐吃山空家徒四壁。阿輝的老婆是下廠勞動時戀愛上的，廠裡的女孩迷上出口成章的四眼書生。若非有了身孕女家必不會答應這門親事，因為阿輝沒有工作無以養家。而今老婆是家庭經濟支柱，對婆婆就說不得敬重了，磨擦日甚。阿輝原寫的一手好書法，是舞文弄墨的公子哥兒，可憐如今拖起一輪板車替人運煤磚送建材，文質彬彬的文人變成苦力。每天牛馬一樣地勞作，換得三五元茶飯錢，強力勞作後回家只想好好休憩，卻時時要聽婆媳爭吵，就向那白燒裡尋麻醉。那年頭啥都要票證，口袋裡銅板有限，只能喝最便宜的地瓜酒、木瓜酒。他天生不是喝酒的料，下酒的無非蘿蔔鹹菜，酒精在胃中燃燒，人一天天乾瘦下去，往日運動場上的短跑健將變成一個乾枯的小男人。

「老弟，咱陪你喝一杯。」你心煩時就踩著單車上門，隨身當然攜帶一瓶五加皮，經過塗山街頭買兩毛錢花生米。

「五花馬，千金裘，呼兒將出換美酒，與爾同消萬古愁。乾！」阿輝滿面通紅，扶正他的深度近視眼鏡。他的理想早已破滅，他的文思一早乾涸，但文人墨客勸酒的詩詞怎會忘記？

「天生我材必有用，千金散盡還復來。」你不忍看他慘烈的醉樣子，每次都用這一句來回敬他。「鐘鼓饌玉不足貴，但願長醉不願醒。」他再怎麼糊塗也沒忘這一句，或是他的肺腑之言。「不醉無歸！」

酩酊之後你仍可歪歪斜斜地踏著單車回去。酒醉三分醒，你替阿輝難過，但你一定不能被命運擊倒，大家都在痛苦中掙扎，卻不可以絕望。或是你較單純，「傻人有傻福」，冥冥之中幸運之神眷顧你，你漸漸看到曙光了。

兩個兒子出世了，長大了，不知不覺上大學了，你的事業早已經更上一層樓。工廠由加工轉至獨立生產，訂單源源不絕。早些年你看中了附近的菜農地段，集中資金收購了幾十畝土地，將工廠搬去郊外，舊址成了市區旺地，拆建成高尚住宅，樓下商舖樓上住宅，收取昂貴租金。小廠難能取得銀行融資貸款，資金周轉全憑你做人的信用，老同學都肯將餘錢放在你那裡，當然你給予他們最高的回報。你將擴建新廠的工作交給幾個老友，讓他們籌劃基建事務。

阿火人不如名，不慍不怒，文靜儒雅，可能五行欠火才名叫火吧。父母早逝，太太是姑媽介紹的遠房親戚，只生一個女兒，一家樂也融融。他本來在一家工廠當護衛，後來出去太平洋島當外勞，在異國困頓了整整三年，每天如坐監牢般，不是上班就是睡覺，捱了一千多個不見天日的白天黑夜，才儲下一筆養老金。回國後講起異鄉生活的無趣寡味，你叫他索性別幹了，留下來陪老婆和女兒，廠裡隨便找個事給他做。阿火是老實人，人說被狗咬都不會叫，掙的一分一毫都交給太太。有一回三個人一起喝酒，酒酣耳熱胡言亂語，都講起初戀亦即人生惟一的一次戀愛。酒精刺激人的舌頭，阿火講了一件頗為丟人的事。

在異國寂寞的生活中，男人拿了工資請一天半天假，少不得找妓女發洩去。只有阿火是例外，他在外不沾煙酒，更別提女色，見了女人都臉紅。有次全廠放假，上午睡了大半天覺，下午沒去處他就在島上蹓躂，撞上一個同鄉女子，兩人高興得聊不完的話。南洋小島上風光旖旎，椰林熱風，柔軟的沙灘，清澈的海水，遊人在這裡衝浪、游泳、潛水、垂釣、攀石、騎馬，欣賞如詩如畫的熱帶風景。女人請他吃了客冰淇淋，主動拖著他的手漫步，一切似在不言中。後來兩人回宿舍，見屋裡空無一人，女人主動解開男人的扣子，除去自己的衣服，希望得到他的愛撫。可憐的阿火竟然抖抖索索拒絕，慌忙拉上褲鏈落荒而逃。

「無膽匪類，丟盡男人的臉！」阿輝雖罵人，但他今生也未有過第三者，老婆指東豈敢往西？

「柳下惠，坐懷不亂！」你不忍笑他，因你也未曾試過出軌。

廠裡的工作輕鬆極了，阿火靜極思動，他想到自己辛辛苦苦省吃儉用攢下的十多萬，放在銀行利錢小，思忖用兩三萬買點股票，膽戰心驚贏了些甜頭，覺得越來越有經驗，儼然成了老股民。有天聽了股民的內幕消息，說哪一隻如何如何，心想博一下索性全部買了，翻它一倍就收手。豈料一入貨就眼睜睜看著它跌，早些平倉算是損手爛腳，可他硬撐著等翻身，一來二去虧更大了，差點當場氣絕身亡。

此後阿火悶悶不樂，全沒了人生的樂趣，人也一天天消瘦起來。阿火的太太是個賢妻良母，急得坐立不安，逼他看了許多中醫，天天熬湯煲茶，希望丈夫養胖卻不見效。後來作了全身檢查，醫生說是胃癌，只要做手術可以康復。手術的事都安排好了，女兒在外地念書也準備趕回來，他卻不聲不響吞了一整瓶安眠藥，妻子那晚值夜班……

阿火走了兩年後阿輝得了肝癌，人已縮小了兩個碼，整個小老頭似的，一看就知是酒精中毒。最後一年倒是沒甚痛苦，完全戒了酒茹素，每天替開元寺抄寫金剛經，將他的墨寶遺留人間。臨終前不久你去看過他，他說知道時日將近，已經準備上路了，來生有緣大家再做朋友。後來你出國談生意簽合同，回鄉時他剛過身。

薄薄的棺木按編號入了閘，至親者按了電掣，臭皮囊在烈焰中灰飛煙泯，塵歸塵土歸土。阿輝的大兒子捧著個盒子出來，這就是人生的終極。活一百歲與活五十歲沒有分別，身家億萬與身無分文亦相同。

「安息吧，我的朋友！」

你說：總有一天，你也會來見他們。

二〇一〇年五月四日

偷窺

接到一個國內來電，自稱是我的學生某某，當然我已經毫無印象。他說大學畢業後分配到山城母校四中工作，自然這「大學畢業」已是二十幾年前的事了，現在因為籌備校慶，找到老師的資料云云。三十多年前的事大部分忘光了，經這一提示，有些舊影就飄了回來。那時候我的身分是「知青」——不為城市所接納的人口，三年來面朝黃土背朝天修理地球，好不容易找到一個代課的機會，初時以為可以混下去，豈料終究讓人擠掉，實在不自量力！結果是灰頭土臉地收拾包袱，往更深的山區當民辦教員去。

山城某中學解放前是華僑捐建的，老校長兩夫婦是四十年代的大學生，年輕時追求五四理想，曾經參加過地下學生組織。知識份子對政治的幻想往往與現實脫節，一旦理想破滅後他們又游離出革命，於是跑到深山老林辦學堂。解放後也不曉什麼緣故，男人被清洗出教員隊伍，妻子帶著兒女離婚出走，學校遂改為公立中學。

到四中才幾十公里路，卻得先在縣城過夜，第二天一早方有車入山。每天僅只一班公車進出，一路翻山越嶺顛簸不已。幾乎每趟車都有人嘔吐，車內彌漫穢物的酸臭味，原本不暈車的也受不了，胃液自然跟著起伏翻騰，必定控制不住自己。一路塵土飛揚，捱足兩三個鐘頭，到站一身泥土，彷彿經歷過沙塵暴。

學校範圍頗大，環境優美，設備齊全，校舍充足。坐北朝南的教學大樓由花崗巖建造，大門石階下是大籃球場，再下幾十級階梯便到伙房和飯堂。籃球場與石階之間的橫向小路旁種著幾棵桉樹，樹下有兩間簡陋的男女浴室，小屋子後面是塊坡地，周圍長著齊腰高的蒿草。

教學大樓兩層樓面擁有幾十間房，除了部分作辦公室教研室，大部分為單身男教師宿舍。大樓東面有個大雜院，住著三位帶子女的女教師。連著大雜院內進是棟新建小樓，單身女教師住這兒自成一國。校園東邊另一個範圍是一排家屬宿舍，五個套間住著五位帶孩子的男教師。

上面所述僅是學校的一部分，之所以詳盡地敘述宿舍環境，是因為下面所發生的事，突然讓我認識自己的幼稚，當初以為這裡是「世外桃源」，結果大錯特錯。聰明人一早該明瞭，校舍的安排已經凸顯男女間的涇渭分明，任何人都生活在革命群眾雪亮的眼皮底下，有誰企圖「出軌」或「出牆」必將自取其辱。

讀書時吃了多年大灶飯，除了饑荒年代對蕃薯和稀粥產生的恐懼感，我對吃的基本上沒有要求，況且一人吃了全家不餓，收拾好房間，買了飯菜票，已經解決了全部生活問題。上課、勞動、開會、政治學習，是當年必不可少的學校生活。不久適逢招工為正式國家人員，同事都風傳我是幹部子女，「上面」有人照拂。妒嫉也好，羨慕也罷，難得讓這美麗的誤會繼續下去。刻意離開大集體走自己的路，正是不讓人們記起家庭黑色檔案。人心隔肚皮，每個人都戴著假面具，一定不能叫人家知道真正的底細，且讓「黑幫子女」的帽子束之高閣吧。

抵校不久領導示意我寫個小劇本給宣傳隊排演，以便參加全縣各中學文藝匯演。指導排戲的是一位年輕男性音樂教師，熱情的工農兵學員畢業生。山區上中學尤其是讀高中的女生少，校長擔心飾演女主角的雲英未見過世面膽怯，讓我屆時陪她一起去縣城，亦即當她的保姆。能夠借公家的費用出差何樂而不為？我好開心地參與他們的排練。

那是個週末中午，寄宿學生都回家了，平時熱鬧的校園頓時沉寂下來。教職員下午時間要政治學習不可離校，有的去吃飯有的睡午覺去了。留校的還有幾個彩排的學生，因為下週就要參加演出。我拿了飯碗正要下樓去飯堂，遇上神色不安的雲英，幾乎撞個滿懷。

「慌慌張張幹啥？」我問她。

「我…我…」雲英面紅耳赤地，支支吾吾。

我聞到一股異味，望了她一眼，明白發生什麼事。於是讓她進房間，給了條褲子和女性用品，再遞給一扎粗糙的手紙，叫她拿齊香皂、毛巾、茶缸、面盆和小膠桶，隨我去伙房。

飯堂裡的用水靠抽水機從水井裡抽上來裝滿蓄水池。教職員的開水僅在早晚供應，洗澡熱水得向伙房要。食堂的工友均是民辦編制的農民，每月二十六元工資，他們沒有城鎮配給口糧，勞動量又大，很大程度上是要剝削老師的配給，因而多數教師都自己開伙不買食堂飯菜。那個年代工人階級最偉大，他們對老師不大客氣，但對我的態度倒是很巴結，可能我那時年輕漂亮，又誤傳是「幹部子弟」吧。

平時使用浴室的是打籃球的男教師，還有我和另一位單身女教師，家屬宿舍有套間不需要公共浴室。通常我先在伙房洗了長髮，再提一桶水上浴室。今天帶了雲英來，告訴她如法泡製。工友都趕著搭車回家去了，只留下一個兇神惡煞的本地人王彪，他不耐煩地等賣完最後十個饅頭，準備關門大吉。

飯堂早晚供應稀粥中午賣飯，我只吃午飯，早餐沖麥片晚上用煤油爐煮個麵。做饅頭是很難得的，麵都發得不夠好，加上紅糖黑黑實實的，根本沒有賣相。因為難得就買了四個，兩個是給雲英的。最後六個饅頭，來了男教師馬田，王彪游說他全買下，說是公家的糖票都用光了，想吃饅頭有得等。馬田心動，但數來數去顯見飯票不夠，猶豫不決。

「你和老婆加兩個孩子，六個饅頭剛夠，磨蹭什麼！」

馬田的太太在附近小學任教，王伙頭知道他買不起，故意奚落他。聽人說過馬田每個月尾都欠糧票常向同事舉借，這伙頭瞧不起他實在好可惡。我拿出兩斤飯票五毛錢菜票，足夠買十個饅頭。

「馬老師沒帶夠飯票，我借給他。」

「發了工資還你！」

馬田感激的眼神並不推託，買下了六個饅頭裝在他的大海碗裡。見他舀了一牙缸「大眾湯」——加蔥花的涮鍋水，坐一邊狼吞虎嚥吃起來。王伙頭「卡」一聲拖下小窗口的木板，鎖上大門走人。我也離開飯堂。

回到宿舍沖了杯茶，一邊吃饅頭一邊看書，因為要等雲英沒法午睡。兩個饅頭吃完沒多久，突然聽到下面院子裡大吵大鬧，正在午睡的老師和家屬都跑出來，似乎發生了大事。耐不住寂寞的我下了樓，看到雲英披頭散髮哭哭啼啼地，老師家屬問她怎麼啦，她說有人偷窺浴室。

果然是大事件！

「你是餓的眼花了吧，快上樓吃饅頭去！」

我喝住了雲英，硬拖著她上樓，扔下一群多事者。進房間給她倒了杯水，看她驚魂未定的樣子，替她擦乾淚水遞上饅頭，叫她慢慢吃再說。她吃飽了不再驚慌，告訴我她剛穿好衣服打開門，撞上闖進門的馬田老師，把她嚇壞了，大叫起來。

「你確定自己穿好衣服了嗎？」我再次詢問她。

「當然，穿好衣服才開門。」雲英答。

「那麼說馬田老師沒看到你什麼嗎？」雲英肯定地點點頭。

「你一定要如實講，不可以說謊。」我提醒這個少女。

不曉得誰通報了政工幹部文翰，那個貧農出身的工農兵學員上樓將雲英帶走。下午的政治學習氣氛緊張，政工幹部文翰發言指出教師隊伍出了敗類，有人偷窺女浴室。所有人的目光都向馬田掃過去，他面紅耳赤大聲分辯，說自己端了幾個饅頭經過小路，見到一隻兔子跑過，看似躲進草叢便追了過去，他根本想不到浴室有人會開門出來。

「講什麼鬼話，這裡是深山老林？哪來的兔子？是你的思想卑鄙齷齪！」文翰冷冷地駁斥。他要大家以階級鬥爭為綱，狠批「封、資、修」，在靈魂深處鬧革命，將混進革命隊伍的壞分子揪出來，還建議領導將此事向公社上報。教師們都面面相覷。有幾個黨幹部和積極分子輪流發言，讀了《紅旗》讀《人民日報》社論，再讀毛主席著作，沒完沒了。

教師隊伍分幾個層次：老一批來自舊社會「有污點」的舊知識份子唯唯諾諾，絕不敢亂說亂動；新中國培養出來的「小資產階級知識份子」患得患失，不肯輕易發言；文革特產「工農兵學員」權衡利弊，還是少說為妙。我本該講句公道話，卻懾於那氣氛，怕令自己攪和進去。整個下午的政治學習都由文翰控制，散會時文翰說馬田不能走，他已經通知公安人員。

「我做什麼壞事啦？我才怕呢！」馬田拍著胸膛說。可惜底氣不足，不過虛張聲勢而已，誰不曉這是個有理講不清的年頭。

傍晚時分公社保安幹部來校，他們搜查了馬田的房間，據說找出了一些「反革命罪證」，馬田將一些報紙撕成一塊一塊的，有些是社論，也有偉大領袖的圖片。馬田分辨是上廁所用的，那罪就更大了。

可那年頭，女人用的草紙都要憑票供應，大家心裡清楚，卻沒人敢吭聲。

馬田被送到公社前要求吃完他的饅頭，既然不能帶回家給孩子吃，就別浪費。那一晚吹西風，單身教師宿舍那邊不斷飄過來焚燒報紙的味兒。

馬田被扣留期間我們去縣城演出，大家因偷窺事件影響了情緒，尤其是雲英心神恍惚，根本不能進入角色，沒法拿到獎。我這個怕事的保姆沒敢問她都說了些什麼，未入世的女孩很容易讓人套口供，況且欲加之罪何患無詞？校長因發生偷窺事件煩惱不已，也沒責怪大家無功而返。我們敗興而回的那天馬田老師給放回來了，據說附近的農戶在坡地草叢裡找到他的兔子，那人是得知偷窺事件後到學校來找的，幾天前跑了一隻兔子，準備給老婆坐月子。

後來我離開學校出國，聽說馬田老師死於癌症，他留給我的印象是一個瘦弱沒有脾氣的老好人。

二〇一〇年五月二十日

吳老頭

七十年代中我剛中學畢業就到藍田落戶。山城可耕地少人多，只安置本縣城鎮戶口的子弟到內山區插隊，即使有外來的知青也是祖藉山城人的子孫。其實讀中學那幾年什麼也沒學到，天天學毛著、讀兩報一刊（《人民日報》、《解放軍報》、《紅旗雜誌》），挖地洞，肚裡沒有墨水腦中沒有思想，放學不是成班男孩去練舉重健身，就是偷雞摸狗打群架。由於中學恢復上課需要教師，父母從學習班給釋放出來，但仍要受革命師生監視，以戴罪立功的身分教課，還得時時寫檢討向領導作思想匯報，他們對我這個小混混根本無暇管教。

我們那一戶原本有四男二女，其中兩對男女自以為是名校高材生，不恥與流氓為伍，夏收後就向「知青辦」申請遷往隔壁村去了，剩下我和大頭。大頭是一起長大的死黨，一切聽我的指揮。這山地方圓幾十里，家家住的遠，只聽見雞鳴狗吠少見鄰人影。我們住的這幾間土坯房子原是生產隊的倉庫，男、女知青各占一間，另一間住著個老右派吳老頭，後面的矮屋是空置的豬舍和茅廁。山高皇帝遠，我和大頭樂得不用瞧那兩個醜女孩的臉色，真是求之不得，從此無拘無束。分家後我倆偷偷回城廂與哥們兒聚首，天天練臂力、扨手瓜，抽紙煙、喝白乾，享受偷摘來的荔枝、龍眼，免費看了四場阿爾巴尼亞電影《海岸風雷》，將最後一個月津貼花光才攔路截車回藍田。此後政府再不發放每月八元的津貼，只能向父母攤手板。

以前是六天才輪做一次飯，而今我和大頭卻要天天為肚子煩惱。今天輪到我，早起到村頭井邊打水回來，那大水缸容得下五擔水。我將三餐的米一次下鍋，前灶放上一鍋水熬粥，後灶貼一鍋地瓜，火燒火燎地猛火攻灶，煙火薰得我雙眼刺痛不住揉搓。大頭提著褲子打茅廁回來，看到我的花貓臉笑得跌到地上。

「胡仁啊胡仁，你今晚唱大戲不必化妝啦！」說著他提起高蹺褲腳的腿，左手叉腰右手揮舞火鉗當馬鞭，以跋山涉水的姿態交叉移動兩隻腳連連蹉步，深深呼吸一口氣唱起來：「失落番邦十五年，雁過衡陽各一天。高堂老母難得見，怎不叫人淚漣漣……」

大頭唱著玩兒的，不料哥倆觸景生情，竟都流下馬尿，任那米湯滾沸出來。兩人就著鹹蘿蔔往胃裡倒下幾碗粥，填落幾條蕃薯，吃飽後蓋上鍋蓋，午餐、晚餐到點燒熱就行了。聽到吹哨子的聲音，掮上鋤頭上工去，老頭兒跟在我們後面。這老家伙瘦小又弓背，一臉皺紋如刀刻，黧黑的面龐只見閃亮的眼睛，兩手青筋暴露又粗又笨，開裂得像是松樹皮，指甲邊黑得叫人噁心。平日裡我真鄙夷老家伙猥瑣，上工、開會總如影隨形討人厭。可今天見到他卻讓我想到一條妙計，我向大頭咬耳朵：如此這般……

大頭急了，忙說：「老吳什麼人哪——老右派！咱與他一起不同流合污？」

我說：「怕什麼，知青監視右派勞動改造！」

傍晚收工後見到老頭去溪邊洗衣，我也拿起面盆、毛巾、肥皂跟著。早些日子發大水，溪水滾滾混黃而濁，太陽掛在西天邊上，夕照下的稻田金光燦燦。遠處樹蔭下一間間土坯房頂上炊煙裊裊，孩子牽著老牛回棚，晚風吹來甜甜的蕃薯和青澀的豆苗香，還有媽媽吆喝回家吃飯的聲聲呼喚。斜陽突然落到山背後，天色迅即轉暗，就在所有景物即將模糊消逝之時，我發現鎖定的目標消失在視線範圍內。老頭呢？我馬上衝下河灘跳到水裡，混濁的溪水從上游洶湧而下，一個影子在水中晃動，我一手抓住伸出岸邊的大榕樹椏，一手揪住老家伙的衣領，他才站穩身子攀住樹枝上了岸。

「老鬼你活得不耐煩啦？」我大罵起來。

「我，我，我想洗個澡。」

「男人老狗穿衣服洗澡？」

「我只想擦拭身子，不小心跌下去，你，你，你千萬別誤會……」

「我才懶得理你的生死！我是找你開會，研究研究如何幫你改造思想！」

「好！好！我一定好好改造！」

夜幕下的鄉間寂靜無聲，兩人索性脫個精光在溪邊洗乾淨，然後套上濕漉漉的衣服，一老一少一前一後踩著田埂，走向亮著油燈的那排土坯房子。偶爾路過的鄉親撞見我們目瞪口呆。

「看什麼看，沒見過水鬼？」我睥睨著眼罵，一路留下兩行水漬。

回屋後三人開會「協商」達成共識：為響應封山育林節約柴草，為有更多的時間學習毛主席著作，每天的伙食由老吳全權負責，包括挑水、洗菜、做飯、洗碗，這是加速其改造思想的大好機會。

老頭醃的一大缸鹹菜即時有人分享，自種自切的菸絲也多了兩支分銷煙斗，他還養了一頭豬和幾隻雞，屋前有幾株佛手瓜和番茄，屋後開出一片地種的包菜和淮山，這些都成了公共財產。老頭對「共產」看來並不太難過，年輕人雖不屑同他說話，卻也不再討厭他囉唆，都多少年沒人跟他說話了。

沒油沒鹽，這哪是人過的日子？偶爾在睡夢中想起雞湯的美味，醒來發覺涎水濕透枕頭，大頭熬不住了。老頭的雞太小，他看上了村尾有家人養的大肥雞。有晚大頭在老吳房裡找到條細蔴線，還偷了他一個大玉米棒子，回房坐到自己床上，撩起大腿搓起蔴線。小子掰下一顆最大的玉米粒，用錐子在中間鑽個孔，穿過蔴線打了結繫住。第二天傍晚大頭踱到人家屋後，那些肥雞正在覓食。他左右四顧無人，便將手中的繩子甩出去，肥雞一口啄住吞下，玉米卡在喉嚨裡出不了聲，大頭迅速將繩子往前拉，等雞來到跟前一把捉住，擰斷雞脖子，悄悄塞進挎包……

看見肥雞老吳不出聲也不動手，大頭不勞煩他，自己燒水、去毛、開膛。晚間小土坯房內飄著肥雞的香味，還不待燉爛兩個小伙子就狼吞虎嚥起來。我給老頭挾了一隻雞腿，他又送回我的碗裡。我已經飢腸轆轆顧不上清高，風捲殘雲掃蕩得乾淨利落，吃完美美睡了一個覺，夢中回到家，鍋裡有母親燉著的香噴噴的黃油雞。在夢鄉裡我還聽到一陣美妙的歌聲，那是一把磁性的男聲，抑揚頓挫咬字分明。那是一首俄羅斯民歌〈茫茫大草原〉：「茫茫大草源，路途多遙遠，有個馬車夫將死在草原……」

我分明聽到這歌聲，還夾雜著低低的哭泣，抽搐聲來自屋外土牆下。月光從窗口照進來，大頭睡得死豬一般沉，發出陣陣雷鳴般鼻鼾。我起床摸出去，門吱呀一聲打開，下弦月照見門前小路，樹影下一片清涼。鬼影也沒一個，難道是我的幻覺？壯著膽子走到老頭門口豎起耳朵，悄無聲息，我懷疑附近有個幽靈在遊蕩。

秋收大大忙碌了一段日子，收割、打稻、曬場、分糧，我們三個人的口糧都歸老頭管理，依我和大頭的脾性，先吃飽了再說，管它日後餓肚子。可老頭絕不肯如此，他總是夾雜些粗糧菜乾，除了過節從不煮乾飯。我倆原打算農忙後就回城找爸媽要錢，這臉皮不厚日子怎過？將這層意思告訴老頭，是想套他煮餐好的吃。

「你們都二十歲啦，還向家裡要錢，何不自己想辦法？」想不到他這麼說。

「想辦法？去偷去搶啊？」大頭忍不住搶白了一句。

「活人怎會被尿憋死？咱可以養雞鴨、種淮山、燒木炭！」

「燒木炭？」我想起來了！怪不得常見他不停地收集樹枝，閒來鋸成一段段曬乾，又不給當柴火用。「你懂得燒木炭？」

「你們願意學就跟著吧！」老頭又擺弄他的樹枝去了，老豬舍內木頭已壘得很高。

我和大頭決定留下來看老頭燒炭。

農閒生產隊沒活幹，許多人去割山草儲下來長年用，有多的可挑去集市賣了換油鹽，老頭燒炭也不算違法。炭窰是一道一側削平的小土山坡，正面開個拱門向裡挖進去，就像西北的窰洞，拱門兩邊腳下各有出氣孔，左下方有一個小洞供塞入燃料用，窰頂有兩支小煙囪。他指揮我們把一批批木頭抬入窰，先把大的樹頭、樹根、樹幹一一樹立在窰壁上，盡量站得直直的，再把次大的木頭抬入，塞在樹幹與樹幹之間，如此一排緊接著一排，將所有木頭的縫隙都儘量塞滿，小號的木頭堆放在上面，最後用磚和黃泥封住大門，只在門下留一孔出水口。

老吳一邊指揮一邊講解，儼如一位教授，記得生產隊長說他原本就是個大學講師。炭窰左下方進燃料的小洞老頭管它叫「狗洞」，拱門兩側下方的出氣孔與窰體相連，水氣從這裡溢出。「狗洞」除了塞入木柴燃燒，也是新鮮空氣的入口，流動的熱氣會逼出樹幹的水氣，加溫充足的時間後才封閉「狗洞」，讓窰內的高溫悶上數日，使枝木脫水完全炭化變成木炭。老頭兒用理化知識繼續解釋炭窰的構造原理。從燃點木料到封閉狗洞燜窰直至完全結束，整個過程長達兩個星期，必須有人一直看著火，還要觀察煙囪。除了留意排煙，糊了黃泥的磚牆顏色也會隨著燒柴的過程而有明顯的變化。煙囪先冒水氣，再冒黑煙，當黑煙逐漸變淡為青煙時才完成。

大功告成之時我們歡喜雀躍，開窰看到滿窯的木炭，我和大頭緊緊相擁大呼「萬歲」！我倆不約而同抱住老頭，忘記了他是個壞分子，忘記當初如何鄙薄和欺負他，甚至想「改造」他。我們是多麼幼稚無知啊！一斤木炭三毛錢，這一窯是多少財富哪！咱們仨激動了幾天，等待墟日的到來。

墟日清晨，火紅的太陽從東邊升起，山間朦朧的霧氣一下子散開，遠遠近近趕集的人聲多起來。我和大頭各挑著兩簍木炭出山，彎彎曲曲的小道沿溪流向身後移去。兩人沒到鎮上就讓公社醫院和糧站的工作人員截下全買了，大家都讚我們燒的木炭質量好。到手的四十多元令我們兩人欣喜若狂，照老吳的吩咐買了兩支茶油。老頭兒叫我們吃餐好的，要是往日他不出聲我們也會敲他竹槓大吃大喝一頓，可這一回我倆都猶豫不決，這可都是血汗錢哪！我們各叫了兩塊炸豆腐和一大碗麵條，總共花去六毛錢，身上穩扎穩打帶回四十元。

到家老吳已經做好飯，除了粥還有烙麥餅和一大碟辣椒炒包菜。兩人先交上賣炭的收入，再去溪裡洗了澡，回來美美地將桌上的所有東西吃光，抹抹嘴拍拍屁股準備走。老頭叫住我們先別回房，說有事拜託。待他慢騰騰洗了碗，拿出剛才那一疊錢，數了數分成兩份十元一份二十元，再遞上一張紙條給我，上面寫著人名地址。

「你們不是要回城嗎？去看看父母是應該的。請去郵局照這上面的地址幫我寄二十元。」他摸出二毛錢郵費。「另外你們各帶十元回去，給家裡或自己買點東西。」

我看了紙上的地址，是寄去上杭某知青點吳小娟收，落款吳同。

「吳老——」不知何故「頭」字在我的喉頭噓了回去，「我們怎能用你的錢？」

「你們和我大女兒一樣，都在接受貧下中農再教育，將來還要升學、工作，要好好裝備自己。我還有木炭呢，待下次賣了給小娟娘寄去，她身體不好，既要工作又要照顧小女兒小麗。」

我想再說什麼，可喉嚨有東西卡住似的說不出來，就接下錢回房。平時一躺到床上就呼呼入眠，今晚卻覺得蚊子特多，轟炸機似地吵嚷，拼命鑽入破蚊帳。我決定回家將舊課本搬來溫習，再買幾本好書和補充資料，不能再遊戲人生了。吳老頭也有當知青的女兒，還有離了婚的妻子，他自己生活這麼苦，卻記掛著她們……

迷迷糊糊又聽到幽靈在歌唱：茫茫大草源，路途多遙遠，有個馬車夫將死在草原……

二〇一〇年六月五日

追逐

小青是新來插隊的女知青，剛在榕城一中畢業，本來該去閩北大深山落戶，因父母是本地在省城工作的文化名人，縣「知青辦」批準她回老家來了。藍田有現成的知青點，公社將她安置下來，與我們同吃、同住、同勞動。那天清早生產隊長叫我不用出工，去汽車站接人，還將他的自行車借給我用。我一向覺得沒有什麼比不用耕田更幸福的了，便向大頭擺擺手，吹著口哨風馳電掣地朝鎮上飛。

一天一班公車從縣城開來，抵達我們小鎮最早也得十點半，但我心急得很，倒不是急於見那素未謀面的妞兒，而是想到處逛逛，打聽有什麼「新動向」。住在大山溝，第三次世界大戰打響也未必知道呢。雖說有《人民日報》和《紅旗》雜誌，卻都是千篇一律的文章，連清明節天安門發生那麼大的事，都是民間傳出來的呢。

我在進入鎮上唯一的小街時停下車，牽著車子從街頭走到街尾，去到一家門面發黑的小店鋪，將車子靠在門邊小樹上了鎖。這裡是全鎮唯一的私家鋪子，當街的大窗還上著門板，說明主人尚未開工，若是卸下木板，就會望見裡面的兩張理髮櫈對著牆上的破鏡子。推開虛掩的木門，一地頭髮、煙頭、花生殼、果皮、空酒瓶、瓷碗，空氣中充斥一股酸臭味，昨晚他們肯定「爭上游」到天亮。

「啥人這早來剃頭？冇看未開門？去去去，卡晏隻來！」前鋪後居，一把夾著濃痰的嗓音從屋內傳出來。

「好生理趕人客，阿伯，我找開明！」我趕快表白身分。

「胡仁，這麼早來啦！」開明一邊伸懶腰一邊打開房門。

開明是老頭的兒子，鎮上出名的混混，因為是城鎮人口也成了當地一知青，是我們一群外來知青的好朋友。我對他說要到車站接知青，他聽了罵起來：「操他祖宗！有人辭官歸故里，有人漏夜趕科場。去年招工名額全給縣委幹部子女霸了，平頭百姓孩子讓他們哄下鄉，哪一天才出頭！」開明永遠憤憤不平。

我嘆了口氣拍拍他的肩膀。誰知今年有沒有希望呢？恐怕還得再混吧！打開鎖車的鏈子，意興闌珊地告辭往車站。公車已經到站卸下客人和行李，屁股噴出一股黑煙向祥泰方向開去。我留意站上的人，農戶都是曬得黑黑的，有個揹著棉被白皙的手上托住個大紙盒，腳邊還有一個大網兜，正東張西望的一定是她了。

「喂！上來吧！」我停下車子，示意她上車。

「什麼意思？你這算是接我來了？」這女孩修長的身材，穿著假軍裝，扎著孖辮，對我瞪起雙眼，兩隻杏一般大的眼睛只見黑色瞳仁，直逼著我。「我怎知你不是壞人？」

「黑九類胡仁恭迎小青同志！」好男不與女鬥，我將網兜綁到車頭，讓她坐上車座後面的大木板，騎上車子不多廢話，飛馳起來。

「喂，喂，你明知我捧著盒子騎這麼快，是想害我跌下去呀！」她的聲音急促而顫抖，想來是真的害怕。

我不理會。她只好一手緊緊攬著我的腰，一手捧她的大紙盒，紙盒像個開天窗的小屋子。我暗暗高興，虛度光陰二十載第一次被女孩子擁抱，真是艷福無邊。

小青一到我們的家就老實不客氣指揮我：搬桌椅、鋪稻草、釘鐵釘，看在剛才親近的份上，我忙得團團轉。她很快就安頓好自己的東西，然後跑過來檢查我和大頭的房間，見我倆的蚊帳血跡斑斑，皺著眉頭扯下來，又換下一盆衣服，叫我帶她去洗。毒辣的太陽當空，我不情願地陪她到溪邊去，只見她捲起褲腳站到水中，在石頭上又搓又揉又甩又漂，然後叫我幫手擰，再放上肩頭扛回來。到家扯了條繩子綁在兩棵樹腰上，將濕衣物晾曬上去。做完這一切，以為可以休息了，可她還不肯罷休。

「胡仁，你幫我做個籠子。」有求於人，倒是一臉的甜笑，現出兩個迷人的小酒渦。

「什麼籠子？」那兩個該死的酒渦真叫人無法抗拒。

「鴿子住的籠子，你忘了那個紙盒？裡面有兩隻鴿子。」

「乖乖，你連鴿子也搬來！」我真是不明白女孩子的心理。但是我能抵禦那時時被笑渦點亮的明眸嗎？搬出吳老頭的工具箱當起木匠，左右折騰也沒能弄好，急得我一身大汗，真怕在她面前落臉。她倒是笑嘻嘻地鼓勵我別急慢慢來，最後還是吳老頭下工才幫忙做好。哈，咱們這四口之家，加上兩隻鴿子，還真像個人家。

小青來了大家都開心，尤其是老吳。小青幫他澆菜、餵雞、餵豬、洗碗、洗衣、洗被單，也替她補衣服。吳老頭捧著補上補釘的舊襯衫，在一旁望著姑娘偷偷拭淚，該是想起他的女兒小娟吧！隊長儘量將輕巧的活兒分配給小青，農忙日裡幹活辛苦，大家早早歇息，農閒除了政治學習，夜間吳老頭打竹筐、編竹籃，我和大頭下棋，小青多是看書，姑娘看來單純沒有心事。

有一天挑大糞，疲憊不堪令我傍晚時分倒頭就睡，午夜睡夢中聽到幽怨的口琴聲。那是一首〈知青之歌〉：藍藍的天上，白雲在飛翔，美麗的揚子江畔是可愛的南京古城，我的家鄉……告別了媽媽，再見吧家鄉，金色的學生時代已載入青春史冊，一去不復返。跟著太陽出，伴著月亮歸，沉重地修理地球是光榮神聖的天職，我的命運……多麼令人鼻子發酸的旋律！我再也睡不著，眼角濕潤，望著窗外的月光，朦朦朧朧淚濕枕頭。我知道是小青在吹口琴，我們男孩子都受不了，她一定更難過。

清晨頭重腳輕起來上茅廁，這才發現太陽已經從東方噴薄而出，土坯房上瓦楞金光閃爍。我見到一幅這鄉村從未有過的奇景：兩隻鴿子在晴空下盤旋。藍天下刺眼的陽光裡，鴿子掠過一家家土坯房的屋頂，从田野上空飛過，从樹林上空飛過，从溪流上空飛過，嗚嗚的風哨，撲撲的鼓翼聲，在空中長久地回旋，將整片土地踩在腳底。

自此我對小青另眼相看，不僅仰慕她的美貌，也欣賞她的品味。我們一班小混混知青，就懂得抽煙、喝酒、打撲克，有時也難免偷雞摸狗，過的頹廢生活。小青卻像一隻翱翔藍天的鴿子，她將痛苦藏在心裡，積極面對現實。看她的眼神，她似乎希望自己是隻鴿子，可以飛上天空，尋覓她的理想，追求她的自由。

這一年裡發生了許多事，年底並沒有因為偉大領袖的去世大赦天下讓知青回城，招工的名額一樣掌握在那些人手中，為所欲為。想出頭的都各顯神通，走後門、拉關係、自我表現，無所不用其極。我的父母仍在「戴罪立功」，既無當官的親戚，又沒錢送禮，只能自認晦氣。本來我長得高大，打籃球的技巧也不錯，曾是校隊中鋒，化肥廠看中了我。可是臨了被別人頂替了，公社副書記的兒子搶了我的機會，我真想殺了這狗官！

上個月回縣城打探招工消息時母親給了我十塊錢，她沒有說錢的用途，我明白這是讓我請人吃飯的。我買了幾條煙應酬生產隊和大隊幹部，他們倒沒意見，說誰有本事就該誰走。招工師傅也挺好說話，他們廠急需組織一支強有力的籃球隊，宣傳隊和籃球隊是工廠重要的文化隊伍。然而……我吞不下這口怨氣，那晚將身上的錢都買了米酒和花生請哥們兒，可他們還未到齊我就將自己灌醉了，手上拎著喝了一半的酒樽，躺倒在理髮櫈上。

朦朧間隱隱約約聽見什麼碎裂的聲音，石子打破窗玻璃？熱水壺掉下地？有人發脾氣將酒碗摔了？操——操——操！連串叫罵聲，誰在罵娘？我強打起精神，只見憧憧人影晃動，兩堆人扭結成團，強者拳頭如雨點下，擊中對方面頰、額頭，弱者倒地呻吟呼救。我躍躍欲試也想加入戰鬥，掙扎著站起來，卻一個趔趄跌坐到地上。

混亂之中似乎是開明的吆喝咒罵：「操你娘，打落老子的牙！」只見他鼻青眼腫，血淚橫流，朝地上吐出一口紅色濃液，倏地掄起手中的瓶子向前面一個人扔去，那人一閃躲過，酒瓶從他頭上飛過砸在牆上，開花的碎片跌落一地，推撞間有人踩踏玻璃血如泉湧，也有人劃破了手，黑糊糊的黏液滴落一地。

「別打了！別打了！鬧出人命啦！」開明爹大聲呼喝。

頓時一群人都停了手，鴉雀無聲不知所措。有人撕下襯衫，扎緊傷者的手、腳，有人找來一輛板車，將傷號扶上車，一伙人簇擁著推往公社醫院，最嚴重的給縫了十幾針，幸虧都沒有危險。但開明馬上被公社保衛科拉走了。我因為爛醉如泥沒能加入，第二天才醒來。

宿醉令我頭痛欲裂，嘔出一肚臭水。見開明老爸一把眼淚一把鼻涕，陪他去公社又不讓見他兒子，我餓著肚子回到藍田已是下午。出乎意料小青在家，瞪著雙眼瞧我進屋，看來是不滿昨夜沒回來之故。我心想你這丫頭又不能幫我找工作，兇神惡煞作什麼！我是二流子關你啥事？踱到灶間只有冷蕃薯，啃了一口嘔吐大作。小青餘怒未消，命令我去洗澡，連自己都聞到身上的臭味，只好從命。

溪水洗去污穢，也令頭腦清醒。回到住處見桌上擺著筷子，一大碗熱氣騰騰的麵條香氣撲鼻，顧不得謙讓囫圇下肚，裡面還臥著兩隻雞子。飯罷，見小青揚著支竹竿，上面綁著彩色布條，一面在風中揮舞一面吹口哨，兩隻鴿子竟神奇地飛回來了。我簡直目瞪口呆，此刻方明白牠們與人類之間情誼綿綿，無論路途多麼遙遠，絕不會離棄主人而去，哪怕泣血而歸。鴿子啊鴿子，你們比我這臭小子還懂事，起碼不懶惰頹廢，不逞強好鬥。瞧小青揚手在叫牠們的名字：雄鴿灰色羽毛聲音洪亮，名叫「和平」；雌鴿渾身雪白嬌小玲瓏，名叫「自由」。牠們落在小青手掌上，開心地啄食豆子。

「和平，自由，今天起你們跟著胡仁，監視他，不許他不規矩，聽到嗎？」鴿子似乎明白主人的話，咕嚕咕嚕地叫，拍拍翅膀。

我不能反駁，因為她的認真。自這一天起，我不再和開明他們胡混，閒時幫吳老挑水種菜、燒火做飯，也常常飼養兩隻鴿子，學小青早送晚迎。

「自由，今天天晴氣爽，飛到縣城看我爸媽，替我問候他們！」我學小青與鴿子對話，聽牠們咕嚕咕嚕的回答。

日復一日，月復一月。

我們仨一起勞動，一起溫習功課，一起看書下棋。兩年之後國家恢復高考，三個都考上了。我們終於回城上大學，「和平」和「自由」留給吳老。

天高雲淡，鴿子飛上藍天，牠們追逐白雲去了。

二〇一〇年六月十一日

老爸的戰友①

那時候你在山城西郊插隊，到縣城需翻山越嶺兩、三個小時。插隊第一年政府每月津貼八元生活費，靠這八塊錢日子過得總算可以，起碼炒菜有油，每墟能吃一次肥肉。第二年停止津貼，日子就苦了，人人要伸手向家裡拿錢補助。餐餐稀粥蘸豆豉，一小碗豆豉放鍋裡加水加鹽熬成一大碗，日日都以此為菜。各人回城時帶些鹹菜乾、鹹蘿蔔乾，便是美味佳餚。實在沒什麼吃，就拿粗地瓜葉涮一下，或者將豆渣乾炒當菜吃，人人菜色個個病容。若是打聽哪條村殺豬，哪怕要步行百里路，留宿在別人家等三天三夜也奔了去。昨晚到公社開大會聽傳達「階級鬥爭新動向」，回程路經一座早已荒廢的小山神廟，竟然見到長明燈閃爍。大家興奮極了，將油燈吹熄，把大半瓶敬神的茶油帶回家，好久沒油炒菜了。

去年底瓷廠招工，你所在生產大隊有一個名額，因你表現好，且與各方面關係不錯受到推薦。然而政審沒過關，因父親的歷史問題尚未有結論給刷下來。你父母親是四十年代的大學生，參加過閩中地下黨，卻被懷疑是「革命叛徒」。你多希望能招工當工人，渴望加入工人階級隊伍，可是……

初秋的中午日頭熱辣辣地，鎮上郵電所叫人捎來口信，說有老家江城打來的電報。你向管理知青的

① 此文改自涂帆《致無名老者》。

隊長告了假，打了回城的證明，拎起簡單的行裝。雖然未知電報內容，你估計是奶奶病重。果然如是，你一路小跑近一個鐘頭，到鎮上取得的電文才寥寥數字：奶危速返。你不敢為省錢去攔貨車，往縣城的唯一班車就要開走，你買了票，否則過了這村就沒有這店。

車子一路顛簸，引擎在上坡時氣極敗壞地喘息，你暗暗祈禱千萬別半路拋錨。玻璃窗晃晃蕩蕩地碰撞，有些旅客已經開窗嘔吐大作。車廂內酸臭無比，你臉色蒼白胃腸翻騰，強制自己不要同流合污。在這裡生活了三年，你尚未改造好小資產階級思想，對貧窮的山鄉少有感情，沒心思去欣賞那一路向後退的黛色的山碧綠的樹。

你是一個衣衫襤褸蓬頭垢面的女孩，往日瀑布般的黑髮開叉枯黃，白皙的膚色嵌進塵土，粉紅的臉蛋變得焦黃，舊軍裝久經漿洗縫補不堪入目。二十多歲了，與共和國一起成長的姑娘，你的前路在哪裡？父母長住牛棚，你是家中老大，你帶著大妹下鄉，小妹留城讀書兼照顧奶奶。你是兩個妹妹和奶奶的監護人，在這混沌的人世間，你只能選擇堅強。

矇矇矓矓間引擎停止了歌唱，人們爭先恐後搬行李下車，你從架上取出挎包背上，踩著過道的果皮和垃圾，哼著歌兒直奔城郊瓷廠。雖然奶奶病重，但不是第一回了，老人家思親，病情時好時壞，你不致於太緊張。你心裡禁不住快樂起來，是因為離開那片貧瘠的土地，是急於去晤見父母的老朋友。往日一進縣城，你得找住處，第二天才有班車開江城。你住過五毛錢一晚的「貧下中農招待所」，腳臭薰人，臭蟲更咬得你無法入眠。你不止一次厚著臉去文化館擠老鄉的統舖，其實與同眠者並非太熟悉，為的省那幾毛錢。可今天不同了，你得知父母的老戰友楊伯伯就在縣城工作，你或將有新的際遇：落腳的地方，找工作的門路……

踩著輕快的步伐來到城廂二瓷廠，這是多少知青向往的地方！你在門房作了登記，寫下對方的人名並注明某排某號以及自己的姓名，估計某排某號是連隊編制吧。門房仔細查看了你的證明文件，指著一個方向喝道：「這邊走！」你不屑這種瞧不起平民百姓的家伙，此處又非軍事重地，一條看門狗，神氣什麼！

小路繞過大片廠房，一個個成型車間，窰滾爐，而後是倉庫。上坡、下坡、左拐、右轉，不見宿舍樓或班房，只有幾排簡陋的同字殼平房，房子外圍是一片操場。叫你更為詫異的是，操場後面那鐵絲網高牆觸目驚心地落入你的眼簾。這兒感覺不到一丁點活人的氣息，也見不到一個鬼影，你犯愁了，心有些往下沉，難道楊伯伯是看管犯人的獄警？摸到門牌號仔細核對：沒錯！某排某號，再次確認。輕敲房門沒有反應，你乾脆推開虛掩的門。

室內空無一人，你四面環視，靠牆一張單人竹床兩條長凳，一床殘舊單薄的被褥，床下有張小竹椅。一張凳上置放一個肥皂箱，一張凳堆著熱水瓶、茶缸、面盆、飯盒、煤油爐，雜亂無章。你突然開了竅：著名的瓷都有兩个國營瓷廠，二瓷廠俗稱勞改瓷廠，是犯人勞動改造的工廠，亦收留刑滿釋放的犯人。難道……父母的戰友比他們還慘，起碼牛棚外牆上沒有安裝鐵絲網！

你坐在床上伸長脖子望向門外，終於聽到腳步聲由遠而近，一個步履蹣跚的老人朝你走來。他對你咧一下嘴角表示招呼，放下從食堂打來的飯菜，走到跟前仔細端詳著你說，「長成標緻大姑娘啦，真像你媽年輕時的模樣，小時候見到你還是鼻涕蟲呢。」你一下子難受起來。這年頭，還有人記得你那倒霉的父母，還要來款待落難戰友的子女，這個面目浮腫舉步維艱的小老頭與你這等接近，你心酸得想伏上他的肩膀大哭。但你不能，這裡不是哭的地方，你望得見外面高牆上的鐵絲網。

你幫忙點上煤油爐，倒下飄著一絲油星的蛋花湯，楊伯伯放下一片發霉的紫菜。飯又硬又冷，他的牙因敗血病壞了嚼不動，你倒點熱水煮過。下飯就一碟包菜。吃過飯他說請你去看電影，一路上見到誰都對人介紹你是他的姪女。你們重看了樣板戲《智取威虎山》。散場後他帶你到一個獨立門戶的人家，女主人叫蘭香，他說姪女來了找她借宿，以後進出還要常叨擾。蘭香對你說進城儘管來住，她與楊伯伯是同鄉。楊伯伯再三道了謝依依不捨回去了。你一直目送著他傴僂的背影遠去。

進入這個清靜的小院落，隔開外面嘈雜的世界你頓覺心曠神怡。天井內有口水井，靠牆的石凳上幾盆茉莉花盛綻，你不覺深深吸了口幽香。女主人熱情地請你先洗滌再上樓，清涼的井水令你倍覺清爽全無睡意。兩層高的小樓房精巧舒適，床上已換過漿硬的被單。你想看看這沉重的夜空，下到天井望著掛在中天上的新月發呆。你想起父母，想起剛見面的楊伯伯，心潮起伏。人將隨著歲月流逝蒼老，青春也跟著光陰荏苒不再。蘭香是位善解人意的徐娘，她端出兩張小板凳與你聊起來。

「世界艱難哪，我的兒子也插隊去了，看到你們知青進城就想起他。」蘭香的眼濕漉漉的。

「阿姨認識楊伯伯多久啦？」你想打探一下。

「楊伯伯大名鼎鼎，」蘭香嘆了口氣。她談起這位高牆下的老人，解放前是個開明鄉紳，饑荒年開倉救濟窮人，組織民團抗擊土匪，贊助閩中游擊隊，從同情革命到參加革命，將整副身家奉獻出去。解放後政府讓他當縣長，可他寧辦學不當官，卻落得今天的結局。「他沒兒沒女，給紅衛兵抄家遊鬥後打入大牢，老伴受不了上吊死了，你說這是什麼世道啊！」

你默然上了樓。好久未能睡在這麼舒適乾淨的床上，是否太舒服反而不習慣？難道懷念那竹床上的稻草香，還是不捨夜夜與你為伍的蚊子和跳蚤？是蘭香的一席話讓你輾轉反側。望見窗外的光線忽然暗淡，一片烏雲遮蔽住月亮，四野寂靜無聲讓人惴惴不安。中秋節就快到了，即使月圓人也無法團圓，堅強的你淚濕了枕頭。

第二天搭早班車回江城。奶奶見到你精神好了起來，你哄她父母的問題就快解決，一定會回家過年，她竟然相信一天天好起來。奶奶恢復過來你就該回山城了。你代領了父母的工資，給老人家買了些補品，順便買了兩罐麥乳精和一瓶葡萄糖，準備回縣城送給楊伯伯。

回程照例需在縣城過夜，班車傍晚才到山城，你先去蘭香家放下行李和兩盒月餅，蘭香未下班只有女兒在家。接著你興沖沖趕去城外看楊伯伯。明天就是中秋節，你想告訴伯伯，今晚和他慶團圓。天上烏雲翻滾涼風陣陣，看來今年中秋的月兒未必圓。你不想瞧那個門衛的嘴臉，沿著牆根偷偷往老地方摸去，路上漆黑一片，四周陰森森地令人心慌。走著走著，忽地一聲大喊「站住！」，聲音自高處傳來。抬頭看去，竟有個炮樓矗立在彼處，刺眼的手電筒光柱在你臉上來回晃動。你大聲說是找人的，重複著楊伯伯的名字，炮樓上傳來「死啦，快走！」，探照燈直逼你匆匆離開。

你只覺頭重腳輕，彷彿喝醉了酒。天下起大雨，路上行人稀少，只見路燈微黃。你任雨水打在身上，一腳深一腳淺往城內蹚水，一路索性放聲大吼。

「楊伯伯，您在哪裡？您能聽到我淒風苦雨中的哭泣嗎？」你聲嘶力竭渾身顫抖，依傍著一支路燈柱子，任久憋的淚水恣意奔湧。

蘭香在門口等著你，你撲到她身上，兩人泣不成聲。

風靜了，雨停了，月亮露出臉，淒淒楚楚的面容。你們點燃了蠟燭，擺上月餅和麥乳精，還有一扎盛開的茉莉。

親愛的楊伯伯，安息吧！

今天的你早已離開山城，你的身分是一名大學教授，可歲月滄桑在心上留痕。年年清明細雨紛紛，拜祭父親之時總會緬懷楊伯伯，思念如飛絮似浮萍。何處可以祭奠？該用什麼悼詞？吹奏哪支哀樂？你僅能以此文追思天堂裡的他，寄託無盡的哀思。

二〇一〇年六月二十二日

鄰家堂兄

兒時住在濱城一條陋巷，巷內是一座座大雜院，院落交錯或有小門相通，鄰人好似自家人一般。誰家跑了貓丟了狗，誰家夫妻打架，誰家婆媳不睦，幾乎沒有隱私。小孩們常常捧著飯碗到處串門子，自小八掛的我更是學婦人東長西短，穿街過巷出入別人門戶，完全不聽父母家教。隔壁大院是我最常出入之處，方家有四個姐妹，老二小蘭是我的同學，我倆剛讀小學一年級，我們有足夠的理由一起做功課和玩樂。

「小蘭！小蘭！」放了學回家扔下書包，匆匆喝了一碗冷粥，我就到方家找她們姐妹跳格子。還沒踏入門檻，聽見屋裡傳出嘻嘻哈哈的嬉戲聲。

「大哥大哥，給我唱支歌，唱志願軍戰歌：雄糾糾氣昂昂跨過鴨綠江⋯⋯」是小梅的聲音，大姐梅十歲，已經參加教會的詩歌班。

我豎起耳朵以為將飄入一把雄渾的男聲，卻不見動靜。

「大哥講志願軍打仗的故事，我要聽你的故事，你開飛機炸美國鬼子的故事。」小蘭嬌媚地糾纏著。

我踏入大廳，看見小蘭在一個軍人懷裡撒嬌。她們瞧見我馬上招手邀請加入。

「我大哥抗美援朝回來，瞧他立了大功！」小梅揮舞著軍帽，小蘭顯擺著軍人胸前的勛章，驕傲萬分的神氣彷彿立功的是她們本人。

見一班女孩抱著個威武的軍人，平時不知何為羞澀的我竟然有些害臊，對這位仿似招貼畫上「最可愛的人」陡生景仰。他那齊齊整整的板刷頭髮，濃濃黑黑的臥蠶眉，目光炯炯的大眼珠，方方正正的臉龐，厚厚實實的嘴唇，都那麼可愛，那麼標準，真想撲上去親他一下。可我破例矜持起來，禮貌地對他一笑，站到一旁逗最小的竹兒玩。

五歲的三妹小菊躺在大哥懷裡，依偎著他的大哥，幸福得不停流口水；小蘭趴在大哥背上，將紅紅的臉蛋貼緊他寬闊的肩膀；小梅很有大姐的風範，靜靜等待大哥唱歌講故事；我也同樣地期盼。然而大哥只是陪著妹妹們玩，方臉盤上偶而洋溢著粉色的光彩，現在回想起來，那顯然是一種家庭生活的陶醉，親情給予戎馬生涯的男子無限滿足。然而那神彩僅是一閃而過，繼而停頓在他臉上的是嚴肅和沉默，他若有所思不曾說過一句完整的話。女孩們的媽媽方嬸嬸回來了，婦人挽著一大籃菜，沉重的身子傾向一邊，我看到籃裡一條魚在顫動，還有一大塊豬頭肉，一支米酒。

「今晚在家吃餐便飯，別把女孩們慣壞了。」方嬸嬸對侄兒打了招呼就進廚房忙去了，大哥對嬸嬸報以一笑算是回應。

「奶奶給大哥找了對象，是玻璃廠最漂亮的姑娘，我看過她在青年會跳舞呢！」小梅終於等不及大哥開口講故事，把偷聽大人的話端了出來。大哥紅了臉，黧黑的面龐泛起紅潮。

「大哥要結婚啦！」

「我們有糖吃了！」

「大哥請我們吃棒棒糖！」

頓時女孩們興奮起來，揉著搓著大哥。小蘭將手伸進大哥的衣袋，翻轉出四個口袋的裡子，一無所獲甚是失望。大哥擱肢起她們，一個個笑得亂顫，他一時撫弄二妹的頭髮，一時摸摸三妹的臉蛋，玩成一堆。我因沒有故事聽，悄悄溜出大院，失望地回家。

「你大哥最終講了故事沒有？」第二天一早上學，我急著追問小蘭，昨晚一夜沒睡好，就惦記這事。

「大哥沒說……是啊……大哥什麼也沒說……」小蘭回憶起來，似乎有些遲疑，大哥就陪她們玩兒，自始至終沒說啥。

「有個大哥多好，哪怕不愛說話。」我挺羨慕她們姐妹，斷然下了結論，小蘭也肯定地點點頭贊同。

小蘭告訴我，她有四個堂兄，最小的也比小梅大。方奶奶有兩個兒子，方伯母「曨生答埔」生了四個兒子：金、木、水、火；方嬸嬸「曨生查某」：梅、蘭、菊、竹。方奶奶建議將一個堂兄過繼給叔叔。方嬸嬸可聰明啦，她對婆婆說，只要大伯捨得讓出大兒子方有金無恁歡迎。結果當然不可能，大哥是大伯所有兒子中最出色的一個。方有金高中剛畢業就加入空軍，在朝鮮立了戰功，這次休假回來有不少媒人上門提親，美女仰慕英雄自古始然。大哥看上一位能歌善舞的姑娘，方奶奶替他們訂了婚。

方家大伯貴為「軍屬之家」，過年必有街道一班人馬敲鑼打鼓送紅匾，掛紅戴綠羨煞旁人，連隔著兩條街的鄰居都感受到那光榮的氣氛。我尤其欣羨方家姐妹，她們的堂兄彷彿也是我的堂兄，一種親切感油然而生，對他們的一動一靜了然於心。方大伯原居郊縣，初解放賣了老家產業到濱城開廠，說要為建設新中國出力。大兒子入伍當兵是無上的榮耀，他的愛國心更加高漲，時常代表軍人家屬到處作演講，鼓勵人民買公債支持政府，捐錢買槍彈打美國鬼子，儼然成了知名人物。大伯很為大兒子驕傲，鼓勵其他兒子為國效勞，隨時準備送另外三個兒子上戰場。只是仗很快就打完了，其他堂兄只能去工廠當學徒或上學，他們看來並無參軍的機遇。

公私合營歸併了大伯的廠，他的階級成份劃為「工商業者」。合營後的工廠不久因經營不善倒閉，大伯被調到一家店鋪當財會人員，工資只有四十多元。是否為家庭成份所累，大哥申請入黨未能獲批，官階沒能晉升，組織上還查出堂兄的舅舅是三青團員。兩年後大哥退了伍，安排在玻璃廠工作。大哥結婚自組小家庭，從此不再來看堂妹妹，令一班女孩悵然若失。

大堂兄的光環不再，二堂兄接棒來了。方家二哥是全市聞名的先進工作者，他白天上班晚上念書，學習成績斐然。直至集美中學頒予特別的獎學金，二哥才辭工全心全意準備高考。二哥是學生會會長，長得比大哥更帥更高大，靦腆的笑容迷死一群仰慕他的女生，集美僑校有個歸國女生不但寫信求愛，還時常在校門口徘徊等他放學。

「你見過我二哥嗎？」小梅考上中學後，小蘭更加依賴與我為伴。有一天她神神祕祕地拿出一張皺巴巴的濱城日報，指著上面一張相片說，「瞧我二哥上了新聞！」

我仔細一看，是一篇報導優秀學生方有木德、智、體全面發展的文章，照片背景是集美學校運動會，他得了三項全能冠軍。自此我的心裡又迷上方家二堂兄，暗暗埋怨母親沒有給我生一個哥哥。

「二哥的理想是當白衣戰士，大家都說他的目標今年就可以實現！」小蘭很肯定的口吻。

「一定可以！」我舉雙手贊同，我相信白衣戰士也是英雄。

那一年很熱鬧，繼年前的「百花齊放百家爭鳴」，又來「大鳴大放大字報」，接著搞啥「陰謀」、「陽謀」的，我和小蘭只讀三年級，根本不明白是些什麼玩藝兒，只曉得唱「社會主義好，社會主義好，社會主義國家人民地位高，反動派被打倒，右派分子想反也反不了……」。會考後二哥曾核對過數理化答案，題目幾乎全答對，可以放心等待第一流大學的通知書。然而二哥沒能被錄取，知內情者謂他曾在會上向領導提過意見，批評學生參加太多勞動影響學習云云。方家的人都悶悶不樂，連帶我也不開心。少女心目中的白馬王子非但沒考上大學，還參加支援邊疆去了雲南。二哥從此在我們眼前消失，我和小蘭失落了好久好久。

「給我！給我！」

「我也要！」

有日傍晚時分我去小蘭家玩，見她們姐妹扭成一團爭些啥。搶過老三小菊手中的一沓捲煙紙，天呀，誰在上面用刀雕的小動物，那些貓啊狗啊老鼠啊，簡直生龍活虎！原來是三堂兄的傑作。

我見過小蘭的三堂兄方有水，長得挺俊。那時候用的木柴燒飯，小蘭奶奶常叫他過來幫嬸嬸劈柴。因為家中人口多負擔重，三哥初中畢業就當學徒。三哥心靈手巧，能寫擅畫，曾在一把檀香扇上刻了百首唐詩，別人要用放大鏡來看。方家的堂兄都是人才，這是我姥姥和左鄰右舍說的，不止我這小女孩是他們的粉絲。

文革那年，三哥剛滿師心情愉悅，他們的住處太擠太熱，夏天放了假便時時去海裡泡。三哥在廠裡加入一個派別，戰友們都武鬥去了，惟有他怕死，偷偷開溜，天天浸在海裡。有一天他帶著個舊輪胎到海邊，仰躺在輪胎上假寐，曬著太陽悠然自得。旁邊有些孩子議論紛紛：「對面不是敵占島嗎？其實不太遠啊。」三哥眼都不睜拍拍車胎插了嘴：「退潮用這個游過去就得了。」言者無心聽者有意，立即有人把這話記住了。

某日傍晚三哥隨著輪胎飄浮，合上眼睛享受藍天大海。豈知輪胎越飄越遠，竟然駛出警戒線外。天色漸黑三哥急起來，無奈其時已經退潮，即使平時泳技不錯，現在想靠岸亦無濟於事，不但游不回去，反被浪沖得更遠。幾經艱難方在夜幕降落時靠上一個無人小島。可憐三哥又凍又餓，挖了兩條蕃薯啃幾口填肚子，抖縮在地瓜田裡過了一夜。第二天清晨被巡邏的民兵抓住，扭送往公安局。

平時的三哥是個冷面笑匠，詼諧話太多，得罪了人不知，其時公安機構乃對立派掌權，他們以「下海投敵」的罪名拘捕了他，將之鋃鐺下獄。雖然幾年後推翻此冤案，他的黃金時代卻給毀了。

小蘭的所有堂兄只有四哥方有火最笨，讀書老是留級，一年又一年，與之同齡的小梅已經讀師範學院畢業，四哥初中尚未畢業卻要輟學。奶奶說四哥童年掏鳥蛋從樹上摔下來跌糊塗了。或許因禍得福，待我們長大了都要上山下鄉時，四哥的低學歷和病歷令他可以留城。當我們面朝黃土背朝天日日修理地球之時，四哥成了偉大的工人階級一員。

記得少時讀《艾子雜說》：「艾子行於海上，初見蝤蛑，繼見螃蟹及彭越，形皆相似而體愈小，因嘆曰：『何一蟹不如一蟹也？』」當時曾連想鄰人堂兄一蟹不如一蟹，頗有嘲笑四哥之嫌。今日思之，人各有命，多少人生不逢時身不由己，被命運的洪流裹脅，時代的列車就那樣帶領一代人撂過珍貴的歲月。此蟹或不如彼蟹，但思想簡單的人更快樂，結局看來也不錯。

二〇一〇年六月二十八日

三個女人一臺戲

山城某中學以前是一所華僑學校，辦學經費一部分向學生收費，一部分來自海外投資於濱城的產業收租，當年老校長籌建此校稱得上是嘔心瀝血。老校長兩夫婦是四十年代的大學生，年輕時追求五四理想，希望興辦教育，倚重德先生、賽先生改變家鄉的窮困落後面貌。他們放棄大城市的高薪厚祿，在深山辦起這所完整中學。偌大的校園設備齊全，有理化實驗室、畫室、配備鋼琴的音樂室和籃球、排球各類運動場。老校長兩夫婦原是最早的一對雙職工，解放後不知什麼緣故離開了學校。

全校幾十個教員中少有同校雙職工，校園內許多帶套間的家屬宿舍分配給帶子女的男、女教師。家屬宿舍都住的「單親家庭」，這種「單親家庭」並非夫婦仳離，而是革命年代裡夫妻分居兩地以利思想改造，許多夫妻均是「牛郎織女」。住單身宿舍的男教師多數娶了農村戶口的老婆。雖說是黃臉婆，卻懂得勤儉持家，絕對尊重丈夫，幾乎沒有聽過誰鬧婚變的傳聞，都能白頭偕老。農婦平時都住在老家，丈夫只能於寒、暑假回去，短假期如國慶或勞動節僅一兩天時間，即使同一個縣不同公社，時間花在一來一回就沒了。於是常有農婦來校探親，年輕的還帶著孩子。

我在校的最後那個學期黨支書是從感德茶場調來的，四十左右的男人，帶著太太和兩個上小學的孩子。書記的工資不過幾十元，養家活口不容易，教育局優待增加了一個民辦教員名額。書記太太小學畢業，當校工綽綽有餘，他們成為雙職工。

書記太太本名鳳嬌，三十來歲，高高瘦瘦的，是能勞動的好材料。「太太」這稱呼在革命時代是資產階級的代號，稱老師又不對，叫名字似乎不大尊重，真是難為了一班同事。大家一天見幾次面，總不能老「唉，唉」訕笑算數。後來書記帶頭叫起「阿嬌」，大家便跟著叫，她倒是笑口常開的，人們才不覺尷尬。阿嬌的主要職務是敲鐘，她的工作室在主樓上層最末一間。那間屋裡有寫字枱和櫈子，桌上擺著個雙鈴馬蹄鐘，每天一早聽到廣播器唱出東方紅、太陽升，阿嬌就要校準時鐘。學校給她一份作息表，她必須依上面的時間打鐘。

一口漂亮的黃銅鑄的亮晶晶的鐘，用一條小鐵鏈吊在操場旁邊兩棵桉樹之間，銅鐘有一個錘子懸在當中，錘子下端繫上一條細繩，繩子牽到阿嬌的窗口來，阿嬌扯動繩子鐘就響了。鐘響三下預備上課，孩子們奔到教室裡，規規矩矩坐下擺好書，老師們也各自匆匆夾上講義朝課室邁去。鐘響六下正式上課，操場上寂靜無聲，課室內書聲朗朗。四十五分鐘過後再敲一次，下課了。孩子們眼睛一亮，呼——都從教室裡竄出來了。踢毽子、跳橡皮筋、玩單槓、投籃……

別以為上課時間內阿嬌閒著，她的桌上有架油印機，白老頭刻好鋼板將蠟紙交給她，說多少份她就得印多少份，那年頭興政治理論學習，《紅旗》和《人民日報》學校只各訂一份，翻版複印免不了。幸好老師們的提綱試卷自行負責，跑來自己動手印，否則累死阿嬌了。女教師印考試卷子她會幫忙推油印機滾子，老師翻紙張，阿嬌的力氣大。考試卷子印好了，就把蠟紙點火燒掉，焦灼的油墨味兒飄出來，散在整條主樓過道裡。

白老頭住在樓下正中間左一，他的宿舍相當於教務處。老白人如其姓一頭白髮剪成板刷頭。老頭屋裡有一架掛鐘，那是全校統一時間的依據。白老頭一早醒來先打開大門，第一件事便是上這架鐘，也是跟廣播站的東方紅時間校對的，喀拉喀拉上足發條，老師們陸續起床出來刷牙、洗臉、打開水、做晨操，開始學校一天的工作。

白太太來探親，沒人知道她叫什麼名，老頭也不介紹，就稱她白老婆吧。這女人五十多歲，乾癟枯槁塌鼻子梳髮髻，人家與她點頭愛理不理的。所有老師每天都要到「教務處」來，因為這房間在主樓正中，那些上了一堂等課間操後再上課的不回宿舍了，就停在這裡聊聊，順便拿粉筆什麼的。白老頭是留用職員，寫的一手好字，大革命年代寫字很重要，尤其學校是文化陣地，勢必緊跟形勢將大口號標語貼上牆。老白將一張張大紅紙裁齊了，用排筆寫上去，一張紙一個字，簸箕那麼大，醒目極了。

下午放學後，阿嬌向總務主任要了一斤白麵，到伙房沖成漿糊拎給白老頭。幾個男教師搬來竹梯子，老白在每張標語背面刷上一層漿糊，年輕人接力賽式地排成一條龍，傳到最後將紙遞給梯級最高的那位，貼將上去，下面一班幫閒的喊著：「歪了歪了，向右一些！」上面那個輕輕撕下再貼上，「偏左一點，好了好了！」然後移動梯子再來第二張。籃球場上圍觀的師生齊齊抬頭看看，琢磨又有什麼「階級鬥爭新動向」。

白老頭還有一件常做的事，是一年得剪幾回冬青樹。主樓前面栽著冬青的樹牆子，圍繞著整座籃球場，再伸延到校門口的石階梯。冬青樹長得很快，不用多久樹頭就長出來，參差不齊亂蓬蓬的。老白拿起一把很大的剪刀，兩手執著刀把，咔嚓咔嚓地剪，剪得一地冬青碎葉子。畢竟年紀大了，呼哧呼哧直喘氣。冬青樹牆子的頭給剪平了，就像老頭的板刷頭整整齊齊的，校園裡到處飄著一股清香味兒。男教師在水池洗了衣服，貪方便就一件件往冬青牆上晾，出太陽的日子很快就乾了，他們嘲笑女教師笨才去拉繩子。

教物理的李老師是工農兵學員畢業生，住在樓上阿嬌工作室隔壁，他太太早些時來探親，還帶著個剛滿周歲的小男孩。李太太（只好如此稱呼她）黑黑實實的樣兒，一看就是太陽底下做慣活的村婦。時代興勞動光榮，她大可以傲視全體教師，尤其是女教師，然而在這校園內她顯得孤單，從不敢找人聊天。本來住不了幾天她就想回家，豈知白老婆來了頓時有了伴，志趣相投令她一改再改回程時間。男人白天上課晚上開會，只要兒子不睡覺，兩個女人彷彿糖黏豆如影隨形。

教語文的張老師帶著太太珍珍長住家屬宿舍。張先生能拉會唱，所有女教師都喜歡與之交往；珍珍是印尼僑生，年輕漂亮性情隨和。他們結婚幾年，很恩愛希望有小孩，只是珍珍身體較差，不幸流產過幾次。珍珍喜歡看書、刺繡、打毛線，不輕易上門找人閒聊，倒是我們見她人緣好，常主動上門看她，安慰她：先調養好身子，年輕輕的將來怕不生一大堆？有時女人談心也夠開心見誠，外來者無非希望回調城市，夫妻子女合家團圓；珍珍的心願是生下一男半女，再找個工作，比如當小學教員，也就心滿意足了。

美麗的春暖花開的季節，遙望滿山遍野的杜鵑，鮮艷如彩霞繞林。晚飯後無所事事的我與單身的王老師照例出去散步，看落日看映山紅。經過家屬宿舍撞上珍珍，相邀成三人。我們下石階從小路穿出田埂，水稻田剛插下嫩綠的秧苗，綠茵茵的秧田灌滿水，像鏡子倒映著明麗的天空，夕陽的餘輝將一邊天染成金黃。一間間農舍房頂上炊煙裊裊，晚風迎面拂來，是農家的牛皮菜和豆苗味兒，還夾雜著狗吠和孩子的哭聲。

進入鎮上兩條小街，從前街頭踱到後街尾。前街一列門面發黑的店鋪都上了櫥窗，那是公家的供銷社，人們趕著吃了飯開會學習。後街賣農具的鋪面也是公家店，一早關了門，只有兩家私人鋪子上燈，一家是理髮鋪，依稀看得見兩張櫈和牆上的鏡子；一家是彈棉絮的，滿屋飛揚著蒲公英般的毛絮。走過兩條街經戲院，三個人嘆息好久沒看電影了，之前上映樣板戲《智取威虎山》，人山人海差點踩死人，大家都惹了一身跳蚤回校，第二天一早冬青牆上個個爭霸位曬被子。繞過公路回到學校正門天已黑，電燈都亮了。我倆歸各自所屬教研組去，週五是教研會。珍珍被白老婆和李太太叫住了，三個女人一臺戲，她們有得聊了。

教研組裡翻來覆去的學習討論令人發睏，有個老師忍不住打哈欠，見他慌忙捂住嘴，其實大家心裡都在期待阿嬌快點打下課鐘吧。鐘聲終於響起如蒙大赦可以散會。這晚我睡了幾個鐘突然驚醒，再無法入眠。每日供電時間是傍晚六時至午夜十二時，只能眼光光盼天亮。

週末學生上了半天課都回家了，校園頓時冷清下來。下午老師照常政治學習兩個鐘，會後我只覺頭昏腦脹，準備洗個澡振作振作。路上撞到拎著一桶熱水愁眉苦臉的張老師。平時開慣玩笑，他又是個樂觀開朗的人，我逗他：「殺豬倒（宰）羊請人客？」只見他苦笑了一下，不置可否。洗澡時我覺得好似不妥，顧不得頭髮未乾，上門看珍珍去了。果然她躺在床上面無血色。

「珍珍！哪兒不舒服啊？我陪你去醫院！」我衝到她床前。

「醫生剛走。」她有氣無力地指了指地上，「孩子又沒了。」然後啜泣起來。

我依她所指看去，見牆角有塊棉布包著什麼。蹲下去打開布包，赫然是一團帶血的東西，狀如一個大鵝蛋。這是一個生命！一個孩子！可惜他已經死亡！我再也找不到合適的話語來安慰這位朋友，昨晚她陪我散步時多麼開心。我只能握住她的手，再沒多說。

下週一單元考試，我需要去印兩個班的考卷。阿嬌笑臉相迎，我們兩人合作無間，她長得高大手臂有力，翻動滾筒輕而易舉。

「珍珍流產了。」她忽然開口，把我嚇了一跳。

「你怎知道？」我假裝不曉。

「昨夜我就知道會有事！」她肯定地點頭。

「昨夜……」這下子我真的不懂了。

於是阿嬌給我講了個故事，聽起來真的像個故事。我想起來了，昨晚三個女人那一臺戲怎唱的？阿嬌說她每天都要和白老頭商討一些事，昨晚白老婆坐床沿，請珍珍坐唯一的靠背椅，李太太帶兒子學走路，孩子向珍珍邁去，撲上前要她抱抱，珍珍抱起孩子吻了他的額頭。寒暄了一輪李太太說孩子該睡覺，戲就散場了。然而故事尚未結束，孩子整晚反常哭鬧，服了嬰兒丹都無效，阿嬌離開工作室時還聽到孩子的哭聲。早晨阿嬌打開水上來，李太太抱著面青唇白的孩子下樓找白老婆商量。阿嬌是書記的女人大家都不避嫌，白老婆斷定珍珍一定有身孕，胎兒令孩子受了驚，否則不會如此……

阿嬌停下不說了。

「怎麼賣起關子來了！這不是吊人胃口嗎？要嘛一開始就不說！」我不管她是書記夫人，憤懣極了。阿嬌臉紅了，到底是個沒心機的老實人。「白老婆教她用筷子打雞蛋，口中念了些什麼辭兒，然後拿菜刀將筷子劈開……李太太一定照做了，一個孩子不哭鬧了，另一個孩子蛋打雞飛了……」

這件事讓我想了好久也沒想通。

幾十年後有位舊同事黃鶯的女兒看到我的回憶錄《往事並不如煙》，電郵告訴我：我走後不久珍珍在當地教小學，生下一男一女。現在的張老師在濱城一家民辦學校教書，大女兒已婚，生了個小孫女；小兒子讀集美大學。

還好，珍珍終於生了孩子。我這才感到安慰，希望以後有機會見到這些老朋友。

二〇一〇年七月二十一日

夫唱婦隨

山城某中學範圍頗大，環境優美設備齊全校舍充足，住著幾十個教職員和他們的家屬。教員中少有同校「雙職工」，住單身宿舍的男教師多數娶農村姑娘，住家屬宿舍的「單親家庭」並非夫婦仳離，其中有部分是畢業分配時被人為拆散了的，有些則是丈夫教中學、妻子在附近教小學，老婆隨老公住我們學校，堪稱模範夫妻夫唱婦隨。

平時人們貪方便愛抄鄉間田埂走小路進校園，座落在公路方向的大門進出的人反而少，這裡住著一戶姓楊的黨員教師，本是教俄文的。人類自進化以來，由於大自然競爭劇烈，為了更好地生存必須向禽類虛心學習。五十年代興「鵝」語，後來與「鵝」不睦改興「鷹」語，難為讀了幾年俄文的楊老師要一邊自學英文一邊教書。一把年紀的楊老師頭髮灰白瘦骨嶙峋背微駝，靠的是一部三極管收音機和一本《英文口語九百句》，每天清晨嘰嘰咕咕地苦讀，見到人就Good morning！為不致被人誤會收聽「敵臺」，收音機一定擰到最大音量，彷彿負氣與「東方紅」爭頻道似的，好在他單門獨戶不騷擾鄰居。老楊讀慣俄語舌頭翹得老高，讀起英語怪怪的，語音是否標準直叫人存疑。不過這是小事，只要政治方向正確，學生不投訴，又有大學畢業證書，誰也奈何不得，終究是鐵飯碗嘛！

楊太太是附近的小學教員，年紀小了老公一大截，剪著齊耳短髮，漂漂亮亮的，有點像樣板戲裡的娘子軍，為人大方爽快，傳聞很有工作能力。他們這段婚姻是經組織介紹的，如毛主席所言：「我們都是來自五湖四海，為了一個共同的革命目標走到一起來了。」革命夫妻奉行革命作風，男人遵循毛主席教導，指望妻子艱苦奮鬥勤儉持家省吃儉用，新三年舊三年縫縫補補又三年，好儲下錢回鄉蓋大房子，以便老有所依。丈夫規定每筆花銷小至買油、鹽、醬、醋、草紙都要記帳，常因老婆大大咧咧銀碼不符囉囉唆唆。

除了下雨，每天傍晚我和王老師及珍珍照例去散步，並經公路由大門回校園。有一次珍珍建議去看看梅老師，按今天的稱呼梅老師就是楊太太。踏入一個很乾淨的小院落，朝西的籬笆牆上爬滿翠綠籐籮；一絲斜陽照著垂頭喪氣的紫色喇叭花，早晨它們曾像吹鼓手般站崗迎客；邊角紅的白的薔薇，愛長不長倦容滿面懶洋洋地。一個約七八歲的小女孩抓了把碎米，一面撒著米一面「咕咕咕」叫著，母雞帶著一窩小雞啄盡米粒，然後秩序井然進入雞窩。母雞踏站在雞窩的坎兒上，而後縮起頭朝裡一跳，小雞一隻隻跟隨模仿，咕咕囔囔一下子就寂然了。門外幾支竹竿晾掛著已然風乾的衣服；小石子路一邊種著青綠的蔬菜；一邊是辣椒，紅的綠的黃的似七彩小燈籠；葡萄藤爬上架子。讓人不由得想起陶淵明的桃花源。

「叭！叭！叭！」我們剛想進去，裡邊突然傳出打破罈罐子的聲響，女孩驚慌地奔進屋，我們三個停下腳步面面相覷。只見梅老師怒氣沖沖衝出屋來，想不到撞見我們，十分愕然。她索性不掩飾對我們訴苦：今天是發工資的日子，本該歡天喜地的，老楊算了算，說是存款沒進帳，又嘮叨起來，埋怨老婆不該給女兒添新衣。原來如此！梅老師怒而摔罈扔碗筷發洩。風傳這個女人不回嘴只回敬，果然不同凡響。末了還得老公去收拾殘局。

珍珍拍拍梅老師的肩膀說：「男人不嫖、不賭、不煙、不酒，天下第一好人呢。楊老師黨性高，怨你覺悟低跟不上吧！」接著她講了楊老師許多好處，怎麼養兔子給老婆坐月子，怎麼拆被子洗床單，怎麼種菜餵雞，怎麼做了飯等老婆孩子放學……校內哪位男教師能與之相比？最後還誇張地說，若非梅老師搶著先嫁老楊，她寧可不要張老師來爭一爭呢。說得梅老師不惱反而笑了。

「去，去，去，快回去看女兒功課，我們都回了。」珍珍將她推了回去，巧妙地化解了一場怨氣。走過教室範圍是大操場，遇上馬田老師要出去，發工資的日子晚上不用開會。珍珍嘻皮笑臉地向馬田打招呼：「喂，趕著去慰妻啊？」

馬田興高采烈地回答：「向老婆繳械哪！」

我悄聲說多虧「偷窺事件」真相大白，馬田洗脫了嫌疑，走起路來比以前精神抖擻，以前見他老是躬著腰。王老師與珍珍相視一笑，神情十分曖昧，分明取笑我是傻瓜。我無論如何不肯放過她們，死乞賴白要兩個坦白交待。她們兩人笑得前伏後仰，說不怕缺德就說唄。王老師住在我樓下，兩人跟著上樓進了我的房間，討吃討喝毫不客氣。我急忙獻茶獻餅獻殷勤，為了八掛別人的私隱。兩個人吃光了一包花生酥，珍珍才清清喉嚨講故事。

「這裡的老教師誰不知馬田不能那個，文翰乳臭未乾才去整人家！」珍珍喝了口茶，口出狂言。

「瞎胡說，馬田有兩個孩子呢！」我忍不住插嘴。

「有孩子就是他的？」看來珍珍不是信口開河，王老師也點頭贊同。

王老師與馬田都是文革期間的大學生，同時從農場分配到這裡來，同年公社還來了一批師範生。馬田的愛人叫林虹，分配在下面大隊所屬的小學校，人長的蠻漂亮，也很能幹。公社的中、小學教師經常集訓，漂亮的女生總是引人注目，林虹當然跑不脫男人的視線。貧窮的山區沒有娛樂場所，公社決定起用新人建立宣傳隊為農民群眾服務。領導授命畢業生們努力排練節目並下鄉演出，一群穿軍裝戴紅袖章的表演者巡迴於鄉間。時興群組的「忠」字舞，一個大個子男生在後面舞動紅旗，眾演員手捧紅寶書，齊齊叉腰作勢排隊陣，唱語錄歌呼革命口號，動作整齊神情誇張，博取免費看熱鬧的農人幾個掌聲。惟有林虹的出場才是人們的期待，無論跳什麼舞演什麼角色，人們的目光都被她深深吸引。瞧她洋溢著革命的風情，扭動柔軟窈窕的身體，秋水伊人的幽深眼神，幹部們的目光隨著她的舞姿馳騁，觀眾壓抑的心情亦因輕鬆而釋放。

花無百日香，林虹美得妖艷卻迅即凋零。人們越是關注她越閃爍，舞步不再輕盈，衣服越穿越寬鬆，甚至顯得步履沉重，似乎發生了不尋常的變化，直至瞞不住……她有了身孕！當年的政策規定，剛從學校分配下來的畢業生屬於實習性質，必須經過一定時間考驗，合格才予轉為正式國家工作人員，這期間未經批準是不允許結婚的，更何況那孩子的父親是誰姑娘死也不肯說。

組織煩惱啦。領導人只有收拾殘局，不能壞了模範公社的名譽！「拉郎配」的任務一下達，公社幹部們搔得頭髮都薄了。有人將文教系統的男人來個大排隊，剔除已婚和準備結婚的所餘不多，最後鎖定了一個目標。領導人做起了思想工作，傻呼呼的馬田想不到幸運降落到自己頭上，平常他連多看那女郎一眼也不敢，他願意做那個孩子的父親，與林虹正式登記結婚。三十多年前在革命浪潮洶湧澎湃的中國，假如沒有馬田的支持，大有可能產生悲劇，一屍兩命啊！馬田成了家後全心全意奉獻自己的一切，視女兒如己出，樂也融融。雖然不少人背後恥笑他傻，罵他戴綠帽，更多的男人自詡偉岸，嘲笑他不是頂天立地的男子漢。

別人怎麼看不要緊，最叫人不能理解的是妻子，林虹非但沒有感激馬田拯救自己，反倒瞧不起丈夫，據說從來不讓他近身。馬田確實不夠男子氣，不僅人長得瘦弱，而且沒有一丁點火氣，更從來不肯硬起心腸。每個月丈夫送上整份工資，送上忍饑挨餓省下的糧票，妻子沒有感動卻反唇相譏。岳母來帶孩子也瞧不起這個女婿，當眾嗤之以鼻。倒是那女兒很親爸爸，回報了馬田的苦心。第二胎是個兒子，據聞孩子亦非馬田所生。人們常常看見馬田用自行車載著兒子，一臉的幸福和滿足。若說馬田不是男人，沒有哪個男人有他的氣量喔！無疑馬田的舉動是高尚的，人們應該因他的行為而感動。

既然不怕缺德議論馬田開了個頭，我們仨自然聯想到樓下大院那對罕有的雙職工，他們也有一個故事。這家男人老牛教政治，女人老田是職員。

老牛多年前考上東北一家名校，讀社會科學，信仰共產主義，滿腹馬列主義理論。大學期間小牛申請入黨未獲批準，畢業時又爭取不到留校當助教，心高氣傲的他大受打擊，後來分配在當地一所中學。寂寥的異鄉生活令他郁郁寡歡，染上了嚴重的思鄉病。用今天的話說，小牛恐怕有了壓抑症。

他是個孤獨的男子，沒有朋友交往，假期總是在街上四處遊逛，經常茫然四顧地站在十字路口找不到方向。一個原本前途似錦的有為青年，卻有如一片樹葉飄到異鄉，深深地失望落寞。他感嘆自己不如僅讀幾年師範的鄉下同學，人家可以在南方溫暖的故土扎根，後悔好高騖遠而為時已晚！

有個週末小牛坐在公園長櫈上發呆，行人都匆匆趕路回家，雪花飄落在他身上，大衣已經濕透。公園冰天雪地枯樹殘枝，有何景致吸引他呢？是他沒有感覺，忽視寒冬已經來臨。他終於病倒了。

國慶節連續放幾日假師生們都回家去，單身宿舍剩下小牛一人。他先是又哭又笑，繼而不吃不喝，接著夜夜未能入眠，最後發起高燒，病得糊裡糊塗。眼見情況危險卻命不該絕，一位偶然來訪的姑娘巡視整幢宿舍，找不到她的朋友卻發現昏迷的小牛，成為病人的大救星。病癒後小牛老師與善良的小田姑娘交了朋友，乘勝追擊成為情侶結婚生子，家庭算是美滿的。嬌妻愛子夫復何求？

有一天小田下班回家不見丈夫，以為去她娘家看孩子，等到夜深人靜尚未見回，不放心趕去娘家。母親問她：外面下著大雪為何這麼晚還來？孩子他爸抱走了！小田這才覺得古怪，難道父子被雪所困？她又匆匆往回跑，搭上最後一班電車。到家時女人幾乎昏倒，家裡烏燈瞎火，一點人氣也沒有！她扭開燈，這才發現剛才心急沒見到書桌上有個信封，是熟悉的剛勁的毛筆字。抽出信箋，雪白的信紙上赫然幾個大字：「乳燕南飛，母燕尾隨」。

可憐爽朗的東北姑娘一下子失去丈夫兒子，心如刀割，哭得聲嘶力竭。牛先生擅離職守自動放棄公職，後果難以想像。娘家的父母兄弟都勸小田再覓第二春，別理那隻狼心狗肺的蠻牛。可是小田還是追到南方來了。時值大饑荒年，兩口子都沒有工作，日子該怎麼過？所幸家鄉人情味濃，政府將夫妻倆安排到這深山溝來，當然只有微薄的工資，兩份加起來不及以前牛先生的一份多。

我來這所學校時，小牛和小田已經是老牛和老田了，兒子女兒都上中學。夫妻經常打打鬧鬧，妻子哭罵起來一把眼淚一把鼻涕，老牛大氣不敢出，本來就是他的錯嘛。

二〇一〇年七月二十三日

小巷人家

小時母親把我撂給江城的姥爺、姥姥。姥姥常嘮叨，說我生的不是時候，那陣子江城打得天昏地暗，中山路自塗門街起兩派分南北對峙，子彈盡在人頭上瞎飛。我實在是個不識時務的家伙，趕著這時節到人間投胎。母親幾次考不上大學，末了在郊縣一家建築公司做事，與一位前途似錦的年輕工程師談戀愛，已經到了談婚論嫁的階段，姥姥儼然準備好了她的嫁妝。不料母親後來與一位中學同學重聚，那就是我老爸，一個因文革尚未畢業的文科大學生。前途未卜談什麼戀愛呢，他搞大了母親的肚子，硬是逼我到人間。

中午時分我在母親肚裡開始作動，她忍住不出聲。姥姥說過，第一胎沒那麼快，大痛才進醫院不遲。傍晚時分母親大喊大叫姥姥才慌了手腳。姥爺出了遠門，家中唯一的男丁是小舅舅，他慌忙踩著自行車去找辦法。舅舅出了門才發覺萬人空巷，整條西街路燈昏暗空無一人。他不敢往新華路去闖，穿過甲第巷踩到新門街，恰巧有輛三輪車自浮橋過來，向他招手叫停。可人家趕著回去，說怕沒命見老婆孩子，死也不接生意了。

「求求您大發慈悲，救人一命勝造七級浮屠。何況是兩條人命！」舅舅對三輪車工人卜通下跪。那老實人該是想起自己老母常常念佛吧，頓起憐憫之心，跟著到了我家巷口。此時姥姥攙扶著母親坐在西街禮拜堂門口。禮拜堂早被紅衛兵封閉，在禮拜堂頂十字架威風凜凜的盯視威懾下，我暫時停止了躁動，耐心等待救星。

母親艱難地邁上車子，舅舅在前面開路，兩輛車子馳騁過西街經鐘樓拐向北，寂寥的東街口上空時不時「呼」一聲飛過一顆子彈。初春寒風料峭，車夫的內衣被汗水浸透，短短的路途卻是一段艱苦的行程，終於抵達第二醫院。下車後小舅舅塞給車夫一大把票子，千恩萬謝。母親已經穿了羊水，整個車座濕透。

娘進了產房聲嘶力竭地呼叫，姥姥被擋在外面淚如雨下，醫護人員愛理不理的樣子實在令我生氣。我天生是個叛逆者，在這當口反而不想馬上出來看世界，偏要先將人們折騰個夠。他們只好給母親打催生針，可我還是不肯出來。於是兩個護士將母親的手腳捆綁起來，用吸盤把我強行吸出。我顧不得母親因陰戶撕裂而慘叫，只為自己美麗的頭顱變得極其醜陋而且尖削，抗議地大哭起來。

或許從小就是個醜小子討人嫌，我在姥姥家待了好多年，直到父母想起來才接我與他們同住。自有記憶起，姥姥家那條小巷一直留在我心裡，兒時的一幕幕總如電影般重演。

江城西街從鐘樓至開元寺一段熱鬧非凡，車水馬龍熙來攘往，新華路以西就蕭條多了。我家附近的小巷都有些典故，什麼敷仁巷、平水廟、舊館驛、清軍驛，姥姥不懂它們的意思我也就不懂。我們那條小巷初時只有最裡的幾戶人家，有家高牆大院紅磚樓房落地玻璃，嫣紅的三角梅爬出牆頭，長春籐彎彎繞繞地覆蓋著牆身。姥姥說房主人臨解放出國去了，住在裡面的是他們的親戚。我有時偷偷地從大門縫隙望進去，只看到蜜蜂和蝴蝶在牆角的野花叢飛舞，從未見到屋裡的主人。

老屋外是一片菜園子，種著油菜開著黃花，路邊有口水井吊著轆轤。一個農婦常在早晨來澆菜，她赤著雙腳，戴著尖頂斗笠，繫著紅色頭巾，肩上挑的兩隻水桶像兩個大茶壺，水桶的腰身上有柄長長的茶壺嘴，嘴上嵌著大蓮蓬花灑。只要按著水桶的橫槓讓茶壺嘴朝下，水就澆到油菜上了。

我家是姥爺向菜農買地蓋的。外面的革命鬧烘烘，人人需要有個家作小港灣歇息。人們盼著兒女長大，卻一個個失學失業沒有出息，仍與父母擠住一起，租住人家房子的都被房東趕著挪地方。那年頭沒有什麼娛樂，天黑了人們能幹什麼？反正閒著也是閒著，小生命不斷製造出來。人口越來越多空間越來越小，人們將眼光放到這一帶來了。這片菜地漸漸讓人買來大興土木。

我家大門朝西，三角梅爬出門框，妖嬈得很。大門上掛著個木頭信箱，旁邊垂著條細繩，來人扯一下繩子，門內聽到鈴響了，姥姥就問：「啥人啊？」我就趕著給人開門。許多時候並不需要關門，沒人偷東西，是「路不拾遺夜不閉戶」的好年景呢。門後一條石子鋪成的小路，兩邊花槽內姥爺種著花草，緊貼鄰人長滿苔蘚的土牆下有道排水溝，污水排到門口就流到路上，巷裡沒有下水道。家家如此，走這條小巷要隨時小心你的鞋子，貴人莫來喔。對著大門有座竹籬笆圍的雞棚，籬笆上葡萄籐遮蔭，姥姥養著一群公雞和母雞，天天有雞蛋撿。雞棚後面是沒有化糞池的洗手間，農人依時進城來打糞。碎石鋪的庭院好晾曬，大廳朝南，兩邊共四個房間，廚房開放式接後門朝北，是新型的「四房看廳」格局。

男人主導的社會女人當家，君不見樣板戲都是女人當主角？男人在外面說了算，女人在家裡說了算，這家才會興旺。姥爺總是不願服從這一規律不聽姥姥的，因而常常吵架。我們的鄰居就好多了，他們在女人領導下蓬勃發展，革命的大家庭和諧快樂。

隔壁的洪家來自郊東洛陽，惠女出名的刻苦耐勞，兒女在嬸嬸的調教下勤勞樸素，堪稱模範家庭。洪嬸嬸是鑄造廠工人，天天舉著幾十斤重的鐵鍋子，力大無窮。洪叔叔當採購員長年在外面跑，在物資匱乏的年頭那是份吃香的工作。他總能替你帶回所需要的東西，諸如：上海錶、的確涼、尼龍襪、奶粉、餅乾、糖果……他的人際網絡自然也就很廣。洪家六個兒女有四個是三屆生，大哥哥給安排到工廠去了，這在當年可是了不得的，真叫人羨慕！

洪大哥有個女朋友是他的同學，時常來他們家探訪。有一晚停電姥姥叫我去巷口店鋪買蠟燭，我入巷口在轉角處見到他們抱在一起，臊得一路跑回家。後來洪家娶媳婦，姥姥說不跟街媽們合伙做人情，鄰居儘送的毛主席語錄，有啥用？她說完又覺得不妥，一再叮囑我在外面千萬不能這麼說。姥姥曾託洪叔叔去上海扯了塊粉紅滌綸（Terylene），就拿它送給新娘子。我一直在想像那見過面的少女，穿起這漂亮的衣服會是怎樣的模樣。

迎親那天清晨，鞭炮把我吵醒了，鄰家孩子都爭著往洪家看新娘去。人們都在留意那一箱箱嫁妝，只有我擠進人群找新娘子。只見一個姑娘低著頭，包著彩色頭巾，戴一頂尖尖上了油的黃色斗笠，頭巾繫成三角形掩著臉頰，只留下羞人答答的雙眸。瞧她下著黑色大筒褲，上穿青色滾袖短衫，短衫遮不住肚臍眼和柳腰，腰上繫了條粗重的銀鍊子。我有一絲兒失望，新娘不是那位姑娘！姥姥說他們是姨表親，娘家頗有錢，不想讓女兒留在鄉下當農民，嫁到城裡來了。而洪家這樣的家庭只有惠安女人才受得了，洪大哥只能屈服於父母的安排。

每天雞啼三遍洪大嫂就要起床，她要到橫向的小巷井裡打水、挑水，用來洗衣做飯。洗了衣的水洗地板，洗了菜的水澆花，少說每天需要十五擔水。大嫂屬於農村戶口，大姑娘上山下鄉回流，家裡少了兩份口糧，九個人吃七份配給，男人吃乾女人喝稀。洪家好家教，一條魚父親和大哥吃中段，兩個小子吃頭尾，女人只能望魚骨興嘆。二小子去學修車；二姑娘早早嫁出去，為的家太窮；大姑娘、三姑娘撿煤核。從未聽見他們家吵鬧，洪叔叔和大哥有時還會喝兩盅。大姑娘常來幫姥姥洗地板洗床單，有次偷聽姥姥跟母親說，洪嬸嬸想讓大姑娘配俺小舅舅，小舅舅考不上中學進了國營工廠，但他不喜歡洪家大姑娘。

洪家的隔壁是小黃家，小黃家隔了塊大空地是老黃家，與我家後門相望。黃家大概是同宗，沒有人去深究。老黃一個人住了個大院子，裡面玉蘭飄香月桂芬芳。老黃原是中學教師，五七年被戴了「右派」帽子，腦子開始有問題，時時發神經罵人，小孩子都不敢靠近他，此君獨居從未有人到訪，不發病時待人倒很客氣。

小黃太太很漂亮，大大的眼睛，白白的臉蛋，面頰上緋紅如兩片火燒雲。小黃有一個兒子叫黃羊，常跟我一起瘋玩。黃羊家很窮，老房子一邊坍塌了沒錢修，只剩下一邊有兩個破房間可遮風雨。黃羊的奶奶駝背又耳背，黃羊一走遠了她就拼命叫「死囝仔倒來！」有回恰巧他娘放工歸家，聽見了就大罵黃婆婆：「咒我的兒子？你老不死他死？」於是整個晚上小黃太太罵街的尖嗓音飄過整條小巷。

小黃太太似乎有意罵給全世界的人聽。洪嬸嬸對姥姥說，小黃太太還動手打老公，罵他不是男人別想碰她。小黃唯唯諾諾不敢聲張，永遠抬不起頭的樣子，撞了鄰居也不打招呼。有一天老黃對著小黃那邊罵人了，小黃太太也回擊對罵了過去。原來小黃太太開始圈地，將一半空地築起圍牆併入她家的範圍。

「你這個破鞋把野種帶給黃家，脫下褲子霸了一家還要霸第二家！」據老黃說空地是他的產業。「有種你過來，我脫下褲子、破鞋給你穿！」這女人撕破了臉不示弱。我不明白罵人為何扯上鞋子、褲子什麼的，姥姥捂住我的耳朵不讓繼續聽。老黃始終鬥不過潑婦，小黃太太接著乾脆將整塊地都圈起來，做了一道門鎖上，就差沒掛個牌子「不準外人進入」。沒人敢惹她，從此天下太平。小黃太太後來與男同事出外進行「革命串聯」，離家很長一段時期，運動結束才回來。以今天土地的價值計算，那塊地可值錢了。一個小小的女人膽敢潑辣就成就了一番身家。對比女人，這條巷子的男人顯見窩囊。

前面那一家姓陸，剛蓋起兩層紅磚樓房。陸太太因病過世，娘家兄弟都在南洋經商，可憐妹妹落下一家子，起了側隱之心寄來許多錢，讓妹夫蓋新房子享福。陸伯伯才五十出頭，男人少壯喪妻實在苦楚，幸有妻家財。新屋蓋好了，南洋的親戚都爭著回來，帶來滿屋舶來貨。陸家風風光光地擺了入伙酒宴客。

陸伯伯有四個孩子，陸大哥與廠內女同事談戀愛，南洋舅舅、舅母慫恿他帶回來見面，見了都歡喜這女孩，就問為什麼不結婚呢？趁有房子又有錢。於是陸家迎娶媳婦，辦了結婚酒席喜上加喜，在小巷裡擺上桌椅宴請街坊。從此陸家有了當家的女主人，陸伯伯不必受喪妻之苦，物質上的滿足填補了精神上的空虛，衣來伸手飯來開口，逍遙人生自此始。

兒女都很孝順，媳婦很會理家，尤其令鄰人欣羨的是：媳婦知道公公的寂寞，常為他置一瓶燒酒備一點菜餚，讓年壯的公公在陽臺上思念亡妻，或望著月宮嫦娥翩翩時隨意斟酌，雖則陸伯伯並不擅風花雪月。陸伯伯很快抱了孫子。人生如此，夫復何求？

我離開老家好多年了。江城大建設，西街仍保留舊貌。那條小巷，那幾戶人家，縱使人面桃花，過往淡淡的生活仍留在我的記憶中。

二〇一〇年八月三日

三嬸的豬

自從秀秀回娘家給公社做豆腐，三天兩頭出山，總是先到溪周村歇下豆渣給三嬸，再挑豆腐去鎮上。三嬸眉開眼笑的閉不攏嘴，這麼多豆渣兩家的豬和雞鴨都吃不完。三嬸的豬早一陣子還瘦骨嶙峋的，肚皮癟癟脊梁骨鋒利，數得見一條條肋骨，有了豆渣竟瘋了似地，頓時好似見風吹氣般地長膘，圓圓滾滾肥頭大耳。剛才這豬不知怎拱開圍欄的木板，箭一般衝出去，進了人家的菜園子。阿妹來報信，把個三嬸嚇壞了，巍巍顫顫地趕去找豬給人陪罪。

三嬸本是富貴人家的女兒，扎著小腳的大小姐雖下不了田耕作，可鄉間哪來閒人，一樣得操持各式家務。她每天一早起來，打開西邊小門，彎低腰扶著一級級石梯走下弄堂，再踩上另一邊的石階到坍塌了一半的舊屋，那裡是放柴草和養畜牲的地方。瞧她扭秧歌似地左右折騰，細碎的步子扭捏地擺弄，手臂前後甩動，我總是替她捏把汗，擔心那兩隻小腳如何平衡身體。平日裡她踩著大大小小的石卵下到溪邊洗滌，農忙時節還叫侄兒揹著涉水過河去下田。現在三嬸更不得了，要兼顧兩家的畜牲，餵了自家的還得到老豬舍那邊替秀秀養豬餵雞鴨。

以前每當見到三嬸煮好粥舀了盆濃濃的米湯拌細糠，我就拿出學問來抗議：「三嬸，營養全在米湯裡！米湯比牛奶還滋補，怎能將營養給豬飯渣給人吃！」

「那該拿什麼餵牠呢？」三嬸反問。

是啊，拿什麼餵呢？我也語塞。豬是三嬸的財富，比雞鴨貴氣。三嬸每日除了燒火煮三餐粥就是侍弄豬，每餐一大鍋粥人吃小半豬吃大半。舊屋那邊有大灶和鐵鍋，地上置塊木板將蕃薯籐切段下鍋熬熟了，黑呼呼地一大桶倒在大木槽內，豬愛理不理的樣子，非十分餓了不肯張嘴。拌米湯的細糠稠粥或許是豬的美味佳餚，見到了總不怕熱慌失失撲上來，吃飽滿意極了搖頭擺尾。三嬸只給雞餵粗糠，生了蛋的母雞才打賞幾粒碎米。

自家碾的谷子細米糠有限，每個墟三嬸不是張羅買柴草就是買豬吃的細糠，有時向三叔拿錢兩人還輕聲吵嘴，三嬸是斯文娘子從未大嗓門。南洋一年寄來兩次錢，折合起來不過幾十元，三叔有喝茶抽煙的癮，錢留著買茶買菸草買木炭呢。我常譏笑三嬸的豬就像城裡兒童的肥豬撲滿，不斷地往它肚裡填碎錢，最後打破了零存整取。

豬也得散步，就像人要運動。傍晚時分三嬸的豬出了圈，懶洋洋地在村裡踱方步。三嬸顛著小腳跟在後面追，左手提小糞筐右手拿支竹扒子。豬糞是最好的肥料，儲到一定份量交到生產隊計工分，哪能落入別人家。有一次三嬸忘了帶那兩樣工具，路上豬拉了屎，趕忙回家取糞筐和竹扒，豈知轉回身豬糞叫哪個眼尖的拾去了，讓她心疼了好半天。不過三嬸是個好脾氣的，若是別的婦人早罵街了。

都說人怕出名豬怕壯。今年三嬸的豬不須待到過年就可賣了。三嬸在心裡頻頻算計，多少花銷指望這豬身上。三嬸一年的針頭線腦，常見她為自己的三寸金蓮做繡花鞋子；三叔的衣服該添置了，這幾年冬天都冷，做一件棉襖免得哮喘復發；雲兒要出嫁，收些微聘金全給她買了嫁妝置了行裝，娘家還得倒貼幾圍酒，還要託人到濱城買些蝦米海蠣乾讓她帶去大西北。雖說雲兒不是自己親生，比親生的還親，這一去豈知哪年哪月回娘家，唉！

昨天起不給豬餵食了，讓牠餓一天清清腸胃。傍晚三嬸照例打開豬圈，畜牲大概餓壞了，拼命對著三嬸吼，用嘴不停地拱主人的褲腳，三嬸狠下心不理牠。這豬一出圈就四處跑，找不到吃的便用鼻子嗅嗅泥地拱拱樹根，期望地上有什麼可吃的東西。三嬸這回不帶拾豬糞的工具，踩著蓮花碎步，搖搖擺擺地追趕，那畜牲只拉了一泡稀屎。

「三嬸，明天殺豬呀？看這模樣有一百二十斤喔！」豬跑到東邊林子，蓮花正在劈竹子。「給我兩隻後蹄子，孩子他爹就放假回來。」

「我要一隻前蹄膀子。」秀梅要去濱城探女兒，總不好空手進城吧。

「比去年那頭看似重呢，三嬸給我留一斤肥肉半斤豬肝呀。」豬又跑到西邊去，招弟娘坐月子，生到第四胎才是男孩，婆婆高興極了，一心給媳婦滋補身子漲奶水。

「三嬸……」

遠遠有人衝三嬸跑過來，是桂湖村的火炭叔，他預訂了豬肚，火炭的老婆長期患胃病，需要用豬肚炖藥材。還有他兄弟火煅要豬腰，他有腰子病配藥吃的。

日頭漸漸落山了，三嬸趕著豬回圈。這家伙體內的寶貝差不多被村人預購了一半，還有另一半，全副豬大腸早給本地知青們要定了，他們說好久未聞肉味，齊齊湊錢準備聚餐。三嬸沒有確認村人的預訂，人人企望享用美好的一餐，屠夫興高采烈磨刀霍霍，只有三嬸落寞無言，眼眶紅紅的。她捨不得這家伙，每天伺候他，對牠說人話，只惜牠沒有靈性，不知死到臨頭。

雞啼三遍一屋的人都起床。我和雲兒挑了一大缸水，三嬸在灶下燒火，沸了的水舀到桶裡倒進天井的大谷桶，我倆繼續挑水繼續燒火。四更時分玉珠的老公——屠夫阿成從山地趕出來，三叔的侄兒也來了，兩人到舊屋逼豬出圈，四隻手按著畜牲趕牠進小樓。豬兒預感自己的末日來到，不情願地嗥叫。兩個男人抓住笨家伙，將牠掀到天井地板上，四腳朝天。侄兒和三叔上前分別按住一隻後蹄子，阿成掏出條粗繩將兩隻豬腳捆綁在一起，幾個人合力把豬倒吊到架子上。屠夫亮出尖刀，白刀子進去紅刀子出來，剎那間噴得他一圍裙血。畜牲嘶叫得更慘烈，兩隻前腳不停掙扎，血汩汩地流出來，一隻小桶在下面接著，屠夫準備帶回山地賣給那裡的知青。

男人們將死豬放入大谷桶，屠夫將豬頭極力按進熱水中，這家伙硬是又冒出來，一而再，再而三。屠夫帶來一把尖尖的小刀戳到豬蹄內，輕輕一撬，整個黑色的豬蹄子挑了出來，如此動作連續做了四次。去了蹄子的粉紅的豬腳就像三嬸的三寸金蓮。屠夫抓住豬腳用刀尖挑一個口子，啣到嘴裡鼓起兩腮吹氣，一次一次地將整隻豬吹的膨脹滾圓，再用剃刀刮乾淨豬毛。三叔的小炭爐一早水滾沖了茶，大家顧不上喝茶。水又滾了，屠夫拎起一壺水澆到豬頭上，剔的耳朵、鼻子、眼睛、嘴巴都乾乾淨淨。剃淨毛的肥豬瞇著眼，白淨可愛像蠢樣的豬八戒，被抬到木板上。

豬頭豬尾切下來祭神，豬身先一分為二，再大卸八塊，而後逐件剔骨。蹄子留給蓮花；豬肝、豬腰、豬肚、豬腸都有人訂了；板油是我要的，準備炸了帶回江城過肥年。翻洗豬腸子最費勁，臭烘烘的。人道「嫁了秀才當娘子，嫁了屠夫翻腸子」，玉珠命好倒是不必翻腸子。除了骨頭和瘦肉，半邊豬的肥肉全村男女老少你一斤我八兩買光了；另外半邊三叔自己留著。這半隻豬一部分為女兒辦喜事，一部分煮熟了用鹽醃起來，全年三百六十五天，過年過節招待親戚朋友就靠它。任何時候客人來了，切下幾片鹹豬肉煮米粉或麥粉團子，加幾條青菜，一點也不失禮。

屠夫將剛才賣肉收下的錢全數給了三叔，豬骨和瘦肉稱了重量記下，他說農人不希罕的知青和下放幹部最喜歡，待他拿回山地賣給他們，錢下個墟日帶出來。三叔要算工錢給他，他說下個墟日一起計吧。阿成是三嬸的娘家親戚，很信得過的。雲雀割了豬肝瘦肉做湯米粉，大家都撐飽肚子盡興才走。雲兒還在忙乎，她知道母親有「頭風」，人都說吃豬腦能補人腦。阿成臨走前將豬腦子取出來，雲兒加了幾隻蛋把它煎的香噴噴，用三叔的炭爐熬了枸杞淮山幾味中藥，屋子飄著藥茶的香味。

我美美地吃了一大海碗米粉。此後在我的生活中，再沒吃過如此美味的一餐。哪怕上高級酒樓吃山珍海味、筋參鮑翅，或是在西餐廳品嚐鵝肝、魚子醬，再找不到當年那一碗米粉給我的感覺。那天我買下所有板油，將它們切成一塊塊，在鍋裡炸出油，倒進鐵罐子，等油凝結了回城帶給家人。油渣加上砂糖也是一道美食，我快樂得不得了。做完這些才發覺三嬸沒吃米粉，似乎也沒吃其他東西，大概又到隔壁舊屋去了。

豬欄裡空空落落的，放豬食的方木槽沾滿蒼蠅，沒有往日咕嚕咕嚕的聲響和粗重的鼻鼾聲，少了那龐然大物舊屋頓覺空蕩蕩。三嬸望著眼前這一切，瞧她的眼神若有所失。

「三嬸，咱們墟日買新豬仔啊？」我沒話找話說。

「唔，是要買。」她敷衍我。

「阿母！阿母！」突然聽到雲兒大呼小叫。

「雲兒有事叫，咱回去看看。」我找到藉口攙著三嬸往回走。

一回屋，原來有客來，是三嬸娘家的表妹玉珠，這個風騷漂亮的女人一臉香汗。每逢墟市出山她必經此路，出來時進三叔家打個招呼，喝杯茶歇歇腳。山路遙遠，回程吃了表姐煮的粉麵才走。今天她老公剛走她又來做什麼？

「三姐，瞧我給你帶什麼來著！」玉珠一邊用茶一邊神祕地笑。

三嬸顛著小腳撲過來，玉珠的竹籠裡是一隻灰白色的小豬，樣子挺逗人愛，把個三嬸高興得眉飛色舞，比數賣豬肉的錢還開心。我真心佩服玉珠，何等善解人意、冰雪聰明！今晚三嬸除了有個好覺睡還會有好夢！

二〇一〇年八月九月

娶媳婦

我在溪周村插隊住了四年。主人家三叔病蔫蔫的，三嬸纏小腳，吃水全靠我和他們的女兒雲雀輪流挑。水井就在有義叔家小邊門外，距離三叔的小木樓不遠。溪周村許多男人外出吃公家飯，不拘修路架橋的力氣活兒，人人趨之若鶩，留守的多是老弱婦孺。一個男人若每月領四、五十元工資，只需寄出十五元，老婆孩子的柴和鹽就解決了。男人再節儉些，煙酒不沾，年底回鄉過年，買點公價的煙啊餅啊，全村人都來分享，談談城裡的趣事，何等風光！大眾生活水平低下，夫復何求？夠眼光的姑娘都努力尋覓此等男人嫁，而男人憑藉自己優越的條件也諸多挑揀。真正的農民一生的事業不外乎討個老婆生幾個娃娃。

周有義是鰥夫，十多年前死了老婆，再也續弦不起。大躍進的衛星上天不久，第二年就鬧飢荒顆粒無收，村裡家家喝菜糊糊。有義的女人懷著孩子全身浮腫，手按下去肉窩兒深陷彈不回。農婦生孩子本平常事，不少人在田裡山裡生下孩子，況且是第二胎。不想女兒一出世娘即斷了氣。女嬰尅死了娘沒奶吃，也許注定的命硬，菜糊糊竟吊活了一條小命。阿妹細細的頸項上支著個大腦袋，一頭黃髮兩隻眼睛賊溜溜。城裡十四歲的姑娘早發育了，阿妹卻像株乾癟的小草沒澆灌足夠的肥料。妹子小時全憑哥哥鐵頭照顧，男孩背著妹妹看牛撿柴火，野起來跟村裡的小子們通山跑，回家得燒火、做飯、洗衣、養豬、種自留地，鐵頭是妹子的哥也是妹子的娘。

鄉下人的身體是吃飯的本錢，義叔孱弱像個癆病鬼，兒女都像他一般瘦骨嶙峋，生產隊評工分只當半勞力。年尾的工分不敷幾十元糧款，糧食又不夠吃，怎樣去買自由市場的高價糧？雖說義叔也有一個掙錢的本事，他年輕時賣過豆腐腦兒，然而家徒四壁，哪怕只需幾塊錢，也得到處賒借。農人將每一分錢都看得緊緊的，末了只有三叔傾其所有幫他湊齊。早一個墟日買下豆子，下一個墟日前浸泡起來，哥哥掌勺妹燒火，在父親的指指點點下，一家人開夜工做到天亮才歇息。夜深人靜之時，古老的石磨咿呀咿呀地響著，緩慢而沉重，讓人感覺地球正在它的軸心上轉動，人生不過是痛苦而悠長的歲月推移。

「豆花！豆花！」

十天一墟。墟日的清晨鐵頭挑起擔子，瘦弱的身架子，凸起的肩胛骨壓著重擔。前頭枱面是勺子、湯匙、紅糖漿水和幾隻飯碗，買五分的裝小碗，買一毛才用大碗；枱底放一桶清水；後面是沉重的一大缸豆花。小子龜縮著脖子，沿村鎮向墟市一路叫賣，從未留下一碗自家喝。

墟日瞎忙了一天，翌晨給鞭炮聲吵醒，問三嬸有人辦喜事呀？三嬸說妹子訂親呢，把我嚇了一跳。那女孩不足十五歲，長的又單薄，怎做人家老婆？我急忙彈出義叔家去看新聞。婚姻法規定十八歲才能登記結婚，男家先過大禮落大訂，送了八百元聘金和一小籃豬腳線麵。阿妹含羞對我說她並不急著嫁，只因哥哥沒錢討老婆，她必須先「賣」出去。這裡的女孩出閣不叫「嫁」而直言「賣」。問人家女兒有婆家未，就問「賣了嗎」？男家給了彩禮隨時會來娶阿妹，夠了年齡才補辦登記手續。

第二天一早去挑水，阿妹在餵豬餵雞，對我說哥哥落了大訂，等下要和嫂子去公社登記，問我一起去嗎？反正閒著也是閒著，何不去趁熱鬧！看來義叔怕錢擱不住，昨日剛收下女兒的彩金，今天立馬交給兒子娶媳婦，大有可能連那籃豬腳線麵亦原封不動送給女家。這一陣子應該天天皆是黃道吉日吧。

五月天太陽剛露臉並不熱，女人們在溪裡洗糉葉子，準備端午節的工夫。我和義叔一家出村子朝鎮上走。「呷未？」經過老豬舍旁邊的茅廁碉堡群，是公家的露天糞坑，圈子砌著半身圍牆，下面是石井，上面架兩條木板，仁叔伸出頭來打招呼。「去公社登記啊？」另一個圍牆裡蹲著財金叔，他嘴上還噴著旱煙。一路見了村人打招呼。鄉下人沒有祕密，不少人挺羨慕鐵頭有本事，年紀輕輕便娶老婆。迤邐踏過溪上的石墩，穿過小竹林，走過半條街市，沿公路朝公社小山崗邁去，遠遠見到長長的石階上坐著一群人。

「來了！新郎來了！」人群騷動起來，是女家先到，他們一定急不可耐。

「老遠的路你們還先到，真是過意不去！」義叔上前拱手道歉。

「自家人不客氣。」一個約四十來歲的精明婦人走上前，看似新娘的媽。

站她後面那剪短髮羞澀的姑娘一定是新娘，她不好意思望過來，一直低著頭。我見鐵頭偷偷瞟了她一眼。大家打過招呼就一起進去，一堆人擠在辦公室裡，父母站在桌子前面，新郎新娘分別遞上大隊開出的戶口證明條子。所有人等待辦事員慢條斯理地拿表格。

「叫什麼名？」辦事員問新郎。

「周鐵。」

「哪裡人？」

「溪周村。」

「要跟誰結婚？」

「林秀珠。」

「為什麼要與她結婚？」

「她熱愛毛主席思想好。」

同樣的問題重複問新娘，同樣的回答。那辦事員填好表格，叫兩人按下指模，然後取出一張對折的書皮，打開紅色的封面，內裡是白色底子。

左頁大紅框內印著大大的紅字，依次如下：

> 最高指示
>
> 領導我們事業的核心力量是中國共產黨
>
> 指導我們思想的理論基礎是馬克思列寧主義
>
> 我們作計畫、辦事、想問題，都要從我國有六億人口這一點出發，千萬不要忘記這一點。

右頁大紅框頂上是彩色五星紅旗，黑體字次序為：

> 結婚證
>
> 自願結婚，經審查合於中華人民共和國婚姻法關於結婚之規定，發給此證。
>
> 閩　字第　號
>
> 年　月　日

辦事員在空白處填上兩個人名，於落款處寫上日期，隆重地蓋上公社圖章，婚姻即刻宣布生效。新娘一幫人歡天喜地回去了，明天才正式嫁過來，我們便與女方告辭回村。

我奇怪義叔沒殺豬，明天的酒席怎辦？三嬸道，未等豬肥就賣了，否則哪湊夠錢給女家聘金。那明天呢？三嬸說明天隔壁村有人殺豬，已經訂了十斤豬肉。

十斤豬肉就夠了？我在心裡犯嘀咕。

第二天下午聽到鑼聲響，村裡的孩子們大呼小叫：「新娘來了！新娘來了！」義叔家放起鞭炮。我趕出去看到一行人：最前面的是鳴鑼開道的男人，該是娘家大舅子吧。新娘穿著涼鞋、黑褲、白底藍花對襟襯衫，短髮上別著紅色塑料夾子，兩道細細的眉顯然絞過，提著個花布包袱，裡面頂多只能裝兩套衣服。旁邊那個似是媒婆，後面跟著幾個送親的人。溪周村的孩子貼在人家後面，屁顛屁顛往義叔家湧。送親隊伍擠坐在大廳裡，義叔的哥哥仁叔也拿煙出來招待客人。大廳不夠地方用，屋內只能置兩張枱，讓新郎新娘和最有體面的人坐。屋外借鄰居的桌椅擺了三圍。幸福和熱鬧從屋裡滿溢到屋外。

留意大門新貼的對聯：

眉剪青山比翼齊

手開翠嶺雙鋤落

橫批：

革命夫妻

我心想這聯不俗，未知出自誰手？只是橫批牽強，但配合時勢也只能如此。小桃樹下放著幾隻尿桶，後面圍著稻草簾子，前面全開放。明天自留地的菜田將有一流的肥料。

兩家的灶臺前都是別家的女人來掌勺，阿妹和幾個姑娘端盤子穿梭出入。一道道菜上來了，肥豬肉片炒這樣那樣的瓜菜。蔬菜瓜果種類繁多：橙色的蘿蔔、紫色的茄子、白色的冬瓜、潤綠的芥菜、青青的佛手、黃綠相間的葫蘆、鮮嫩的四季豆、金黃的春筍，配上紅色的辣椒、白色的肥肉，倒也大方得體。大米飯糙了點，盛在木桶裡任客人添。摻了水的廉價的地瓜酒，新郎敬了這位敬那位，都是自家宗親，不請遠房親戚。鐵頭瘦弱的身體包著不太貼身的新衣，顯得有些僵硬，但今天起他已經是大人了，誰也要當他男子漢。人人向義叔敬酒祝賀他開始享兒媳福，他非常受用，喝了一杯又一杯，臉紅紅的。

飯飽酒足後照例鬧洞房。阿妹的房間改成新房，她搬去和堂姐合睡，反正不久就要出嫁。舊床上新的粗蔴布蚊帳人字落下，被單枕頭也是新的。土坯牆上貼著大紅的雙喜字，床後的尿桶難免有些微阿摩尼亞味。年輕人嚷著新郎新娘親嘴，主角當然不依，新娘一味低頭不賞臉令氣氛有些尷尬。媒婆出來解圍，說現在革命化不興「四舊」，叫他們拖手代替。許多聲音要求新人唱歌，新娘子扭捏了一輪，用蚊子般的聲音唱了：「天大地大不如黨的恩情大，爹親娘親不如毛主席親，千好萬好不如社會主義好，河深海深不如階級友愛深……」果然如登記時所言，熱愛毛主席。大家鼓掌叫「再來一個！」媒婆讓新郎替代，鐵頭也折騰一陣才唱起〈三大紀律八項注意〉。媒婆借勢說：大家都要遵守紀律，讓新人休息吧，娘家的人還得走幾十里路回去。於是人人打哈欠告辭。

月芽兒掛在天上，人聲、狗吠聲跟著一道道手電筒光柱而去遠。

二〇一〇年八月六日

釀小說63　PG1280

老房子
──短篇小說集

作　　者	李安娜
責任編輯	陳佳怡
圖文排版	莊皓云
封面設計	楊廣榕
出版策劃	釀出版
製作發行	秀威資訊科技股份有限公司 114 台北市內湖區瑞光路76巷65號1樓 電話：+886-2-2796-3638　傳真：+886-2-2796-1377 服務信箱：service@showwe.com.tw http://www.showwe.com.tw
郵政劃撥	19563868　戶名：秀威資訊科技股份有限公司
展售門市	國家書店【松江門市】 104 台北市中山區松江路209號1樓 電話：+886-2-2518-0207　傳真：+886-2-2518-0778
網路訂購	秀威網路書店：http://www.bodbooks.com.tw 國家網路書店：http://www.govbooks.com.tw
法律顧問	毛國樑　律師
總 經 銷	聯合發行股份有限公司 231新北市新店區寶橋路235巷6弄6號4F 電話：+886-2-2917-8022　傳真：+886-2-2915-6275
出版日期	2015年04月　BOD一版
定　　價	280元

國家圖書館出版品預行編目

老房子：短篇小說集 / 李安娜著. -- 一版. -- 臺
北市：釀出版, 2015.04
面；　公分. -- (釀小說；63)
BOD版
ISBN 978-986-5696-82-5 (平裝)

857.63　　104002483

讀者回函卡

感謝您購買本書，為提升服務品質，請填妥以下資料，將讀者回函卡直接寄回或傳真本公司，收到您的寶貴意見後，我們會收藏記錄及檢討，謝謝！如您需要了解本公司最新出版書目、購書優惠或企劃活動，歡迎您上網查詢或下載相關資料：http:// www.showwe.com.tw

您購買的書名：________________________________

出生日期：________年________月________日

學歷：□高中（含）以下　□大專　□研究所（含）以上

職業：□製造業　□金融業　□資訊業　□軍警　□傳播業　□自由業

□服務業　□公務員　□教職　□學生　□家管　□其它____

購書地點：□網路書店　□實體書店　□書展　□郵購　□贈閱　□其他

您從何得知本書的消息？

□網路書店　□實體書店　□網路搜尋　□電子報　□書訊　□雜誌

□傳播媒體　□親友推薦　□網站推薦　□部落格　□其他________

您對本書的評價：（請填代號　1.非常滿意　2.滿意　3.尚可　4.再改進）

封面設計____　版面編排____　內容____　文／譯筆____　價格____

讀完書後您覺得：

□很有收穫　□有收穫　□收穫不多　□沒收穫

對我們的建議：________________________________

____

____

____

請貼
郵票

11466
台北市內湖區瑞光路 76 巷 65 號 1 樓
秀威資訊科技股份有限公司 收
BOD 數位出版事業部

(請沿線對折寄回，謝謝！)

姓　名：__________ 年齡：______ 性別：□女 □男

郵遞區號：□□□□□

地　址：____________________

聯絡電話：(日) __________ (夜) __________

E-mail：____________________